오직 하나뿐인 약속

오 汚
하 職
나
뿐
인

약
속

碧 海
벽해 글

Jelly Panda

추천사

나의 인생에 방향키가 되어준 아버지

오직 하나뿐인 추억 속의 약속,
당신과 나의 아버지들은 모두 어디로 갔을까?

눈을 감으면 떠오르는 아버지의 모습이 있다. 자식이 잘못될까 엄하게 호통을 치면서도 뒤에서는 가슴 아파했던 내 아버지, 그 마음 덕분에 가지게 된 좋은 습관과 세상을 바라보는 지혜처럼, 이 책은 사랑에 관한 답을 하나씩 채워 주었다.

아버지! 그가 나에게 얼마나 큰 용기와 위로, 기쁨과 행복을 주었는지 저자는 한참 시간이 지나고 알았음을 서글퍼했다. 그러나 이 책을 들고 있는 당신은 지금 오롯이 느낄 수 있을 것이다. 결국 '나'라는 존재를 완성시켜준 누군가가 다름 아닌 나와 당신의 아버지였음을. 분명 깨닫게 될 것이다.

지난 시간을 반추하는 당신을 위하며, 세상에서 가장 고귀하고 순수한 사랑과 소중함을 되새겨볼 수 있는 책, 『거울 속에 계신 아버지』 출간을 너무나 축하하고 또 고맙다. 아니 감사하다. 나에게 이 책은 삶을 이해할 수 있는 진솔한 질문들과 더불어 나와 아버지 사이의 관계를 더욱 돈독하게 만들어주는 따뜻하고 위트가 넘치는 이야기였으며, 내가 최근에 읽은 가장 슬프고 아름다운 단 하나뿐인 특별한 기록이었다.

　우리는 종종 곁에 있는 소중한 것에 대한 가치를 잊고 산다. 더 늦기 전에, 더 후회하기 전에 존경과 감사의 마음을 가득 담아 이 책을 당신의 아버지께 선물하길 바란다. 그리고 이야기하자. 내가 당신을 사랑하는 이유는, 내 안에 있는 당신이 곧 나이기 때문이라고 말이다.

　'자녀에게 고기를 잡아주지 말고 고기를 잡는 법을 가르쳐주라'는, 옛날부터 전해져 오는 말이 있다. 그러나 이 땅의 아버지들은 고기를 잡는 법을 가르치는 것에서 그치지 않고 자식을 위해 고기를 잡아주는 사람이 기꺼이 되어주었으며, 자신의 힘으로 고기를 잡아야만 하는 자식들의 땀과 노력, 그리고 숱한 실패를 안타까운 눈으로 묵묵히 바라봐 준 사람이기도 하다.

　이 같은 희생정신을 기반에 두고 인생의 가르침에 대한 짧은 글들을 책으로 엮은 『거울 속에 계신 아버지』는 이 시대 사회인으로서 한걸음 성숙한 모습을 준비하는 자녀들뿐만 아니라, 떠나 부모님을 그리워하는 내 아버지가 읽어도 좋을 책이다. 난 읽는 내내 울고 웃었으며, 성공하는 사람이 되기 위한 방법부터 성숙한 사회인으로서 갖추어야 할 다양한 매너와 태도, 그리고 좋은, 진실된 인간관계를 맺기 위해 필요한 자세를 이 책의 아버지, 한 사람의 인생 선배로부터 전해 들었다. 앞으로 사회에 나갈 청소년뿐 아니라, 좋은 부모의 표본을 알고 싶은 예비 부모들에게도 이 짧은 글들은 좋은 지침서가 되어줄 것이다.

세상의 아버지들은 존재 자체로 위로이자 피난처이며, 최고의 비평가이자 나의 가장 열성적인 팬이다. 그러한 아버지에게 우리는 꼭 해야 하는 말을 잊고 지낼 때가 많다. 자신의 안에 있는 감사와 사랑을 들여다보면, 수천 가지의 이유와 수만 가지의 단면들이 숨어 있음에도 말이다. 그 마음을 솔직하게 표현하기 쑥스러운 나이가 되면서, 언제 어떻게 사랑하는 마음을 표현하면 좋을지 고민일 때가 있다는 것을 나도 잘 안다. 이는 내가 당신께 이 책을 권하는 또 하나의 이유이기도 하다.

아버지를 사랑하는 이유를, 수줍은 마음을 담아 전하는 특별한 선물같이 전하는 이 책은 당신이 지금의 자리에 있기까지 얼마나 많은 사랑과 지지를 받았었는지 깨닫게 해주고, 가족의 소중함을 되새기는 기회를 제공해 줄 것이기에, 작은 추억에서부터 앞으로의 약속들까지, 당신은 당신을 세상에 주인공으로 만든 오직 하나뿐인 스토리를 충분히 깨닫게 되리라.

지금의 불확실한 시대는 아버지 노릇하기가 쉽지 않은 세상이다. 아이의 얼굴이 눈앞에 아른거려 서둘러 집으로 달려갔던 기억이 있는 사람이라면 '좋은 아버지'가 되리라 다짐했던 순간이 꼭 있을 것이다. 그러나 현실은 그리 녹록하지 않아, 좋은 아버지가 어떤 아버지인가에 대한 기준 자체도 모호해졌고, 오랜 경제 불황의 여파로 아버지 노릇 중 기본이랄 수 있는 보호자 역할마저 버거워져버렸다. 그렇다고 해서 당신은 아버지 노릇을 포기하거나 등한시 할 수 없다. 아이의 시간은 눈 깜짝할 사이에 지나갈 것이며, 또한, 아버지의 역할이란 당신에게 아무리 강조해도 지나치지 않는 것이기 때문이다.

이 책에서 저자의 눈물겨운 여정을 따라가는 동안, 사람의 마음을 움직이는 것은 결국 '사랑'이라는 오래된 진실과 당신은 조용히 대면하게 될 것이다. 세상에서 가장 소중한 아버지께, 오늘 당신의 마음과 사랑을 꼭 한 번이라도 표현하길 바란다.

꿈은 삼키는 게 아니라 뱉어내는 거다
Spit out your Dreams

저자 크레이그 맥클레인

추억을 더듬어 정리하면서

언제부터인가 문득문득, 거울을 보면 내 모습이 아버지의 모습으로 닮아가고 있음을 느낄 때가 많아졌다.

무디어진 면도칼로 면도하고 있는 나의 모습과, 성성한 머리칼 이마에 깊은 주름이 또한 그러하고, 언뜻언뜻 짓는 얼굴 표정, 무심코 내뱉는 말투와 버릇에서 아버지의 모습을 보게 된다.

밥 한술 입에 넣고 차근차근 씹어 넘기는 일이며, 한 숟가락을 꼭 남겨 집사람 핀잔 듣는 것도 어쩜 그대로인지, 벗은 양말을 세탁 바구니에 넣지 않고 방구석에 두었다가 다시 신겠다 하고, 운동복이며 와이셔츠를 제때 내놓지 않고 옷장에 걸어 놓아 세탁하기 힘들게 하는 일이며, 술병과 술잔을 밥상머리로 들고 와 반주로 마시는 것 등. 시간이 지날수록 점점 하는 짓이며 본새가 닮아간다.

아직도 어릴 적 기억들은 또렷하게 남아 있는데 어느새 세월이 참 많이도 지나 버렸다. 지금 와서 기억을 더듬어 보니, 어릴 적 흥 허물이 얼마이며 부끄러운 일 또한 얼마인가! 하지만 이 모든 것들을, 기억에서 사라지기 전에 아름다운 추억으로 간직하고 싶어 글로 남긴다. 이렇게 내 추억을 더듬어 정리하는 것이, 부모 세대의 성장과정을 모르는 우리 아들딸을 포함한 여러 가족 간에, 이해의 폭이 깊어지는 계기가 되면 더욱 좋겠다.

지난 세월 돌이켜 보면 잠자리가 좁아 이불을 당기며 전쟁을 했대도 마냥 좋았었고, 먹을 것 가지고 서로 다투어도 좋았으며, 어머니께 야단맞거든 서로 감싸던 그때가 참 좋았었네.

황소와 돼지에 염소, 토끼, 누렁이와 닭, 다람쥐, 고양이와 같이 살던, 홍시와 곶감, 앵두와 자두, 대추와 포도 등 과일도 많았던 그때가 무척 그립다. 마당가에는 철쭉, 작약, 채송화, 옥잠화, 분꽃, 과꽃, 국화꽃 계절마다 꽃들도 예쁘게 피었지. 사친회비 제때에 못 냈어도, 새로 산 내 신발 누가 신고 갔어도, 6년간 같은 반 동무, 집 밖만 나서면 만나서 장난치고 놀 수 있는 동무들 있던 그때가 좋았네.

우리 6남매 억척같이 키우신 아버지 어머니! 이제 60년을 넘어 살았어도 당시 부모님 고뇌를 반의 반이라도 알겠나이까? 점점 나이 들어감에 부모님의 고단했을 삶이 경의로 크게 다가옵니다.

여기 어릴 적의 편린들을 모아, 아버지 어머니 할머니 그리워하는 노래로 바칩니다.

2018년 6월, 남양주에서
권 용 길

차 례

제
1
장

눈 감으면 떠오르는

설날, 세배 원정대

어릴 적 추억 중 설날에 세배 드리던 기억은 매년 반복되던 일이라 여러 해의 일이 중첩된다.

설날은 우선 우리 집에서 차례를 지내고, 부모님께 세배를 한 뒤 서둘러 큰 길 건너 큰댁으로 간다. 큰댁에는 많은 집안 사람들이 모여 차례를 지냈다. 차례 후 사랑방에 어른들이 쭉 둘러앉으면 곧 세배를 하는데, 사람이 많으니 여러 팀으로 나누어 먼저 나이 많은 아저씨와 형들이 세배 드리고, 다음에 어린 애들이 네다섯 명씩 세배를 한다. 문 앞쪽을 빼고 동서북쪽의 삼면 방향으로 어른 두세 분께 단체 세배를 드렸다. 이때 세뱃돈을 받은 기억은 없고 어르신들이 덕담을 해주셨다. 나중에는 서울이나 춘천에서 직장에 다니는 아저씨들이 어르신들께 흔히 양말 한 켤레씩 드리고, 또 한참 후에는 담배 한 갑씩 드리기도 했다. 그러면 아버지는 낱 갑으로 받은 담배와 양말을 모아 보자기에 싸가지고 오시곤 했었다.

세배가 끝나면 우리는 중간 방에 둘러앉아 떡국을 먹으면서 아저씨나 형님들의 재미난 얘기를 듣다 동네 '세배 원정'을 나선다. 눈이 많이 쌓인 오솔길을 따라 동네 이집 저집 다니며 어른들, 특히 할머니들께 새해인사를 드린다. 할아버지들은 큰댁에 모여서 동네 아이들의 세배를 받으시며 시간을 보내다가, 저녁 때가 거의 다 되어야 돌아오시곤 하셨다. 세배는 집안을 가리지 않았다. 집안 어른들은 물론이요, 성씨가 다른 집안도 웃어른들이 계신 집은 꼭 들러서 세배를 했었다. 이때의 명절은 정통 민속 명절로서 동네 전체가 설날을 같이 즐기는 아름다운 풍습이 있었다.

그런데 군사 혁명 후 양력을 표준으로 정하면서, 정부에서 양력 신정을 명절로 정하고 음력 설날은 지내지 않도록 유도하는 바람에, 우리 동네에서도 집안마다 양력설과 음력설로 나뉘어 쇠기도 하였다. 신씨 집안이 제일 먼저 양력설 '신정'을 쇠었고, 몇 해 뒤 우리 집안도 양력설로 바꾸었으며, 몇 년 뒤에는 송씨 집안도 신정으로 모두 바꾸어 쇠었다. 음력 설날구정은 휴무일이 짧아서 외지에 나간 자손이 설을 쉬러 올 수 없었으므로, 결국 사손이 참가할 수 있는 신정으로 바꿀 수밖에 없었다. 몇 년 후 1985년에 민속 명절을 찾아야 한다는 주장으로 음력 1월1일을 '민속의 날'로 정하였고, 이때 모든 집안이 구정 명절로 되돌아갔다.

일제 강점기부터 없어졌던 '설날'이란 명칭은 1989년이 되어서야 민속의 날을 설날로 지정함으로써 회복되었다. 아직도 매스컴 기업 등에서 구정이란 말을 많이 쓰고 있는데, 설날이라 하는 것이 좋겠다.

정월 대보름

대보름 아침에는 누가 불러도 대답을 하면 안 되었다. 대답하거든 "내 더위 사라!" 하면서 더위를 팔았다. 그래서 누가 부르면 대답 대신, "내 더위 사라!" 하고 먼저 더위를 팔아야 했다.

할머니는 설날에 먹던 쑥떡과 절편 등을 곳간에 쥐가 덤비지 않도록 잘 얼려서 보관 했다가, 대보름 아침이 되면 어김없이 화롯불에 구워서 내어주셨다. 그걸 먹어야 일 년 내내 무병하고 힘을 쓴다고 말씀하셨다. 좋은 말만 들으라고 귀밝이술도 한 잔씩 주셨다.

약밥과 구운 설 떡, 묵나물 등을 먹고 나면 일꾼 아저씨는 먼 산에 가서 마른 나무를 한 짐 해오곤 했었다. 그리고 식구나 다름없는 소에게도 보름날 아침에 약밥과 묵나물을 나란히 담아서 먹였다. 소가 약밥을 먼저 먹으면 금년 논농사가 풍년지고, 묵나물을 먼저 먹으면 밭농사가 풍년 지는 것으로 운세를 점치기도 했다.

대보름의 저녁에는 세 가지 행사가 있었다.

먼저 깡통에 불을 넣어 휘휘 돌리는 놀이인데, '달맞이 쥐불놀이'라는 것을 나중에야 알게 되었다. 낮에 미리 깡통에다 큼직한 구멍을 여기저기 뚫고, 불에 타지 않는 철사 끈을 달아서 쥐불놀이 통을 만들어 놓았다가, 해질녘이 되면 너나할 것 없이 동네 아이들 모두가 태장봉으로 올라간다. 태장봉 정상 근처의 작은 굴 앞에 모여서 깡통에 불 피우는 준비를 마무리하고, 동해바다에 보름달이 떠오르면 달맞이 깡통 불을 빙빙 돌리면서 소리를 지르고 놀았다.

다음은 초저녁 어스름 녘, 우리 집으로 들어오는 양쪽 길목 담장 앞에 귀신불을 놓는다. 이 불은 일 년 동안 우리 집에 모든 악귀와 잡병이 들지 못하게 하는 예방적 차원의 행사다. 그러므로 되도록 요란하게 불을 놓아서 귀신에게 널리 알려야 할 필요가 있었다. 우선 솔가리마른 솔잎와 짚단을 한두 단 정도 길 양쪽으로 두고 불을 놓는데, 그 위에 생 대나무를 구해다가 50cm 정도로 잘라 올린다. 그러면 대나무가 빵빵 소리를 내면서 탄다. 불꽃과 연기와 소리로 잡귀를 쫓아버리는 효과를 기대하고 귀신불을 놓았던 것이다.

마지막으로, 밤이 어두워지면 동네 아이들은 그릇을 하나씩 가지고 마을 가운데로 모인다. 누군가는 커다란 함지박도 갖고 나온다. 형들의 진두지휘에 따라 동네 이집 저집 다니면서 각설이 흉내를 내고, 오곡밥 약밥을 한 그릇씩 얻어 모은다. 어느 정도 모이면 통상 어른이 계시지 않는 집으로 가서, 그 밥을 품평하면서 나누어 먹었다. 희미한 등잔불 아래 갈색 밥, 허연 밥 등이 뭉글뭉글 함지박에 담겨있는 채로 둘러앉아 먹는데 항상 우리 집 약밥이 색깔이 가장 진했으며 제일 달고 맛있었다.

달콤 쫀득한 약밥

정월 대보름이면 흔히 오곡밥과 묵나물을 먹는 명절로 알지만, 나는 약밥이 제일 먼저 생각난다. 우리 어머니의 약밥은 정말 맛있었다. 그냥 오곡밥이 아니라, 약이 되는 온갖 재료들이 들어가서 특별한 맛이 나는 그런 밥이다. 그래서 우리는 '약밥'이라 했다.

약밥을 만들기 위해 어머니는 꼬박 밤을 새우며 준비하셨다. 대추와 곶감은 씨를 일일이 발라서 가늘게 채를 썰고, 밤, 잣 등을 준비하는데 밤은 겉껍질을 벗긴 채 화롯불에 석쇠를 놓고 살짝 구우면 속껍질이 손쉽게 벗겨진다. 화롯불에 그 밤 굽는 것을 내가 자주 했었다. 그 다음 찹쌀밥을 고슬고슬하게 쪄서 식힌 후 밤, 대추, 곶감, 잣 등 각종 재료와 황설탕을 넣고 골고루 섞어서 보름 전날 밤 시루에 찐다. 마른 장작불로 밤새도록 찌면 진한 밤색의 반질반질 윤기 나는 정말 맛있는 약밥이 만들어 지는데, 지금은 자손들한테 전수가 안 되어 추억 속의 그 맛을 그리워만 할 뿐이다.

태장봉의 석굴

태장봉*에는 석굴이 2개 있다. 맨 꼭대기 동쪽으로 있는 것은 나무가 우거지기 전까지 우리 집 마당에서 또렷이 보였는데, 지금은 나무에 가려 보이지 않는다. 그것을 우리는 태장봉 작은 굴이라 했다. 정월 대보름 쥐불놀이 때도 올라가고, 수시로 그 굴에 가서 놀기도 하였다.

작은 굴은 입구가 어른 키 높이 정도에, 안쪽은 점점 낮아지다가, 맞뚫린 뒤쪽은 기어갈 정도로 낮다. 동쪽을 바라보고 있어 일출을 바라보며 수도하기 좋으나 가까이에 물이 없어 아쉽다. 실제 언젠가는 그 안에 칸을 만들고 사람이 기거 한 적도 있었다.

또 한 개의 굴은 태장봉 중턱에 있는데, 태장봉 큰 굴이라 불렀

---

* 해발 105m의 태장봉은 해발 112m의 된봉(고봉산)과 더불어 강릉의 북쪽을 지켜주는 영산임에 틀림없다.

다. 큰 굴은 시커멓게 깊어 그 끝을 알 수 없었다. 그래서 그 당시 누군가 태장봉 큰 굴은 경포호수와 연결되어 있어, 계속 들어가면 그리로 나온다고 말했을 정도로 무서운 굴이었다.

태장봉은 명칭으로 볼 때 신라 말 명주군 왕 김주원 후손의 태를 묻었을 것으로 추정되는데, 두 개의 굴 중 한 개에다 묻었던 것은 아닐까 생각된다.

우럭바우와 명암정

우럭바우는 원래 '울음바위鳴岩鳴巖'인데, 구전되어 전해지다 보니까 우럭바위에서 우럭바우가 된 것이다. 그곳에는 바위와 작은 웅덩이가 많이 있어서, 바위에서 풍덩 뛰어 내리기도 하며, 온종일 즐길 수 있는 여건이 갖추어진 천혜의 놀이터였다.

그곳에는 명암정이 있었는데, 시원한 명암정 정자에 누워 낮잠도 자고, 심심하면 감자서리도 했다. 남의 집 감자를 캐어다 납작한 돌 위에 진흙을 돌리고, 그 위에 감자를 넣고 돌판 밑에 불을 지펴서 쪄먹기도 하였다. 우리들은 거의 매일같이 최고의 피서지이자 놀이터인 우럭바우로 가서 목욕도 하고 감자서리도 하고, 고기도 잡고, 가재도 잡으면서 한여름을 즐겁게 보냈다.

봄철의 화수회와 여름날의 추억이 배어있는 유서 깊은 명암정은 1990년대 어느 겨울에 어떤 자의 실화인지 고의인지 불타 버리고, 현재의 정자는 집안에서 돈을 모아 그 후에 다시 지은 것이다.

화수회 날의 회상

진달래가 빨갛게 온 산을 뒤덮는 봄날이면 어김없이 화수회를 한다. 화수회는 우럭바우 명암정 일대에서 매년 행해지는데, 강릉 일대의 계파 집안이 거의 다 모여서 다양한 행사를 하였다.

아침 일찍 집안 청년들이 명암정 앞개울에 유상곡수流觴曲水*를 만들었다. 모래로 굽이굽이 물길을 잡아 포석정처럼 술잔을 띄울 수 있게 수로를 만들고, 앞산에 가서 진달래를 한 아름씩 꺾어다가 모랫둑 물길을 따라 화려하게 치장한다. 물길 맨 위쪽에 술독을 놓고 양은 그릇에 술을 담아 물에 띄운다. 아래쪽에는 널찍한 판자로 다리를 놓았는데, 어른들이 술잔이 앞에 도달하기 전에 얼른 시 한 귀를 읊고, 술잔을 받아 마시는 운치가 있었다.

---

* 3월 삼짇날 흐르는 물에 잔을 띄워 그 잔이 자기 앞에 오기 전에 시(詩)를 짓는 놀이.

〈화수회 날의 풍경〉

큰 가마솥을 정자 아래쪽에 여러 개 걸고 장작불을 피워 놓으면, 여자들이 음식준비를 한다. 그리고 멍게 서너 가마니를 지게로 져다가 너래 바위에 갖다놓고 마음대로 까먹도록 하였다. 정자 안에는 집안의 어르신들만 들어가고, 나머지는 주변 바위에 자리를 깔고 둘러 앉는다. 이윽고 족보 암송 시간이 되면, 아이들이 한사람씩 나가서 큰 소리로 족보를 암송한다. 화수회 며칠 전부터 집에서 아버지가 써주신 쪽지를 들고 열심히 외운 것을 암송하는 것이다. 무사히 암송을 마치면 공책과 연필을 주셨고, 그해 중·고등학교 신입생들에게는 사전을 상으로 주었다. 어른들이 앞에 나가 시조를 한 수 읊으면 상을 내리기도 하였다.

솥에 쇠고기 미역국을 가득 끓여 밥을 말아 먹고, 떡도 나누어 먹었으며, 하루 종일 온 집안이 잔치를 벌이며 서로의 안부를 묻고 한 해의 집안 계획을 의논하는 정말 좋은 행사였다. 그것이 우리들의 혈족 결속과 유지에 커다란 영향을 미치게 되었는데, 요새는 그런 기회가 거의 없으니, 요즘 아이들에게는 과연 혈족에 대한 의식이 얼마나 유지될지 걱정스러운 마음이 든다.

추석, 명절맞이 동네 축구대회

추석은 외지에 나가 살던 사람들이 모두 모이는 최대 명절이 아니던가. 형님뻘 되는 동네 청년들이 퉁퉁바우 모렝이* 아래 냇가 모래밭에서 커다란 고무공으로 축구를 하였다.

그때 축구공은 돼지오줌보를 묶어서 차기도 했고, 짚으로 새끼를 꼬아 동그랗게 묶어서 차기도 하고, 가게에서 고무공을 사기도 하였는데, 고무공은 세 가지 크기가 있었다. 애들 주먹만 한 것부터 큰 나주배만한 것. 그리고 가죽공보다 조금 작은 것이 있었으며 추석날 경기에는 그중에 큰 고무공으로 골라 축구를 하였던 것이다. 그러다 축구공이 가로수에 맞아 가시가 박혔다. 그러니 가시를 빼면 바람이 빠진다고, 가시를 그냥 박아놓은 채 튀어나온 곳만 잘

---

* 모롱이 또는 모퉁이. 산모퉁이의 휘어 둘린 곳을 말한다.

라내고서 계속 차기도 하였다.

추석 다음날은 통상 사천국민학교로 가서 사천 팀과 한밭 팀이 축구 시합을 했는데, 사천 팀은 아마도 방골을 주축으로 그 주변의 청년들이 모였을 것이다. 그때 사천 팀에 강릉농업고등학교 축구선수가 한 명 있었는데, 그 선수가 중앙선에서부터 단독으로 사뿐사뿐 몰고 가서 골까지 넣는 묘기를 볼 수도 있었다.

단오제의 현장 학습

강릉 단오제는 1967년에 국가중요문화재 제13호로 지정되었고, 2005년 11월 25일에는 유네스코에서 '세계인류 구전 및 문화유산 걸작'으로 지정하였다. 중요한 문화재가 고향에 있다는 것은 어린 우리들에게는 커다란 행운이었다.

단오제의 풍경이란, 시장 구경도 변변히 못해본 우리에게 있어 가히 세상 구경에 눈을 뜨게 해주는 중요한 연례 행사였다. 호랑이와 코끼리도 단오장에서 처음 보았고, 원숭이의 재롱이며 각종 동물들의 등장은 신기함 그 자체였으며, 아슬아슬한 서커스단 공연 관람, 수많은 먹거리 장터와 야바위 놀이도 실로 최고의 볼거리였다. 물을 대야에 담아 놓고 팔던 삼각형 모양의 '비닐봉지 주스', 어깨에 메고 다니는 네모난 통 속의 '아이스께끼', 오색물감으로 '그림이름쓰기' 등. 무당굿을 하는 곳도 기웃거려보고, 황소를 매어놓은 씨름판도 구경하고, 그네 타기도 구경하였다.

특히 그네는 담밖골 집 옥녀 아재가 최고였다. 매년 가장 높이 타서 냄비 같은 상품도 많이 받았다고 하였다.

단오행사는 남녀노소가 없이 모든 계층에 볼거리 놀거리가 다 갖추어 졌으니, 강릉지역 최대의 행사임에 틀림없었다. 우리 동네 머슴들도 이때는 다들 구경을 하고 왔다. 특히 사단 터 운동장에서 단오제마다 열리는 농고와 상고의 축구 시합은 단연 최고 인기 종목이었다. 아마도 단오 때마다 축구 시합하던 그 선수들 중에 국가대표도 여럿 나왔을 것이다.

아버지 동갑계 하던 날

아버지는 '동갑계'가 있었다. 부부 동반으로 집집마다 돌아가며 하는 소위 '먹자계'였는데, 정성껏 음식을 바워서준비해서 식사와 술을 즐겁게 먹고, 여흥을 즐기는 모임이었다.

술안주로는 간, 천엽은 필수이고 문어와 같은 각종 안주류와 밥반찬을 만드는데, 이때 가끔은 편육도 만들곤 했었다. 편육은 소가

죽과 대가리를 사다가, 가죽은 짚불에다 털을 잘 그슬리고 썰어서 대가리와 함께 가마솥에 푹 고는데, 완전히 녹아서 흐물흐물해지도록 곤 다음, 뼈는 발라내고 다시 졸여서 우무 모양이 되었을 때, 함지에 담고 눌러 식히면 특유의 무늬가 박힌 편육이 되었다. 이것을 네모반듯하게 썰어내어 간, 천엽과 함께 최고의 술안주를 대접하게 되는 것이다. 그렇게 앞뒤 사랑에 가득히 둘러앉아서 먹고 마시기가 어느 정도 정리되면, 다음은 노래를 부르는데 그때 들었던 노래 중에 지금까지도 기억에 남는 음률이 있으나 그것이 무슨 노래인지는 모르고 지냈다. 최근에 제주도로 여행을 갔을 때 민속촌 가이드에게 노래를 청해 듣고서야 그것이 제주도 해녀들의 전래민요 '너영 나영'인 것을 알았다.

너영~ 나영~ 두리둥실 놀구요~ 낮이 낮이나 밤이 밤이나 참 사랑이로구나~
아침에 우는 새는 배가 고파 울고요, 저녁에 우는 새는 님 그리워 운다네~

노래가 한 순배 돌아가면 다음은 마작을 한다. 우리 집에는 항상 마작 통이 있었는데, 그 마작은 네모 단단한 것이 우리들 놀이 도구로도 안성 맞춤인지라, 가끔 마작을 가지고 담을 쌓으며 놀았다.

처음 본 신파극

신파극新派劇은 일제 강점기에 들어온 것으로, 일본 고유의 가부키를 구파극舊派劇으로 비유하여 서양식의 새로운 연극을 신파극이라고 한 명칭에서 유래된다.

그런데 그 신파극이 내가 어릴 적에 가장 먼저 본 성인 연극이었을 게다. 우리 동네 운산 집에 권혁재라는 집안 아저씨가 살았는데, 당시 고등학생인지, 졸업했는지, 아니면 고학일 수도 있겠으나, 고등학교 고학년 정도로 기억된다. 그 혁재 아저씨가 총 연출하여, 즈므* 동네 냇가에서 캄캄한 밤에 신파극을 하였다. 내용은 모두 기억하지 못하지만, 어렴풋이 '이수일과 심순애'가 아니었던가 싶다. 밤에 즈므까지 가서 구경을 하고 올 정도로 광고도 열심히 하여 구경꾼도 상당히 많았던 것으로 생각되는데, 어떻게 그런 연극을 준비하고 연출을 하여 주민을 대상으로 공연을 하였는지, 그 아이디어와 추진력과 노력이 참으로 대단하다.

그 후로 나는 오랫동안 혁재 아저씨의 천재성에 대해서 의아해했었는데, 희곡을 써서 전국공모에 당선되었다는 소문도 있었지만, 이후에는 어떻게 되었는지 아는 사람도 없었고, 집안 모임에서도 더 이상 볼 수 없었다.

---

* 태장봉 안쪽에 있는 마을 고유 명칭.

연 만들어 날리기

〈번갯골 능선에서 연 날리기〉

겨울철 놀이로 연날리기도 많이 하고 놀았다.

연은 주로 직접 만들어 날렸는데, 방패연은 꼬리가 없으니 뱅뱅 돌다 땅바닥에 내리꽂히기 일쑤라 날리기가 참 어려웠다. 그래서 방패연은 잘 만들지 않고, 꼬리가 길어 중심을 잘 잡아주는 가오리 연을 주로 만들었다.

대나무를 낫으로 쭉 갈라서 겉대를 칼로 가늘게 다듬고, 창호지 는 문을 바르다 남은 것에서 조금 오려서 만들었으며, 풀 대신 남 은 식은 밥을 붙이곤 하였다. 다듬은 대나무를 휘어서 실로 묶고, 창호지를 네모로 오려서 대나무와 붙이는데, 그게 어지간히 요령이 있어야 붙지, 밥풀로는 나무와 종이가 잘 붙지 않는다. 그러면 창호지를 직사각형으로 자그마하게 오려서 대나무 사이로 군데군데 마주 붙였다. 그런 다음 꼬리를 만드는데, 길게 오린 창호지를 여러 번 연결해서 3~4m 정도로 길게 붙이고 양쪽 날개는 50㎝ 정도로 짧게 만들어 붙인다.

연이 거의 만들어졌는데, 마지막으로 가장 중요한 실 매는 작업이다. 실의 각도를 유지하고 앞뒤로 움직이지 않도록 매어야 잘 나는, 연다운 연을 만들 수 있는 것이다. 성냥불을 붙여 중간쯤 태우다가 끄면 빨간 숯불이 남는다. 이것을 대나무 연결 부위 양쪽에 갖다 대면 구멍이 뚫린다. 뒷부분에 구멍 두 개도 마저 뚫고, 실을 삼각형으로 각을 맞춰서 잘 매면 연이 완성된다. 실 감는 연자개도 손잡고 돌릴 수 있도록 가는 나무로 크랭크 모양으로 만들어 가운데 철사를 끼워서 만들었다. 실은 반짇고리에서 질긴 실을 꺼내다가 사용 했다.

우리 동네에서 바람이 잘 부는 곳은 번갯골 능선이다. 그곳으로 가서 북서풍을 받아 경포대 방향으로 연을 날리곤 하였다. 그러나 연날리기도 혼자하면 무슨 재미가 있으랴! 여럿이 모여서 서로 제 것이 높이 올라가도록 재주를 부리며 놀았다. 바람이 너무 세게 불면 연이 까불고 뱅뱅 돌다가 서로 실이 엉키는데, 그러면 둘 중에 어느 하나는 연줄이 끊어지고 만다. 또 재미를 더하기 위해 일부러 연줄을 걸어 끊는 내기를 하기도 했다. 강한 연줄을 만들기 위하여 유리를 돌로 아주 잘게 부수어 이것을 밥풀로 갠 다음 연줄에 묻혀서 상대방 연줄을 끊어 먹기도 하였으니, 연줄 끊기 시합이 얼마나 치열했던지……!

그러다 설이 지나고 대보름이 되면, 연을 일부러 높이 띄워 줄을 끊고 바람에 날려 보낸다. 이것은 한 해의 액운을 연과 함께 공중으로 날려 보내는 의식으로 전해오고 있었다. 이때 연줄에 작은 담배 꽁초를 매어서, 높이 뜨면 담뱃불에 끊기도록 하는 기발한 착상도 전수가 되곤 했다.

제기와 빠찌 만들어 놀기

제기차기와 빠찌딱지, 강원도 방언치기도 자주 하였다.

제기도 만들어서 놀았는데, 우선 네모 구멍 뚫린 엽전이 있어야 한다. 한문으로 '상평통보'라고 써져 있는 엽전을 주로 사용했다. 비닐이 없어 종이로 만드는데, 그때는 미농지가 최고였다. 미농지는 얇고 반투명한 종이라 결이 있어 제기 수술을 잘 만들 수 있었다. 아버지의 책이며 시효가 지난 장부에 미농지로 된 것이 많이 있었다. 그러면 엽전을 종이에 놓고 돌돌 말아서, 가운데 엽전 구멍에 못으로 구멍을 뚫고, 양쪽 끝을 잡고 그 구멍으로 밀어 넣는다. 그것을 펴서 세로로 쭉쭉 찢으면 최고의 제기가 되었다.

제기는 외발로 차기와 두 발로 차기가 있는데, 외발로 차는 법은 계속 발을 들고서 차는 방법과 한 번 차고 땅을 딛고 또 차는 방법이 있다. 두 발은 교대로 한 번씩 차야 했으니, 이 놀이가 하체를 튼튼하게 하는 데는 그만이었다.

빠찌는 주로 아버지가 공부하시던 일본어로 된 교과서 종이를 썼다. 이것을 뜯어 접으면 빠찌에 안성맞춤이었다. 크고 두꺼운 것부터 작고 얇은 것까지, 다양한 종류를 만들어 주머니에 두툼하게 넣고 다니며 빠찌치기를 하고 놀았다. 발을 옆에다 대고, 있는 힘을 다해 빠찌를 내려쳐 뒤집으면 상대방의 빠찌를 따 먹는다. 작은 빠찌로 큰 빠찌를 땄을 때가 기분이 제일 좋다. 빠찌치기는 팔과 어깨 운동에 큰 도움이 되어, 나중에 던지기도 잘 할 수 있었다.

공기놀이

공기놀이는 크기가 엇비슷한 공깃돌을 가지고 하는 놀이로, 남녀 구분 없이 같이 어울려 할 수 있는 놀이였다.

동그란 공깃돌 다섯 개를 가지고 노는데, 돌을 모두 바닥에 흩뿌리고 한 개를 집어서, 집은 한 개를 공중에 던지고 그 사이 한 개를 집고, 이렇게 네 개 모두 집었으면, 다음에는 두 개씩 두 번, 다음엔 세 개 한 개, 그다음 네 개를 한꺼번에 집는데 성공하면, 다음에는 왼손 손가락을 꼬아서 땅에 대고, 손 뒤로 다섯 개를 앞으로 뿌린 다음, 한 개를 집어서 나머지 네 개를 한 개씩, 다른 돌은 건드리지 말고 왼손 안으로 집어넣은 다음, 네 개를 동시에 집어 올리면 된다. 다음이 마지막 단계인데 다섯 개의 공깃돌을 손등에 사뿐히 올리고, 꺾어 잡는데 두 가지 방법이 있다. 초보자는 채쳐 꺾기로 손등에서 위로 올렸다가 바로 채쳐 꺾어 잡고, 숙달되면 받아 꺾기를 하는데, 손등에 돌을 위로 휙 던지고 맨 아래 한 개를 아래로 채쳐 꺾은 다음 나머지 네 개를 받으면 된다. 틀리지 않고 열 판을 먼저 내면 이기는데, 1단부터 6단을 연속으로 다해야 한 판이 나고, 한 판 중에 못 받든가 다른 돌을 건드리면 상대방에게 순서가 넘어간다. 중간에 틀리면 순서를 바꾸고, 다음 틀린 지점에서 다시 시작한다.

　대부분의 아이들이 스마트폰을 가지고 다니듯이, 당시 아이들은 주머니에는 똑같은 크기의 공깃돌을 넣고 다녔다. 공기놀이는 장소를 가리지 않았다. 어디든 모여 앉으면 곧 놀이장이 되었다. 하굣길 신작로 옆 미루나무 밑에서 놀기도 하고, 교실 마룻바닥에서도 놀았다. 혼자서도 할 수 있는 놀이인 데다, 남학생 여학생 불문하고 삼삼오오 모여앉아 시간가는 줄 모르고 참 많이도 갖고 놀았다.

자치기 놀이

겨울철 놀이 중에 자치기를 빼놓을 수 없다. 톱과 낫으로 쉽게 만들어 놀았는데, 주로 가래떡 굵기의 똑바른 아까시나무를 한 뼘 정도 잘라, 반대쪽 끝을 엇비슷하게 삐져내어 잘 튀도록 자침을 만들고, 자는 조금 더 굵은 놈을 골라 팔뚝 길이 정도로 만든다. 상대방과 번갈아 치는데, 열 자가 넘어 점수가 나면 계속 친다. 세 번을 쳐서 열 자를 못 넘기든가, 상대가 던져서 마당에 그려 놓은 커다란 원 안에 들어가면 교대한다.

먼저 정해진 점수를 내면 이기는데, 치는 기술에 난이도가 있다. 잣대로 자침 끝을 톡 쳐서 튀어 오른 것을 한 번에 멀리 치는 것이 기본이다. 튀어 오른 자침을 한 번 톡 팅기고 두 번째에 멀리 쳐서 보내면 자의 반으로 쟀다. 튀어 오른 자침을 한 번 톡치고, 두 번 톡치고 세 번째에 멀리 치면 자침으로 재었다. 그러니 손재주가 얼마나 좋아졌겠는가?

마당에서는 비교적 쉽게 잘 되는데, 밀밭이나 밭고랑에 떨어지면 칠 수가 없는 상황이 되곤 하였으니, 그것을 잘 발전시켰으면 오늘날 골프보다도 더 재미있게 발전시킬 수도 있지 않았을까?

딱총 만들기

문방구에서는 빨간 종이에 봉긋봉긋 물방울 모양의 화약이 묻어 있던 놀이용 화약을 팔았다. 딱총은 나무를 권총 모양으로 깎고 그 위에 홈을 판 뒤, 홈에다 총열을 대고 묶는데, 그때 총열은 주로 망가진 우산대의 쇠파이프를 톱으로 잘라서 사용했다.

고무줄로 단단하게 묶은 다음, 기다란 대못의 끝부분을 ㄱ자로 구부려 못대가리 부분이 총열 파이프 안으로 들어가도록 만들고, 탄력 있는 고무줄을 여러 겹 걸어서 총의 몸통과 못대가리 부분에 연결한다. 그리고는 끝이 구부러진 대못 방아쇠 고무줄을 힘껏 당겨서, 옆으로 돌려 못에 건다. 그 다음에 엄지손가락으로 튕기면 격발이 되어 긴 대못이 총열 안으로 튕겨 들어간다. 그러면 이제 총은 다 만들어 졌다. 총열 파이프 끝에는 양초를 넣고 단단한 벽에 대고 여러 번 격발로 다져서 단단하게 구멍을 막은 다음, 그곳에 화약을 3~4발 정도 잘라서 넣는다.

격발기를 힘껏 당겨서 걸었다가 엄지로 튕겨서 격발하면, 요란한 소리와 함께 위력이 센 탓에 총구의 양초가 날아가 판자에 박히기도 하였다. 욕심을 과하게 내어 화약을 너무 많이 넣으면 총열이 바나나처럼 터져서 총을 못쓰게 되기도 하였다.

땅따먹기 놀이

아무 도구도 필요 없이 그냥 마당에서 노는 놀이가 땅따먹기 놀이다. 두 명부터 네 명까지 할 수도 있으나 통상 둘이서 한다.

마당에 네모 반듯하게 금을 긋고, 대각선 코너에는 자신의 손으로 한 뼘 반지름의 원을 그린다. 그 원의 면적이 최초 자신의 땅이 되는 것이다. 옹기 깨진 작은 사금파리로 자신의 땅을 넓혀 가는데, 손가락으로 한 번 튕겨서 자기가 확보하고 싶은 만큼 보내고, 두 번째로는 꺾어서 자기 땅 안으로 돌아올 준비를 한 다음, 세 번째 튕겨서 자신의 땅 안으로 들어오면, 그 땅이 내 땅으로 확보된다. 거기다 한 번 성공하면 보너스로 한 뼘 만큼 좁고 긴 땅을 추가로 차지하게 된다.

안전하게 하려면 살살 조금만 튕기면 되고, 욕심을 내서 멀리 튕겨 보내면 한 번에 넓은 땅을 차지 할 수 있지만 그만큼 위험성이 따르는 게임이니, 조금씩 여러 번 하는 것이 좋은지, 대범하게 멀리 튕겨서 대박을 노리는 것이 좋은지, 어렸을 때부터 체험으로 배우는, 인생의 교훈이 되는 놀이였음에 틀림없다.

꼰이 놀이

언제 어디서나 쉽게 놀 수 있는 방법에 꼰이고누 놀이가 제격이다. 바닥에 마주 앉아 가운데에 말판을 그리고, 둘이서 장기 두는 것처럼 하면 된다. 원과 열십자를 그린 뒤 맞은 편 쪽으로 선을 빼서 옆으로 긋고, 내 앞쪽 선 위에 말을 3개씩 놓는다. 말은 대개 조약돌로 하거나, 나무를 꺾어서 하기도 했다. 한 번에 한 칸씩 움직여서 상대방 진영까지 쳐들어가는데, 상대 말이 막히면 못 간다. 먼저 내 말 세 개가 완전히 상대방 진영까지 쳐들어가면 이긴다.

이것을 우물고누라 하고, 사각형의 고누는 두 말 사이에 상대가 끼면 따내는 고누이다. 우리는 주로 우물고누를 많이 하고 놀았다.

돼지 불알 놀이

냇가의 백사장 위에 돼지 창자 모양으로 요철 모양의 기다란 그림을 그린다. 한편은 그림 안에 들어가고, 한편은 바깥에서 놀이를 하는데, 그림의 양쪽 끝에는 커다란 원을 그려 안쪽 팀이 안전하게 대기할 수 있도록 하고, 중간중간에 잘록한 부분과 둥근 대기장소를 두세 개 만든다. 잘록한 부분을 통과하여 맞은편 원으로 가면

이기는 놀이다. 이때 바깥에 있는 편은 잘록한 부분을 못 건너가게 길목을 지키고 있다가, 통과하려거든 낚아채는 방식이다. 그러니 상대의 주의를 분산시켜 통과하며, 중심을 잘 잡고 날렵하게 몸을 만들어야 했다. 집 앞 냇가 백사장이 주로 놀이 장소였다. 하얀 모래가 깨끗하고 고와, 뒹굴며 놀아도 다치지 않는 좋은 놀이터였다.

물레방아 타고 놀기

우럭바우로 올라가다보면 산 밑에 물레방아가 있었다. 이 물레방아는 대수완 집 할아버지가 운영하는 것이었는데, 가을 한철 바쁘게 운영하고 여름에는 거의 쉬고 있는 날이 많았다. 일이 없으니 주인도 현장에 없고, 물은 떼어놓아 물레방아는 제자리에 서 있는데, 이것이 그렇게 재미있는 놀이 기구였다.

우리는 물레방아 안으로 한두 명씩 들어가서 체중을 이용하여 이리저리 돌리면서 놀았는데, 뒤집힐 듯 말 듯 몸이 아래로 쏠리니 아슬아슬하게 매달려 스릴이 있는 데다, 왔다 갔다 정말 재미있게 놀 수 있었다. 워낙 육중한 물레방아라, 자칫 실수 하는 날엔 크게 다칠 위험이 많았지만, 용케도 움직이는 바큇살 사이로 타고 내리기를 반복하며 놀곤 하였다.

삼태기로 참새잡기

겨울철 눈이 내려 세상 천지가 하얗게 덮이면, 새들이며 짐승들은 먹이가 모두 덮여서 먹을 것이 없어진다. 이때를 노려 참새를 쉽게 잡는 방법이 있다.

눈을 치우고 짚단을 몇 개 갖다가, 벼이삭을 골라 마당 가운데에 모아둔다. 그런 다음 삼태기와 짧은 작대기, 그리고 새끼줄을 준비한다. 삼태기를 벼이삭 위에 갖다놓고, 그 위에 적당히 무게가 나가는 돌로 눌러둔 뒤, 삼태기 끝에 새끼줄을 맨 작대기를 받쳐 세운다. 새끼줄 한쪽을 방안으로 끌고 와서 면경으로 내다보며 참새들이 삼태기 속으로 들어가기를 기다린다. 경계심 많은 참새는 주변을 맴돌며 살피다가 드디어 벼이삭의 유혹을 못 이기고 삼태기 속으로 톡톡 튀어 들어간다. 이때 방 안에서 문구멍 너머로 보고 있다가, 새끼줄을 당기면 삼태기 속에 참새가 잡힌다.

겨울 밤 참새잡기

동지 무렵이면 캄캄한 겨울밤에 참새 잡이를 하곤 하였는데, 주로 두 가지 방법으로 잡았다.

한 가지 방법은 '후래쉬'로 잡는 것인데, 참새는 주로 초가집 처마 부근에 구멍이 있으면 바람을 피해 구멍 속에 들어가서 잔다. 그러니 후래쉬를 들고 찬찬히 비추다 보면 처마 끝 구멍 속에 참새가 보인다. 그러면 한 사람은 참새 눈에다가 계속 후래쉬 초점을 맞춘 채, 다른 사람이 조심히 올라서서 손으로 잽싸게 참새를 움켜잡는다. 이때 감을 잡고 어둠 속으로 탈출하는 놈도 있고, 잡히는 놈도 있는데, 그렇게 쉽게 참새를 잡기도 하였다.

다른 한 가지 방법은 좀 엉뚱하다. 우리 집 앞에 어른 키 높이 정도의 사철나무가 있었는데, 그곳이 참새들이 주로 모여 자는 곳이었다. 한밤중에 집안에서 덮는 모포를 가지고 살금살금 다가가서 사철나무에 푹 씌우면, 참새들이 놀라서 푸드득 날아오른다. 그때 작대기를 하나씩 들고 위에서 이리저리 돌아가며 막 내리친다. 그러면 작대기에 맞는 참새가 바닥에 떨어지고 그것을 주워 담으면 되었다.

구루마 경주

우리들의 오락 중에 빼놓을 수 없는 것이 또 '구루마' 타기이다.

구루마는 겨울철 얼음 썰매보다 한 단계 위의 장난감으로 주로 봄철에 많이 탔다. 구루마도 어른들 도움 없이 대부분 동네 형들이 손수 만들었는데, 지금 생각해 보면 참 대단한 솜씨들이었다.

구루마는 몸통 부분과 바퀴 축 부분, 바퀴 부분이 있는데, 몸통 부분과 바퀴 축 부분은 어른 팔뚝 정도의 비교적 가는 나무로 만들었다. 그렇지만 바퀴는 굵은 나무를 베어야만 큰 바퀴가 나온다. 그러니 어린이들이 산에 가서 굵은 소나무를 베어, 하루 종일 바퀴를 켜서 오든가, 굵은 부분만 가지고 와서 바퀴를 켜곤 했다.

몸통은 두 개를 나란히 놓고 앞쪽 핸들 부분에 사각형의 나무를 끼운 뒤 못으로 고정한다. 뒷바퀴 축은 고정시키고 앞바퀴 축은 따로 만드는데, 끌로 가운데 작은 구멍을 뚫고, 핸들 부분 사각형 나무에도 같은 구멍을 뚫어 앞바퀴 축과 회전이 가능하도록 결합시킨다. 이때 길다란 볼트와 너트가 있어야 했다. 바퀴 축은 어른 팔뚝만한 굵기에다 바퀴 끼울 부분만 약간 가늘게 깎아 낸다. 바퀴는 굵은 나무를 약 5cm 정도 두께로 잘라 가운데에 구멍을 뚫고 바퀴 축에 끼운 다음, 바깥으로 빠지지 않게 굵은 못으로 고정 시킨다. 앞바퀴 양쪽에 핸들용 끈을 매고, 올라 앉을 판자를 대면 끝이다.

이렇게 완성되면 산에 가서 구루마를 타는데, 적당한 경사와 굴곡은 지금의 눈썰매나 스키 슬로프와 같을 것이다. 가장 많이 이용한 슬로프는 큰댁에서 담밖골 집으로 넘어가는 급경사 직선 코스이다.

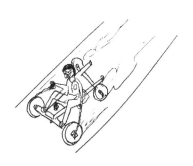

동네 구루마가 거의 모두 집합하여 성능을 겨루는데, 붉은 흙이 있는 직선 경사에 구루마가 내리 달리면 바퀴에서 연기가 파랗게 피어나고, 뒤에는 먼지가 뽀얗게 일었다. 바퀴축이 닳아서 가늘어지던가, 바퀴 구멍이 커지면 새로 바꿔야 했다. 뒷산 영국이네 집 바로 뒤에도 슬로프가 있었다. 경사는 완만하고 굽이가 있어, 속도는 늦었으나 소나무 사이로 곡선주행 하는 묘미가 쏠쏠했다. 그래도 많이 모여 노는 즐거움은 큰댁 옆이 최고였다.

사태 지역 썰매타기

구루마 타기와 비교되는 놀이가 있었으니, 바로 사태 지역에서 썰매 타던 일이다. 가재낭골 우리 밭 위쪽 큰 골짜기에는 나무는 거의 없고 헐벗은 능선이 있었는데, 마사 모래가 밀려 걸어서는 능선을 올라가기 힘든 급경사 지역이었다. 여기에서 소나무 가지를 잔뜩 꺾어다 엉덩이 밑에 대고 능선 위에 앉아 내리 달리면, 골짜기 아래로 모래 썰매타기를 할 수 있었다. 타고 내려오면 소나무 깔개를 들고 다시 올라가 또 내리 달리고, 연신 오르락내리락 하면서 놀았는데, 그러다보면 흘러내린 모래가 아래에 그득 쌓여 푹신한 것이, 다칠 염려도 없이 즐겁게 놀 수 있었다. 요즘 사막 지역에서 하는 '샌드보드'와 비슷한 놀이이다.

지금의 울창한 숲을 보면서 이런 얘기를 한다면 과연 믿을 수 있을까 싶다. 십 년이면 강산도 변한다 했는데, 다섯 번도 더 바뀌었으니 그 모습이 상상이나 되겠는가!

앞 냇가에 털게

내가 아주 어렸을 때는 집 앞개울에 털게도 살았었다. 집게발 바깥쪽으로 검은 털이 나있어 털게라 불렀다. 준휘네 집 옆 냇가에, 물에 드리운 나지막한 버드나무 아래 논둑 쪽으로 구멍이 있고, 그 구멍 앞에 게가 나와서 있었는데, 내가 다가가자 깜짝 놀라 얼른 구멍으로 쏙 들어 가는 것을 보았다. 그것을 낑낑대고 구멍을 헤집어서 기어이 잡아내었다. 그때는 여름에 큰 비가 오고나면 경포호수에서 여러 가지 큰 물고기도 올라 오고, 새우나 게 같은 것들도 물을 따라 올라 오곤 했었다. 실제로 우럭바우 바위 틈새에는 새우가 새카맣게 몰려 있기도 했는데, 그곳의 바위는 워낙 크기 때문에 바위 틈새로 쏙 들어가 버리면 어찌 잡을 방법이 없었다.

앞개울의 맑은 물

집 앞의 개울은 우리들 성장기에 정말 많은 추억이 있는 곳이다.

장마철 비 올 때는 황토물이지만, 삼사일 지나면 다시 깨끗한 맑은 물이 흐른다. 그곳에서 우리는 물고기도 잡고, 목욕도 하고, 수영도 했을 뿐 아니라 모래사장에서 뒹굴며 놀고, 겨울엔 썰매도 타면서 많은 추억들을 만들었다.

여름철 초저녁이면 여기저기서 어른들이 목욕하는 것도 냇가에서의 일상이었다. 밭일 끝내고 돌아온 일꾼은 물론이요, 할머니와 어머니도 앞 냇가 버드나무 아래서 가끔은 목욕을 하셨다. 남자는 저만큼 위쪽에 올라가서 씻고, 여자는 다리 위쪽 논둑길 옆의 버드나무 아래서 씻었다.

모래를 손으로 슥슥 긁으면 웅덩이가 생긴다. 그 웅덩이 속에 푹 담가 앉아서 몸을 식히고, 땀을 씻었다. 모기가 많이 달려들었지만 종일 흘린 땀을 씻고 나면 얼마나 개운했겠는가. 시원해서 잠도 잘 잘 수 있었을 게다. 막내 용빈이는 아주 어릴 적에 물을 좋아 했었는데, 어머니가 냇가에서 빨래하는 동안 개울 가운데에 앉혀 놓으면, 한나절은 물 속에서 혼자 잘도 놀았다.

얼굴에 쇠오줌을 바르다

동네 산이 온통 놀이터이다 보니 자주 산에 가서 놀았는데, 나는 유독 옻에 약한 면이 있었다.

한 번은 산에서 온종일 쏘다니며 잘 놀고 왔는데, 자고 아침에 일어나보니, 얼굴의 감촉이 이상했다. 뭔가 얼굴에 한 겹 붙어있는 느낌이었다. 그래서 얼굴이 이상하다고 말했더니, 할머니가 이리저리 살펴보고는 옻이 올랐단다. 그리고는 내 팔을 이끌고 말산댁으로 갔다. 말산댁 외양간 앞에는 기다란 '오지랑물' 통이 있는데, 이게 뭐냐 하면 외양간에서 소가 오줌을 싸거든, 바닥 짚에 배었다가 서서히 흘러나와서 고여 있는 쇠오줌 저장소이다. 할머니는 어떻게 아셨는지 간장보다 진한 색의 오지랑물을 헝겊에 찍어서 내 얼굴에 골고루 발라 주었다. 그때는 냄새가 어떤지도 모르고 그냥 얼굴에

44

발랐는데, 더러움에 역겨운 것은 어쩔 수 없었다. 그렇게 두세 번 바르니 쇠오줌 효과인지 옻이 말끔히 사라졌다.

그 후로도 여러 번 옻이 올랐던 기억이 있다. 그래서 나는 남들이 좋다고 하는 옻닭도 이때까지 먹어 본적이 없다. 어렸을 적 얼굴에 쇠오줌을 바른 때부터, 지금까지도 나는 옻이 오를까 두려워 요즘도 산에 오를 때면 옻나무는 피해 다닌다.

원숭이도 나무에서 떨어져

나의 어린 시절은 지금처럼 다양한 놀이 도구나 장난감이 없었으니, 그야말로 주변 자연이 전부 놀이 도구였다. 산이며 냇가가 모두 놀이터였는데, 친구들과 같이 빽빽한 나무 위로 올라가, 이리저리 옆의 나무로 옮겨 다니면서 놀곤 했다. 어른 팔뚝 굵기의 소나무에 올라가 휘청휘청 흔들다가 옆 나무로 옮겨가곤 하는 것이 그렇게 재밌었다. 어려서부터 이렇게 놀았으니, 군대에서 하는 타잔 나무 타기 유격코스를 미리 연습 한 것이나 마찬가지다. 그 코스는 다른 사람보다 잘 할 수 있었음은 물론이다.

그렇게 산에서 재미나게 놀던 중 한 번은 나무에서 옮겨가다, 아뿔싸 그만 떨어지고 말았다. 소나무는 가지를 자른 마디마다 서너 개씩 삐죽한 옹이 그루 턱이 남아 있는데, 아래로 밀려 떨어지면서 그 삐죽한 것에 배를 쭉 긁히고 말았다. 집에 돌아와서 된장을 바르고 배를 붙들어 매었다. 그날의 상처는 내 왼쪽 가슴 아래쪽에 있고, 꼭 칼에 맞은 자국 모양으로 길게 생겼는데, 지금까지도 희미하게 남아 있다.

감 대장 1, 홍시 따먹기

가을이 되면 홍시를 따먹는 것이 커다란 즐거움이었다.

홍시가 생기기 시작하면, 학교를 갔다 오자마자 감나무 밑에 달려가서 이리저리 살펴보고 홍시가 있으면 따먹는데, 낮은 곳은 작대기나 감장대로 따먹으면 되었다. 그런데 꼭 높은 데에 있는 것이 유독 크고 빨갛고 맛있어 보이기 때문에, 그것을 어떻게든 따먹어야 직성이 풀렸다.

나무 위로 살살 올라가 가지에 엎드리든가 매달려서, 한 손으로 작은 가지를 휘어서 잡아당기고 또 다른 한 손으로는 홍시를 따야 하니, 아주 긴장되는 고난도 기술이다. 감나무는 가지가 약해서 잘 부러진다. 그러니 발로 가지를 툭툭 쳐보고 내 몸무게를 지탱할지 못할지를 육감으로 알아 차려야 한다. 그렇게 해서 아무리 높은데 있어도 맛있는 홍시는 기어이 따먹었다. 그때 단련된 나무타기 기술은 지금까지도 남다른 재주로 남아있다.

누나는 떫은 생감을 그렇게 좋아했다. 학교를 마치고 어둑할 무렵 집에 돌아오면, 일단 감나무 밑에 가서 낮은 가지를 잡고 누런 생감을 서너 개씩 따다가 저녁에 공부하며 와삭와삭 잘도 먹었다.

감 대장 2, 마당의 홍시우리

집 옆에 첫 번째 있는 감나무는 곶감보다 홍시가 맛있는 반 동철 감이었다. 그래서 그 나무는 따지 않고 두었다가 늦은 가을 서리가 내린 후에, 그 감을 따서 마당에다 '홍시우리'를 만들어 저장했다.

홍시우리는 수수깡으로 만들어 세웠는데, 어른 키 높이 정도에 직경은 1m 정도 되었지 싶다. 바닥에는 솔가리를 두껍게 깐 뒤 감을 한 층 놓고, 그 위에 다시 솔가리를 10cm 이상 덮고, 또 감 한 층, 이런 식으로 층층이 가득 채운다. 그러면 우리 안의 감들이 얼었다 녹았다 하면서 맛있는 홍시가 되는데, 한겨울에 처음으로 그 홍시 맛을 본 사람은 그 맛을 평생 잊지 못한다. 그 예로, 생도 2학년 겨울 방학 때 동기생 세 명이 우리 집에 놀러 왔는데, 어머니가 홍시우리에서 꺼낸 홍시를 냉수에 녹여서 내놓으셨고, 얼린 홍시를 처음으로 먹어본 동기생들은 그 맛에 놀라, 지금도 만나면 그때 어머니가 주신 그 홍시 맛을 잊을 수 없다고 얘기한다.

지금도 우리 집 냉동실에는 가을에 대량으로 사서 얼려둔 홍시가 가득 있다. 겨울이건 봄이건 다음 홍시 철이 올 때까지 저녁 식후에 한 개씩 꺼내어 숟가락으로 살살 긁어먹는 얼린 홍시의 맛을 아는지! 이것이 요즘 프랜차이즈에서 파는 홍시슬러시의 원조가 아니겠는가.

감 대장 3, 곶감 덕과 너구리

우리 집에는 대여섯 그루의 감나무가 있었다. 집 뒤에 굴뚝위로 커다란 감나무가 있었고, 마당 아래에도 있었다. 집 옆에 두 그루, 옆 밭 끝에 큰 나무와 작은 나무들이 있었다.

찬바람 부는 늦가을이 되면 감을 따서 곶감을 만드는데, 얼기 직전까지 두었다가 진한 노란색으로 익었을 때 딴다. 대나무로 집게 발 감장대를 만들어 나무 위에 올라가 간신히 의지한 채로, 고개를 치켜들어 감 한 개씩 따는 것은 재미있기도 하였지만 꺾인 고개가 무척 아프기도 했다.

밤을 새워 할머니 어머니가 예쁘게 깎은 감을 큰 함지박에 가득

담아 놓으면, 싸리나무로 만든 곳감 꼬지에 열한 개씩 꿰어서 달아
맬 준비를 한다. 열 개면 되지만 한 개는 예비용이다. 통나무로 사
랑 밖에다가 덕을 만들고 거기다가 곳감을 걸어 말린다. 굵은 새끼
줄에 나란히 서로 닿지 않을 간격으로 꿰어서 거는데, 땅에서 1m
정도 높이까지 달아맨다. 그럼 말랑하게 마르면서 아주 달달하게
맛이 든다. 그런데 이맘때쯤 항상 밤에 너구리가 와서 곳감을 훔쳐
먹는다. 너구리의 울음소리는 가늘고 날카로운 소리를 낸다. 우리
는 잠결에 그 소리를 자주 들었다. 낮은 쪽의 잘 익고 맛있는 곳감
은 늘 너구리가 먼저 맛보곤 했다. 쥐는 통나무 기둥을 타고 올라
가 곳감을 먹는데, 짐승들은 늘 크고 맛있는 것만 골라 먹는다. 너
구리도 먹고, 쥐도 먹고, 인쥐우리들도 먹고 아무튼 손실이 많았다.

감 대장 4, 꽂이 곳감

강릉 지방의 고유의 독특한 곳감인 '꽂이 곳감'은 지금은 구경하
기가 어렵다. 아마도 그 명맥이 단절되었는가 보다.

꽂이 곳감은 감을 깎을 때 꼭지를 따내고 깎는다. 그 감을 싸리
나무로 만든 곳감꽂이에 열한 개씩 가운데를 꿰는데, 한 개는 예비
로 추가하는 것이다. 너구리가 먹든가 쥐가 먹든가 하면 예비로 열

개씩 채우기 위함이다. 어느 정도 마르면 감을 돌려주어야 곶감꽃이와 감이 세게 달라붙지 않는다. 알맞게 마른 뒤엔 덕에서 빼내어 감 크기별로 열 꽂이씩 묶어세워놓고, 방안에서 곶감 접이를 한다. 먼저 굵은 쪽부터 하는데, 잘 드는 작은 칼로 곶감꽂이를 살살 돌리며 연필 깎듯이 얇게 썰어 국화꽃 모양으로 만들면, 마지막에 뚝 부러진다. 그것을 목침에다가 탕탕 쳐서 모양을 잡아주면 된다. 다음은 곶감을 접는데, 먼저 가운데는 작은 것, 양쪽 끝에는 큰 것으로 조정하고, 가슴 높이로 하여 뾰족한 끝을 가슴에 판자를 대고 고정 시킨 다음, 한 개씩 돌려가면서 모양을 만든다. 삼각형 비슷한 모양으로 하여 열 개를 잘 고정이 되도록 모양을 접은 다음, 반대쪽 꽂이도 길이를 맞춰 국화모양으로 마감한다.

　이렇게 접은 것을 열 꽂이, 한 접, 백 개씩 묶는데, 바닥에다 칡넝쿨을 놓고 그 위에 손질한 다섯 꽂이를 나란히 눕혀 놓은 후, 꽂이에서 잘라낸 싸리나무를 X자 모양으로 놓은 나머지 공간을 짧은 싸리나무로 골고루 채워 위아래 곶감이 붙지 않도록 한다. 다시 위쪽에 다섯 꽂이를 엎어서 놓은 다음 칡넝쿨을 당겨 가운데 조임을 단단히 하면 곶감 한 접이 완성 된다. 이렇게 완성된 곶감을 시원한 곳간 안, 큰 독에다 감 껍질과 층층이 저장했다가, 추운 날 아침에 마루에 꺼내어 세워 놓기를 반복하면 하얗게 분이 나고, 마침내 분가루가 떨어질 정도로 많이 나서 백색 곶감이 되면 시장에 내다

판다. 이것은 안쪽에 검은 속이 생겨서, 먹기로는 통째로 말린 준시 곶감만 못하였다. 그래도 냉장고가 없던 시절 장기보관에 적합하고 탁월한 방법임에 틀림없다.

감 대장 5, 곳간 항아리 속의 감 껍질

겨울 방학 맑은 날은 집안에 있기보다 밖에서 많이 놀았다. 그런데 눈이 펑펑 내리는 날이면 집안에 있을 수밖에 없었다. 방학 숙제를 하면서 시간을 보내는데, 라디오나 TV는 없을 시절이고, 마땅히 읽을 책도 없던 터라, 하루 종일 시간 보내기도 심심했었다.

뭐 먹을게 없나, 하고 군것질을 밝히던 나이였으나 주전부리 할 것이라곤 곳간 항아리에 담아둔 감 껍질이 거의 유일한 것이었다. 그 당시 감 껍질은 할머니가 정성들여 말리고 분을 내서 저장했던 것으로, 정말 맛있는 간식이었다. 그러나 어머니가 강력히 통제하고 계셨기에 마음대로 먹을 수 없었다. 어머니가 작은 대나무 바구니로 하나 가득 담아 주시면 형제들이 돌아 앉아 금세 바닥을 비우곤 했다.

때로는 어머니 몰래 곳간 문을 소리 나지 않게 살짝 열고 들어가 감 껍질 항아리를 열고 한 움큼 주머니에 넣고나와 혼자서 맛있게 먹기도 하였다. 그 맛은 지금의 무엇과두 비교할 수 없는 달콤한 맛이었다.

길쌈 모습

언제부터인가 할머니는 여름철에 삼단을 사러 가신다고 하였다. 삼은 대관령 부근 깊은 산속에서 재배하여, 여름철에 푹 삶아 그 껍질을 벗겨서 파는데, 겨울철 길쌈용 재료가 되는 것이다.

거무스름하고 길게 서리서리 묶은 삼단을 두세 개씩 매년 사다 놓고 잘 두었다가, 모든 가을걷이가 끝난 겨울이 되면, 여자들은 쉬는 여유도 없이 길쌈을 시작하여 겨울 내내 길쌈을 마쳐야 한다. 그러니 심심한 겨울에 여자들은 이집 저집 모여서 길쌈을 삼는데, 덕분에 이웃 간 외롭지도 심심하지도 않고 겨울을 지낼 수 있었다.

마른 삼단에서 작은 묶음을 빼 물에 담가 불린다. 이것을 두가리 나무로 만든 식기에 담아 가지고 이웃집에 가서 그 삼단 껍질을 실같 이 가늘게 결 따라 쪽쪽 찢어서 이어 붙이는데, 이때 실 같은 삼 껍 질의 양쪽 끝을 침 발라가며 앞니 송곳니로 가늘게 다듬은 후, 허 벅지의 맨살 위에 맞대고 잘 비벼서 풀어지지 않도록 이어 붙인다. 그렇게 하여 한줄기 가는 실을 만들어 둥근 체에 서리서리 담으면 길쌈의 첫 단계가 되는 것이다.

겨울 동안 이렇게 여러 개의 실 뭉치를 모아 두었다가, 봄이 되면 안방에 사각형의 돌개돌림틀을 설치하고, 빙빙 돌리면서 작은 실 뭉치들을 커다란 실타래로 만든다. 이 실타래를 가마솥에 잿물을 넣고 푹 삶은 다음, 냇가에 가서 흐르는 물에 깨끗이 씻는다. 집으로 와서 줄에 널어 말린 뒤, 마당에 길고 나지막이 팽팽하게 늘려서, 도투마리에 감아 베틀에 올릴 날줄을 정리 하는데, 이때 한 올 한 올 끊어진 것은 다시 이어 붙이고, 매듭이 없도록 다듬고, 콩풀을 먹여 윤이 나는 실로 완성한다. 씨줄에 쓰일 실은 물레에 걸어서, 큰 고구마만 하게 실꾸리를 만들어 나간다. 이 실꾸리는 나중에 나무로 만든 반질반질한 '북'에 넣어서 씨줄로 왔다 갔다 하며 삼베를 짜는 것이다.

이렇게 준비 작업을 다 하고나면 봄도 지나가고, 벌써 초여름이 된다. 그러니 베 짜기는 여름에 하는데, 통상 장마철에 부엌에 베틀을 설치하고 여러 날에 걸쳐 지루한 베 짜기를 하였다. '부테'를 허리에 매고, '말코'와 '최활'로 간격 맞추고, '바디'로 탕탕 두 번씩 치면서 두텁게 하고, '끌신'과 북을 정교하게 왕복하면서 결 고운 삼베를 짜는 것이다.

컨디션이 좋을 때는 북이 안보일 정도로 빠르게 손놀림이 돌아간다. 그 와중에도 애 키우랴, 밥하랴, 빨래하랴, 바느질하랴, 그러고도 길쌈을 하고 베를 짰으니 정말 할머니와 어머니 세대는 천의 여인들이었다.

안택 하던 날

정월달이면 동네에선 많은 집에서 안택고사*를 한다. 우리 집은 예전엔 안 했으나 얼마 후부터 안택고사를 하기 시작했다. 안택고사는 집안에 일 년간, 모든 가족의 무병 무탈과 평안을 조상님과 천지신명들께 정성들여 비는 의식이다. 정성을 드린다 함은, 고사 며칠 전부터 대문에 금줄을 치고 진입로 양쪽에 붉은 흙을 뿌리는 것이다. 상갓집에 다녀온 사람 등 부정탄 사람의 출입을 금하기도 했다. 그리고 정성들여 음식과 떡을 준비하는데, 떡은 붉은 팥시루떡과 하얀 시루떡을 준비한다. 붉은 떡은 악귀를 쫓고 흰 떡은 깨끗함을 상징한다.

고사 지내는 날은 한밤중에 이루어지는데, 초저녁부터 떡을 찌고 각종 제물을 준비하여 자정 무렵에 제물을 차리고, 떡은 시루째 엎어 놓은 채 고사를 드린다.

---

* 안택고사는 집안의 안녕과 평안을 위해 집안에서 모시는 가신을 대상으로 지내는 의례를 말한다. 일 년 동안 집안의 평안을 기원하며 지내는 제사의 일종인 안택 고사는 액막이 및 행운을 비는 형태로 정월에 주로 지내는데, 이와 유사하게 가택신인 성주를 받들어 모시는 성주 고사는 가택불안이나 우환, 자손 창성 등의 목적으로 10월 상달에 제를 치른다. 지역에 따라 지신제, 고사 등의 이름으로 불리기도 하는데 사제자에 의해 무당 굿이나 독경의식으로 치러지는 경우가 대부분이며, 간혹 가정의 주부가 이 제의를 주재하기도 했다.

이때 우리 집은 할머니가 주로 고사 주문을 기원했는데, 동서남북을 관장하는 지신이며, 하늘을 담당하는 칠성신, 집안 구석구석을 담당하는 터주신, 부엌을 관장하는 조왕신, 조상님의 성주신 등 모든 신을 읊조리는 것이 참 신기하기도 하였다.

도대체 할머니는 어디서 그 모든 것을 배우신 것일까?

어른이 되면 신神의 경지에 다다른다 하여 어르신이라 부른다고 하는 말이 정말 맞는 말이다.

이튿날 우리는 아침 일찍 이집 저집 지역 별로 임무를 받고 뛰어다닌다. 요즘은 전화로 다 될 일이지만 전화가 없던 시절이니, 일일이 집집마다 찾아가서 "오늘 우리 집에 할아버지 할머니 아침 식사하러 오시래요!"라고 연락해야 했다. 고사에 쓴 제물들은 이웃과 함께 나누어 먹어야 안녕을 축원하는 효과가 있다고 믿었다. 그러면 우리 집에 할아버지들은 사랑방, 할머니들은 안방 가득 모여서, 밥과 술과 떡으로 아침을 드시고, 가실 때는 집안 식구들도 나누어 드시라고 집집마다 떡 봉지를 싸서 들려 보냈다. 물론 다른 집 안택고사 때 우리 할머니도 떡을 받아 오시면 우리가 맛있게 먹었다. 그래서 정월달은 이래저래 떡이 끊이지 않고 우리도 자주 떡을 먹을 수 있었다.

동네 산신제

우리 동네에는 매년 겨울마다 산신에게 고사를 지내는 풍습이 있었다. 연말인지 연초인지 시기는 잘 모르지만, 어렴풋이 기억에 남아있다. 산신제는 마을 사람들의 무병 무탈과, 동네의 풍년을 기원하는 제사였을 것이다. 동네 모든 집에서 얼마씩의 쌀을 걷어 백설기 시루떡을 만들고, 시장에서 제물을 준비하여 지내는데, 큰댁 앞 능성이 아래에 있는 성황당 앞 공간에서 행사를 한다. 그곳은 우리 집안 열녀각인 '수성각'이 있는 바로 옆이다.

성황당에 금줄을 두르고 며칠 전부터 미리 준비하였다가, 제사일 초저녁에 동네 사람들이 모여서 엄숙하게 축문을 읽고 절을 하며 지냈던 것으로 기억된다. 고사 후에는 온 마을 사람이 두루두루 축복 받도록, 음식을 집집마다 골고루 나누어 먹었다.

자동차 무사고 기원 고사

큰댁 순덕 삼촌이 택시를 사서 영업을 한 적이 있었다. 그런데 영업을 시작하기 전, 택시를 사가지고 와서, 무사고와 영업 번창을 기원하는 고사를 지내는 것을 보았다.

큰댁 마당 가운데 택시를 반듯하게 세워놓고, 차량 범퍼 앞에 고사 상을 차려 놓았다. 고사 상에는 시루떡과 과일 등, 돼지머리가 있었는지 없었는지는 기억이 분명치 않다. 축원과 함께 절을 하고, 술을 차 앞부분에 뿌리며 안전 운전을 기원하였다. 이렇게 모든 절차가 끝나면, 고사떡을 나누어 먹었다. 얼마 후에는 큰댁 앞집 명진이 아버지가 버스를 사다가 고사를 했는데, 버스는 마당에 안 들어가니, 도로가에 세워놓고 고사를 지냈다고 하였다.

자동차에 대한 고사 의식은 신에게 의지하는 것 보다는, 운전자 자신에 대한 각오와 안도의 행사였을 게다.

준휘 아버지의 무당굿

준휘 아버지는 기골이 장대하여, 젊었을 때는 씨름판에서 이름 깨나 날렸다고 들었다. 나중에는 황소를 몇 마리씩 강릉 장에서 주문진 장까지 끌고 다니며 소 장사를 하였다.

그런데 그렇게 기골이 장대하고, 힘이 세던 분이 어느 날 병으로 누워 버렸다. 그러나 병원에는 안 가고 점점 위중해지니, 지푸라기라도 잡는 심경으로 굿을 하게 되었는데, 그때 그 굿을 구경하였다. 당시 내가 본 사랑방에 누워있던 준휘 아버지의 몰골은 사람의 것이 아니었다. 헤골 같이 얼굴에 살이라곤 기의 없이 바싹 말라 가죽만 있는데다, 두 눈 구멍이 퀭한 것이 엄청 크게 보였다. 환자 발치 옆에 무당이 앉아서 굿을 하는데, 짧은 대나무 막대를 들고 다듬이 판에 막 내리치면서 격하게 주문과 행동을 함에도 환자는 꼼짝 않고 가만히 누워 눈만 끔뻑이고 있었다. 무당은 대나무를 따라 갑자기 부엌으로 가더니, 부엌 바닥을 막 파기 시작했다. 무슨 숯덩이 같은 것을 하나 파내 가지고는 밖으로 내다 버리는 것 같았다. 그 후 얼마 견디지 못하고, 굿을 한 보람도 없이 준휘 아버지는 결국 결핵으로 돌아가셨지만, 그때 굿하던 상황이 오래도록 뇌리에 남아있었다.

준휘 어머니는 그보다 한두 해 전에 돌아가셨는데, 똑같이 피를 토하고 결핵으로 돌아가셨다고 들었다. 그때 그분들 나이가 겨우 40대 초반이었던 것으로 기억한다. 준휘네 가족은 먹을 수 있는 나물은 모두 캐어 먹으며 어려운 시대를 억척같이 살았다. 보릿고개에 잘 먹지도 못하고, 영양이 부족하니 결핵 병균을 이겨내지 못해 결국 쓰러지고 말았을 것이다.

지금은 잘 발병하지도 않는 결핵이지만, 그때만 하더라도 기골이 장대하던 사람들조차 픽픽 쓰러져 끝내 병을 이겨내지 못하는 경우가 비일비재하였다.

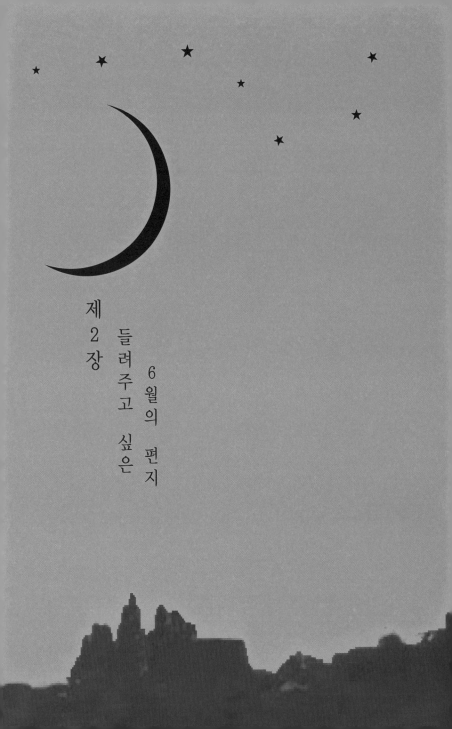

제
2
장

들려주고 싶은

6월의 편지

기둥잡고 집 보는 아이

내가 학교 갈 나이도 되기 전, 아주 어렸을 적에 가끔씩 어른들이 집을 비우시는 일이 있었는데, 그때 어린 나에게 혼자서 집을 보라고 시키셨다.

형은 학교에 갔을 테고, 할머니와 어머니는 아마도 동생을 업고 큰댁에 떡방아를 찧으러 가셨든가, 제사를 준비하는 따위의 일을 하러 가셨던 듯하다. 나는 군말 없이 혼자 집을 보는데, 우리 초가집의 사랑 밖 귀퉁이 기둥 옆에 딱 붙어 서서, 어른들이 돌아올 때까지 자리를 뜨지 않고 있었다. 뜨락은 황토 흙을 바른 벽이 있고,

주춧돌이 조금 튀어나온 전형적 시골 초가집이었다. 기억 속의 우리 집은 딱 이런 모습이었다.

〈혼자서 집 지키는 아이〉

아무런 장난감도 없었고, 찾아오는 동무도 없었다. 가끔은 기둥 옆의 황토벽에 흙을 조금씩 떼어 입에 넣고 먹기도 하였다. 아마 뱃속에 회충이 있었든가 아니면 철분이 부족했든가 본능적으로 그랬던 것 같다.

그때는 동냥 다니는 거지들도 많았는데, 무서움이 뭔지 몰랐었나 보다. 그냥 새들과 곤충과 바람뿐인 우리 집 뜨락에서 꼼짝 않고, 한나절은 거뜬히 지키고 서있는 책임감 있는 아이였다.

문둥이와 상이용사

내가 네 살 때 6.25 동란(그땐 그렇게 불렀다)이 끝났으니, 어린 시절은 온 나라가 극도로 혼란스럽고 핍박한 시대였다. 나라에서도 국민들의 사소한 불편을 덜어주는 것조차도 여력이 안 되었을 시기였다. 그러니 전쟁에서 중상을 입어 팔, 다리가 잘려나간 상이용사들의 먹고 살길이 전혀 마련되어있지 않았다.

한쪽 다리가 잘려나간 상이용사는 작대기로 목발을 짚고 이집 저집 동냥을 다니고, 한쪽 손이 잘린 용사는 후크선장같이 쇠갈고리로 손목을 만들어 달고 동냥을 다녔다. 그 복장이며, 행색이 오죽이나 무서웠겠는가? 우리들은 그 공포스러운 모습을 흔하게 보고 자랐다. 그리고 그때는 문둥병나병 환자도 많았는데, 이들은 코가 문드러지고, 손가락이 떨어져 나가고, 눈썹이 없는 모습들이 많았다. 아마 햇빛을 보면 병이 더욱 악화된다고 했던가? 그래서 이들은 얼굴을 푹 덮어쓰고서, 제대로 내놓고 다닐 수가 없었던 모양이다. 우리들은 멀리서 이들이 오는 것을 보면 금방 알아차리고, 얼른 집으로 도망쳐 온다. 그럴 수밖에! 문둥병 환자는 아이들 간을 먹으면 병이 낫는다고 하는 소문이 돌지 않았는가! 누구네 집 아기묘가 파헤쳐졌다는 둥 기괴한 소문도 많았었다. 그래서 우리는 방안에서 면경창호지 문에 낸 손바닥만한 유리창으로 마당을 내다보고 있었다. 모두가 어렵고 흉흉한 시기였지만 어머니는 그래도 이들이 오면 한 번도 그냥 보낸 적이 없었다. 꼭 식은 밥이라도 내어 주든 가, 아니면 조금의 쌀을 등 뒤 걸망에 담아 주시곤 하였다. 우리 어머니가 적선을 많이 한 것은 동네에서도 다들 알아줄 정도였다. 그러니, 어떤 거지는 저 건너 양지마을 동네에서, 이 집으로 가보라고 해서 왔노라고 하니, 어떻게 그냥 보낼 수가 있었겠는가!

"쪼꼬레또 기부 미"

내가 아주 어렸을 무렵, 그때는 전쟁 직후라 우리 동네 가운데 비포장 신작로에는 군용 트럭이 많이 다녔다.

우리는 그 신작로에 자주 가서 놀았었는데, 그때 미군이 탄 트럭이 지나가면 형네들이 대 여섯 명씩 먼지 나는 트럭을 쫓아가면서 "쪼꼬레또 기부 미!"를 외쳐댔던 것이다. 누가 영어를 가르쳐 주었는지는 모르겠지만, 그때는 '쪼꼬레또 기부 미'나 '씨가레또 기부 미' 정도는 다들 할 줄 알았다. 미군 쓰리쿼터 트럭은 서지 않고, 덜커덩 계속 달리면서 자기들이 먹다 남은 과자나 담배를 던져주는 것을 우리는 서로 달려들어 줍곤 하였다. 요즘 TV에 아프리카나 동남아 전쟁국들을 보면 그런 모습들이 보이는데, 세계 10대 경제 강국 우리나라 대한민국의 60~70대 어른들이 어릴 적에 그런 생활을 하였다는 것을, 지금 이 나라 2세들이 상상이나 할 수 있겠는가?

전쟁 후의 잔해들

말산댁 뒷산, 큰 소나무 아래에 가면 움푹움푹한 개인호가 즐비하게 있었다. 무슨 훈련장 마냥 온 산 전체에 그렇게 개인호가 많이 있었는지. 우리 집 부근에서는 소총탄도 많이 발견되었지만, 때로는 굵다란 탄피도 발견되었는데, 그것은 모두 비행기에서 쏜 것이라 했다.

그리고 그 당시 집집마다 푸세식 똥바가지는 거의 모두 군용 화이바로 만들었었고, 군용 스피아깡, 군용 드럼통들은 생활 주변에서 흔하게 볼 수 있었다. 우리 집에는 삐삐야전선으로 잘 만든 가고 장바구니가 있었는데 그것은 썩는 것도 아니고 정말 질긴 것이라 지금도 버리지 않았다면 어딘가에 있으리라. 솜씨로 봐서 집에서 만든 것은 아니고, 전문가가 만들어 판매한 것으로 보였다.

또 한밭다리가 전쟁 당시 폭격에 끊어졌다는 말이 사실인지, 몇 년 후에 다리 아래 모래밭에서 전파탐지기를 가진 고물철 업자들이 폭격에 날아간 기다란 H빔을 냇바닥 속에서 파내는 것을 보았다.

우리 집 뒤에는 커다란 감나무가 있었는데, 그 나무 아래에 시커 먼 구멍이 있었다. 그것은 쌕쌕이F-86전투기 폭격 때 대피했던 방 공호란다. 전쟁이 그치고 굴을 메웠으나, 위쪽의 구멍이 일부 보였 던 것이다. 말산댁 언덕에도 굵은 참나무 밑에 대피용 방공호 굴이 있었다. 아마 그 당시 쌕쌕이 비행기가 인민군이나 중공군을 보고 많은 폭격을 했을 것이다. 쌕쌕이 소리가 나면, 피난 못 간 부모님 들은 그때마다 굴속으로 대피했다고 한다.

총알로 지킨 물못자리

우리 동네가 6.25 전쟁 때 격전지였던 모양이다. 집 부근 여기 저기서 총알들이 발견되었는데, 우리는 아무렇지도 않게 그것을 갖 고 놀기도 하고, 여러모로 활용도 하였다.

특히, 총알을 요긴하게 써먹은 예는, 봄에 물못자리에 달려드는 야생 오리를 쫓는데 사용한 적이 있었다. 가재낭골 아랫 배미에 못 자리를 만들었는데, 그 물못자리에 뿌린 볍씨를 오리가 밤에 몰래 와서 파먹느라 온통 엉망을 만들어 놓는 것이었다. 오리를 쫓지 않 으면 한 해 농사를 망치게 생겼다. 그래서 아버지와 우리는 초저녁에 땔감용 나무와 총알을 들고 못자리로 갔다. 불을 해놓고 한참을 기다리다 보니 하늘에 오리가 나타났다. 날카로운 바람소리를 내며 우리 머리 위를 선회하고 있었다.

아버지는 이때다 싶을 때, 피워놓은 불속으로 총알을 집어넣었다. 그리고 잽싸게 뒤쪽의 도랑에 몸을 숨겼더니, 잠시 후 펑! 펑 하고 총알들이 터지면서 요란한 소리를 내었다. 오리들은 혼비백산하여 날아갔고 덕분에 그해 못자리는 무사히 지킬 수가 있었다.

유네스코와 운크라

우리가 배우던 교과서 맨 뒤에는 어김없이 네모박스 속에 특별한 문구가 있었으니, "이 책은 유네스코*와 운크라**에서 인쇄기계의 기증을 받아 설치된 국정교과서 인쇄공장에서 박은 것이다." 이런 비슷한 내용의 문구가 있었다.

1951년, 유네스코는 유엔 한국재건단UNKRA·운크라과 함께 한국에 긴급원조자금 10만 달러를 지원해 교과서 인쇄공장을 세웠다.

---

* UNESCO = 국제연합 교육 과학 문화 기구.
** UNKRA = 국제연합 한국부흥위원단.

1956년 이 공장에서 처음 찍은 초등학교 교과서 뒷장에는 이렇게 적혀 있다.

> 금번에 유네스코와, 운크라에
> 서 인쇄기계의 기증을 받아, 국
> 정교과서 인쇄전속공장이 새로
> 생겼는바, 이 책은 그 공장에서
> 박은 것이다.
>
> 문교부 장관

헌책방에서 구한, 교과서가 아닌 책에도 이렇게 쓰여 있었다.

> 이 책은 국제연합 한국재건위원회(운크라)에서
> 기증한 종이로 찍은 것이다.
> 우리는 이 고마운 보은에 감사하는 마음으로,
> 한층 더 공부를 열심히 하여,
> 한국을 부흥 재건하는 훌륭한 일군이 되자.
>
> 대한민국 문교부 장관

분유를 배급받다

유네스코와 운크라에서 원조 받은 것은 교과서뿐만이 아니다. 우리는 학교에서 분유와 옥수수 가루도 타다 먹었다.

선생님이 "내일 분유 나누어 줄 테니 그릇을 가지고 와라."하면, 우리는 부모님께 알리고 분유 담을 그릇을 받아 가지고 등교한다. 그러면 선생님은 누렇고 커다란 종이 드럼통에 든 분유를 한 그릇씩 퍼 담아 주셨다. 어머니는 밥할 때 이것을 도시락에 담아서 밥솥 안에 넣어둔다. 그러면 분유가 노랗게 익어서 딱딱한 덩어리가 된다. 이것을 툭툭 깨뜨려 한 개씩 입에 넣고, 천천히 녹여서 빨아 먹으면 그 맛이 고소하였다. 당시 모든 어린이들은 그 분유 덕에 신체 발육에 도움을 받았고, 지금까지도 건강한 것은 분명히 그 분유가 일조하였을 것이다.

어떤 곳에서는 옷가지도 배급받아 입었다는데, 내 주변에서는 옷 받는 것은 본 적이 없다. 심지어 그때 배급받은 헌 옷 속에 어떤 서양인이 숨겨두고 미처 꺼내지 못한 수백 달러의 비자금이 들어있어 그 운 좋은 사람은 시내에 집도 사고, 팔자를 고친 경우도 있었다나 뭐라나. 그때 운크라의 도움으로 먹고, 입고, 공부한 세대들은 정말 열심히 노력한 결과 마침내 우리나라를 부흥 시켰으며, 원조 받은 만큼 베푸는 나라로 만들었다.

우리 민족사에 일제 강점기와 2차 대전, 그리고 한국전쟁을 겪은 세대만큼 어려운 시기를 살았던 세대도 드물 것이다. 더구나 그 세대가 세계 선진국 대열에 합류할 수 있는 토대를 닦고, 씨앗을 뿌리고, 결실까지 이룬 세대가 아니던가! 지금도 유니세프를 비롯한 여러 단체에서는 세계 곳곳의 어려운 어린이들에게 먹이고 가르치고 있다. 50년 전에 우리가 받았던 것처럼 말이다.

사방공사

삼 년간의 전쟁과 화목 채취로 거의 모든 산이 새빨갛게 헐벗어 있던 때라, 땔감도 부족할 뿐 아니라 비가 오면 홍수도 잘나고 가뭄도 쉽게 들던, 살기가 어려운 시절이었다. 그래서 대대적으로 사방공사를 하였다. 사방공사는 산에서 토사가 흘러내리는 것을 방지하기 위한 공사로, 산에다 계단식으로 턱을 만들고, 돌을 쌓고 풀을 심어 무너지지 않게 하고, 배수로를 만들어 바닥은 잔디나 돌로 채워서 빗물에 쓸리지 않도록 했다.

이제 나무를 심어야 하는데, 그렇게 새빨간 땅에 살 수 있는 나무는 아까시나무와 오리나무, 싸리나무 정도였다. 아까시나무는 뿌리에 혹이 있어, 자체적으로 영양을 만든다고 했었다. 그래서 요즘도 주변 산에 아까시나무가 많은 것이다. 아까시나무가 살아 붙으면, 착생력이 강한 리기다소나무를 심었다.

그 당시 사방공사의 자격증이 있었을까? 모르는 일이지만 우리 동네에서는 여러 명이 책임자가 되어 고정적으로 인부를 고용하고 수많은 현장을 누비며 사방공사를 하여, 홍수로 인한 사태지역 복구로 산림녹화 사업에 크게 기여하였다.

480호 밀가루 사업

6.25 사변 후 먹을 것이 없어 살기 힘든 시절, 미국은 우방인 우리를 도와주기 위해 '미 공법480호'라는 법률을 통과시켜, 잉여 농산물인 우유와 밀가루를 원조해 주었다. 미국으로부터 원조 받은 우유는 학교로 보내 학생들에게 주고, 밀가루는 어려운 사람들한테 일을 하도록 시키고 노력한 대가로 나누어 주었는데, 그것을 자조근로사업이라 했다. 이른바 480호 밀가루 사업이다.

그 당시 자조근로사업으로 하는 것은 주로 제방사업과 사방사업인데, 제방사업은 박스떼기를 하였다. '박스떼기'란 제방공사 자리에다 밑이 뚫린 30~40cm 정도, 높이 사방 1m 정도의 정사각형 나무박스를 놓고, 그 박스에 흙이나 모래를 채우는 것이다. 지게로 지거나 머리에 이는 등 개인별로 맡은 박스를 가득 채우면, 감독이 전표 한 장을 주고, 박스를 떼서 다른 평평한 곳에 옮겨 놓는다. 박스를 가득 채워야 전표를 받으니 열심히 할 수밖에 없었다. 이때 감독이 박스를 어떻게 놓느냐에 따라서 흙이 더 들어가기도 하고, 조금 덜 들어가기도 하였다.

우리 동네 냇가 제방도 그때에 그렇게 '밀가루로 박스떼기'하여 쌓아올린 것이다. 박스떼기로 받은 전표 숫자에 따라 나중에 밀가루로 바꾸어 받았다. 밀가루 포대에는 파란글씨로, "밀가루", "미국 국민이 기증한 것", "팔거나 바꾸지 말 것"이라 써 있고, 포대 가운데에는 악수하는 손이 그려진 미국 성조기 배경의 마크가 있었다.

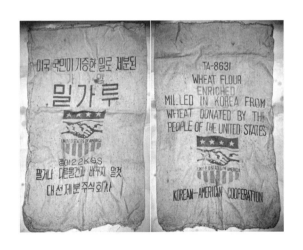

고콜 있는 집

한 번은 형을 따라 골말 이순재네 집에 놀러 갔는데, 그 집 안방에는 여태 못 보던 것이 보였다. 안방 뒤쪽 아랫목 중간 높이에, 두가리 정도 크기의 받침대와 한 뼘 정도 공간을 두고 벽에 붙은 삼각형 모양의 굴뚝도 보였다. 그것의 이름이 '고콜'인 것은 한참 나중에야 알았다. 고콜은 그 당시에도 무척 보기가 귀했다. 어른들은 고콜을 콧구멍같이 생겼다고 '코굴', 또는 '코클'이라 불렀다. 마치 소형 벽난로가 붙어있는 모습을 연상하면 비슷할 것이다. 등유를 배급받기 전, 어른들은 방안 조명을 고콜불로 했던 것이다.

잘 사는 집은 고래기름이나 돼지, 소기름으로 등잔불을 켰다고 한다.

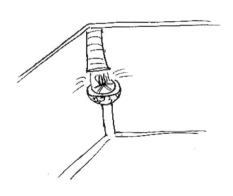

〈방 안에 만들어 놓은 고콜〉

74

고콜에는 관솔 가지로 불을 붙여 방안 조명을 하였는데, 관솔은 굵은 소나무 가지를 잘라낸 부분에 송진이 나와 말라붙어 나무속이 빨갛게 된 것을 말한다. 관솔은 굵기가 바나나 정도 크기라, 이것을 젓가락처럼 가늘게 쪼개 고콜 바닥에 삼각형으로 쌓아놓고 불을 붙이면 송진이 타면서 시커먼 연기를 내고 비교적 오래 탄다. 관솔의 시커먼 연기는 벽에 붙은 굴뚝을 통해서 밖으로 나갔다. 그 고콜 조명 아래서 바느질도 하고, 책도 읽었을 것이다.

우리 어렸을 때가 마침 고콜불이 등잔불로 발전하는 전환기였으니 그때까지도 순재네 집에 고콜이 남아 있었으리라. 옛 어른들의 고단한 삶을 엿볼 수 있는 장치인 고콜은 지금은 박물관에서도 보기 드물다.

석유 배급 받던 날

고향집에 전기가 들어온 것은 얼마 되지 않는다. 내가 사관학교에 입교한 이후에 전기가 들어왔으니, 상당히 늦게 들어왔다. 아마 1970년대 중반쯤 될 것이다.

전쟁 휴전 후 얼마 동안은 등잔불 켜는 석유, 그때는 등유 대신 석유라고 불렀는데, 이것을 배급받았다. 석유 배급 날은 양지말 송

원호네 집 마당으로 긴다. 그때 그 집이 반장집인가, 아니면 동네 가운데라서 그 집인가는 확실치 않다. 아침 일찍 집집마다 새까만 노끈이 달린 됫병과 반 됫병 몇 개를 양손에 들고, 그 집 마당에 가서 차례대로 병을 죽 세워 놓는다. 원호 큰형이 굵고 검은 파이프를 드럼통에 넣고선, 한쪽은 입에 문 채 입김을 불고 빨아 당기고 몇 번을 하여, 큰 드럼통에서 반 잘린 드럼통으로 석유를 옮겨 담는다. 그러고 나서 자루 달린 사각형 나무 됫박으로 석유를 퍼 올려 깔때기에 대고 병으로 담아준다. 그렇게 서너 병씩 배급받아 오면 몇 달은 등잔불을 밝힐 수 있었다.

유리 등잔 · 쌍꽂이 · 남포 · 희망등

등잔은 외촉 등잔과 쌍촉 등잔이 있는데, 쌍촉 등잔을 쌍꽂이라 하였다. 우리들이 공부할 때는 밝으라고 쌍촉을 켜고, 그 외는 외촉 등잔을 켜든가, 쌍꽂이도 한쪽을 꺼서 석유를 절약하였다.

등잔 심지는 주로 창호지 헌 것으로 했는데, 이는 문을 바를 때 떼어놓은 창호지를 돌돌 말아서 적당한 길이로 잘라 등잔 구멍으로 꿰어 넣고 위를 칼로 반듯하게 한 번 더 자르면 된다. 이것이 며칠 지나면 심지가 타고 오물이 끼어 그을음이 생긴다. 그럴 땐 심지를

빼서 윗부분을 적당히 자르고 다시 끼우면, 불도 밝고 그을음이 안
생긴다.

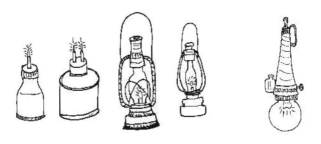

〈어둠을 밝힌 여러 모양의 등〉

유리 등잔은 석유가 줄어드는 게 보이니까 줄어들면 다시 보충
하고, 깡통 등잔은 들어서 흔들어 보고 가벼우면 석유를 재 보충한
다. 이때 잘못하다간 석유가 넘쳐흐르기 쉽다.

등잔불이 어두우니까, 제사라든가 사람이 많이 모일 때는 초나
남포등을 켜는데, 남포등은 그림자가 안 생기게 위에서 아래로 불
꽃이 탄다. 등잔 밑이 어둡다는 통념에서 얼마나 획기적인 조명기
구인지, 가히 경이로운 등이었다. 물방울 모양의 호야를 조심스럽
게 꺼내서, 깨끗하게 비눗물로 닦아서 끼우곤 하는데 이 호야가 얼
마나 얇은지 까딱하다간 깨어먹기 십상이다.

이후 보급형의 등으로 나온 것이 플라스틱으로 만든 희망등이었
다. 희망등은 몸체를 플라스틱으로 만들었는데 가격이 싸고 취급이

쉬워서 단기간에 등잔불을 갈아 치웠다. 희망등의 호야는 보호테가 있어 쉽게 깨어지지 않았고, 작고 취급이 쉬웠으며 불붙이기도 쉬웠다. 희망등이야 말로 전기 보급 전에 모든 등잔불 세대에 광명을 주는 희망의 등불이었다. 저녁때면 여러 호야를 대야에 담아놓고, 깨끗하게 닦아서 끼우는 것도 일과 중 하나였다.

자동차 시동 거는 조수

　자동차가 귀하던 시절, 버스 앞문에는 '오라이'하고 차 옆을 두드리는 차장안내양이 필수였고, 뒷문에는 남자 조수가 타고 있었다. 트럭은 안내양이 없지만 조수는 필수였다.

　차가 아침에 출발할 때, 또는 가다가 시동이라도 꺼지는 날엔 조수가 기다란 크랭크 쇠막대를 가지고 자동차 앞으로 가서, 크랭크를 깊숙이 끼워 넣고는 힘껏 돌리는데, 이게 한두 번 돌려서 시동이 걸리는 자동차가 거의 없었다. 시동 한번 걸려면 조수가 죽을 힘을 다해 한참을 돌리고서야 겨우 시동이 걸리는 것이다.

　타이어 펑크가 났을 때는, 운전수와 조수가 힘을 합쳐 타이어를 바꾸는데, 운전수가 타이어 너트에 기다란 파이프를 옆으로 연결하면 조수가 체중으로 그 파이프를 힘껏 내리 밟아서 너트를 풀었다.

그 당시 조수는 그렇게 기술을 배웠고, 자동차 운전기술이 상당한 기술자로 대접받던 시절이었으니, 조수로 출발한 젊은이들이 대부분 나중에 운전사로 혹은 정비사로 생활하며 운송업 분야에서 성공한 이들이 많았다. 특히 우리 동네 송씨 집안에 운전기술로 출발하여 성공한 이들이 더러 있었다.

신작로의 양미리

우리 동네를 통과하는 신작로는 요즘보다 좁고 돌이 울퉁불퉁한 비포장 자갈밭 길이었다.

어느 겨울날 주문진항에 양미리가 많이 잡혔나 보다. 주문진항의 양미리는 우리 동네 신작로를 거쳐서 강릉으로 가고, 대관령을 넘어 서울로 운반해야 했다. 그런데 그 양미리를 싣고 가는 트럭에 조그만 구멍이 뚫렸던지. 워낙 자갈길에 덜커덩거리다 보니, 매끄러운 양미리가 그 구멍으로 솔솔 빠져나와 동네 신작로에 드문드문 떨어져 있었던 것이다. 그것을 우리들이 운 좋게 몇 마리 주워 와서 맛있게 구워 먹었다. 요즘은 생선이 흔하지만 어릴 적엔 생선이 자주 먹는 반찬은 아니었다.

얼마나 맛있게 먹었으면 지금도 생각날까!

눈깔사탕 나눠먹기

먹을 것이 귀하던 시절이라 군것질할 기호품은 거의 없었다.

그래도 어머니가 시장에 가시면, 가끔은 왕사탕을 사오셨는데 그것이 크기가 꼭 황소 눈알만 했다. 그래서 그걸 우리는 눈깔사탕이라 불렀다. 눈깔사탕은 대개 알록달록 무늬가 있는데, 빨강, 초록, 노란색 무늬가 세로로 새겨져 있었다. 소 눈깔만 하니 한입에는 먹을 수가 없다. 그래서 눈깔사탕을 사 오는 날이면 그것을 문지방에 올려놓고, 빨래 방망이로 쳐서 깨어 가지고 나누어 먹었다.

큰 조각 작은 조각으로 깨어지니 여러 형제들이 나누어 먹기도 쉽지 않았는데, 어떻게 큰 분란 없이 나누어 먹었는지, 그야말로 솔로몬의 지혜로 평화롭게 나누어 먹곤 하였다. 오랜만에 달콤한 사탕 맛을 보는 날은 잠시 행복해하였다.

식구 숫자대로 토막 낸 바나나

먹거리가 해결되지 않아 미국의 밀가루 원조로 살아가던 시절이니, 열대과일을 먹는 것은 꿈꾸기 어려운 시절이었다. 참외나 딸기는 어릴 적부터 자주 먹을 수 있었다. 딸기는 우리 집 울타리 밑으로 드문드문 심어 놓았었고, 참외는 큰댁 증조할아버지가 우리 집 옆의 넓은 밭에 얼룩얼룩한 개구리참외를 많이 재배했었던 덕이다. 그런데 언젠가 아버지께서 바나나를 사오셨다. 아마도 일상적인 퇴근이 아니고, 어디 출장이라도 다녀오신 모양이다. 종이에 돌돌 말린 바나나를 내놓으셨는데, 한 개인가 두 개인가를 사오셨다. 그것을 칼로 토막토막 썰어서 온 가족이 한 조각씩 나누어 먹었다.

"맛있는 건 바나나~, 바나나는 길어~, 긴 것은 기차~"하고 노래를 즐겨 불렀으나, 실제 바나나는 거의 못 먹는 굉장히 귀한 과일이었다.

바나나와 마찬가지로 수박도 우리 지방에서는 심지를 않아 무척 귀한 과일이었다. 어느 여름 아버지가 사 오신 수박을 둘러앉아서 신기한 기대감으로 맛있게 나누어 먹었다.

들판에서 배우는 생존 먹거리

먹거리가 총체적으로 부족했던 전쟁 직후였으니, 아이들은 모두 배고픔 속에 자랐다고 해야 할 것이다. 그래서 우리들은 자연스럽게 들판에서 먹거리를 찾는 방법을 형들로부터 전수받아 많이 알고 있었다.

거울에는 야산에서 칡뿌리를 캐 가지고 손에 들기 좋은 길이로 톱으로 썰어서 입술이 시커멓게 되도록 먹기도 하고, 봄이면 뒷산에 지천으로 핀 참꽃을 따먹는데, 한참 따먹으면 입술이 보랏빛으로 물든다. 또 논둑에서는 삐미를 뽑아서 먹곤 했다. 삐미는 잔디보다 큰 종류의 풀로, 씨앗이 통통하게 올라오는 것을 쏙 뽑아 벗기면 하얀 섬유질이 나오는데, 그걸 먹으면 약간 달큰하면서 섬유질 씹는 질감이 있어 껌 씹듯이 먹었다. 찔레는 굵은 줄기나 땅 쪽에 많이 있는데, 연한 햇순이 길게 쭉 곧게 자란 놈을 똑 꺾어서 껍질을 벗기고 잘라먹으면 약간 떫으며 풋내음에 독특한 맛이 마치 연한 야채와 같았다.

소나무 순도 잘라먹었는데, 소나무 햇순이 나올 무렵 햇순 아래쪽의 가지를 칼로 아래쪽을 돌려놓고 손으로 빙빙 돌려 당기면, 물이 흠뻑 올라 있기 때문에 하얀 줄기를 남기고 껍질만 쏙 빠져나온다. 솔잎을 살살 떼어내면 하얀 섬유질의 속껍질이 남는데, 이 껍질을 씹으면 독특한 솔향이 나면서 약간 달큼한 맛이 배어 나온다. 이것 말고도 까치밥이라는 까만 풀씨를 따서 볶아서 먹기도 하고, 뭐든 먹을 수 있는 것들은 잘도 찾아 먹었었다.

이른 가을이라 아직 덜 커진 푸른 감이 떨어진 것을 주워서 작은 독에 담았다가 먹기도 하고, 생감을 너무 많이 먹었을 때는 똥꼬가 막혀 거름 더미 앞에서 끙끙대고 있으면 누렁이가 주변을 널름대어, 결국은 할머니가 꼬챙이 요법으로 해결해준 적도 있었다.

우리가 찢어지게 가난했었다는 말은 이렇듯 기름기 없는 야생 음식만 많이 먹고, 변이 제대로 나오지 않아 그곳이 찢어지도록 가난했다는 뜻인데, 요새는 너무 기름진 음식으로 해서 찢어질 일이 생겼으니 원, 이래도 근심 저래도 근심이다. 아무튼 그때는 그냥 들판에 내다 놓아도 굶어 죽지는 않았을 성싶다. 이것을 낭만적이라 해야 할까, 불쌍했다 해야 할까…….

알밤 줍기 경쟁

우리 집 옆 큰댁 밭 아래쪽에 커다란 밤나무가 있었는데, 준휘네 집 바로 뒤가 된다. 우리 집에서 땄던 그 밤나무는 해마다 밤이 많이 달렸다.

밤사이 잘 익은 알밤이 땅에 떨어지면, 이때 아침마다 알밤 줍기 경쟁이 벌어진다. 우리 할머니도 아침 일찍 알밤 주우러 나가시는데, 준휘 어머니가 그보다 더 캄캄한 새벽에 호롱불을 들고 나와서 먼저 주워가는 것이다. 그러니 나중에 나가보면, 먼저 온 사람이 반반한 데는 이미 다 주워 가고, 구석진 곳, 풀 있는 곳에만 남아있는 것이다. 그때는 시골 인심에 야박하게 대놓고 내 밤이니까 줍지 말라고 하지는 못하고, 불편한 마음으로 새벽마다 호롱불을 들고서 더 빨리 나가기 경쟁을 할 수밖에 없었다.

새벽은 아니지만, 언제인가 나도 알밤을 아주 많이 주웠던 적이 있었다. 어느 날 비바람이 세게 몰아치던 날 낮에, 우리 집과 말산댁 밤나무 밑을 한 바퀴 돌아봤더니 반질반질한 알밤을 주머니에 가득 담아 올 수 있었고, 한참 있다가 나가보면 또 알밤이 많이 떨어지곤 했었다. 나중에 알았지만 그때가 1957년 9월 17일 추석날, A급 태풍 사라호가 덮친 바로 그때였다.

아까시나무 땔감 만들기

가을, 벼 베기 전에 산에서 아까시나무를 겨울 땔감용으로 많이 만들었다. 아까시나무 땔감은 주로 가재낭골, 막삭골에서 했는데, 그게 가시가 많아 쉬운 일이 아니었다. 워커를 구해서 신고 가죽 장갑을 끼고 하는데, 시중 가죽 장갑은 얇아서 가시가 들어오니, 아버지가 아주 두꺼운 가죽으로 직접 만들어서 쓰기도 하였다.

잎사귀가 떨어지기 전에 아까시나무를 목낫으로 잘라서 1m 남짓 되게 길이를 맞추고 커다란 단으로 묶는다. 묶은 나뭇단을 큰 나무에 기대어 놓으면 2~3일 만에 시들시들하게 마른다. 그러면 아까시 나뭇단을 3~4단씩 지게로 지고 와서, 집 옆 언덕 위 큰 소나무에 기대어 아까시 나뭇가리를 크게 만든다. 어떤 해는 두 개도 만들고, 한 개는 솔가리처럼 크게 만든 적도 있다.

겨우내 아까시나무는 소중한 땔감으로써 주로 소죽 끓일 때 가마솥에 때는데, 이때도 가죽 장갑을 끼고 때야 했다. 소죽이 다 끓으면 나중에 알불은 화로에 담아, 고기 굽거나 찌개 끓일 때 쓴다. 간혹 가마솥에 불을 땔 때 아까시 잎사귀가 파랗게 아주 잘 말라 있는 것은 부지깽이로 툭툭 털어서, 소도 먹이고, 염소, 토끼 등에게 먹이로 요긴하게 사용하였다.

꾀꼬리버섯

여름철 산에는 각종 버섯이 많이 나는데, 특히 꾀꼬리버섯이 가장 눈에 잘 띈다. 산등성이 양지 쪽으로 낙엽이 많지 않은 곳에 비가 온 후면, 선명한 노오란 색깔에 꼭 계란 모양으로 생긴 것이 곧 꾀꼬리버섯이다. 꾀꼬리버섯은 잘게 찢어서 된장국에 넣어 끓여 먹었다. 또 한 가지는 싸리버섯이 흔했다. 약간 비탈진 나무뿌리 밑에 싸리버섯이 나는데, 이놈은 한 군데 줄로 길게 많이 난다. 그래서 한 군데에서만 따도 충분히 많은 양을 딸 수 있었다. 어릴 때는 송이는 구경도 못했고, 꾀꼬리버섯과 싸리버섯은 거의 매년 몇 번씩 따서 된장국에 넣어서 먹었다.

똥 장군을 지다

내가 농사를 짓던 1969년도, 그해 여름에 똥 장군을 처음으로 졌다. 사실 그냥 힘쓰는 일도 아니고, 변소를 퍼서 밭에다가 내는 일은 머슴들도 꺼리는 일이다. 그래도 전에 일꾼이 하는 것을 많이 보았었기에 용기를 내서 할 수 있었다.

우선 긴 막대기로 정낭독변기을 휘휘 저으면서 막대에 걸리는 것을 건져내고, 덩어리를 모두 풀어야 한다. 전에 어떤 일꾼이 말하길 못 먹는 집 인분은 휘저으면 금방 풀리는데, 잘 먹는 집 인분은 단단해서 잘 안 풀린다고 하던 말을 들은 적이 있다. 다음에는 자루 달린 똥바가지로 조심스레 퍼서 손잡이 달린 큰 요강에 담는다. 요강이 차면 들어서 지게 위 똥 장군에 따라 붓는데, 이때 여간 조심스러운 것이 아니다. 무거운 요강을 높이 들어 지게 위에 올려진 장군 주둥이에 요강 주둥이를 정확히 맞추고 조심스럽게 부어야지, 출렁출렁 붓다간 지게 앞으로 쏟아질 수도 있다. 장군은 꼭 채워야 걷기 편하지, 절반 정도 채우면 출렁거려서 걸어갈 수도 없다. 그러니 가득 채우고서 주둥이를 짚으로 막은 다음, 지게를 지고 일어서야 하는데, 이때도 앞으로 너무 숙이면 쏟아지니 조심스럽게 일어서야 한다.

밭에 도착해서는 똥 장군을 지게에서 내려야 하는데, 이때 그 무거운 것을 지게에서 들어 내리는 것이 굉장히 무겁고 조심스럽다. 장군 양쪽의 작은 돌기를 잡고 내린 다음, 손잡이 요강에 다시 따라 부어야 한다. 그다음 손잡이 요강을 두 손으로 들고서 밭고랑을 걸어가면서 골고루 뿌려준다. 장화를 신고 하지만 이때 바짓가랑이에 많이 튀게 된다. 한참 열중하다 보면 냄새도 못 느끼고, 옷에 튀는 것도 신경쓰지 않게 된다.

설해 목

어느 해 겨울에 눈이 많이 내렸는데 찰 눈이었다. 찰 눈은 나뭇가지에 착착 달라붙어서 떨어지지 않는 눈이다. 밤에 뚝- 쿵 하는 소리가 크게 들릴 정도였으니, 굵은 나무가 많이 부러졌었다.

우리 집 앞의 솔밭에 굵은 소나무도 여러 그루가 중간이 꺾여 버리고 말았다. 수십 년간 폭우와 태풍과 폭설을 이겨온 나무였지만, 찰 눈이 수북수북 쌓이면 그 무게를 이길 수 없어 마침내는 중간이

뚝 부러지는 것이다.

그해 겨울, 막삭골에 낙엽송이 태풍을 맞아 벼가 쓰러지듯 쫙 내리 깔려 버렸다. 골짜기에 빼곡히, 잘 자란 나무들이 넘어져 계곡 가득 나무 시체로 뒤덮였다. 아깝지만 여러 날 동안 그놈들을 잘라서 땔감으로 잘 이용했었다.

솔가리 끌기

가을 농사가 다 끝나고 찬바람이 불어 얼음이 살짝 얼면, 바싹 마른 솔잎을 끌 때이다. 소나무 마른 잎을 솔가리, 흔히 소갈비라고 불렀는데 이것이 겨울철 주 연료 땔감이었다.

내가 고등학교를 졸업하고, 한 해 동안 집안 농사를 지었는데, 그때에 막삭골 산과 뒷산에서 소갈비를 끌어 마당에다 나뭇가리를 만들었다. 그전에도 매년 일꾼 아저씨를 도와서 해봤던 터라 요령은 모두 알고 있었다. 아침부터 저녁까지 산속에서 혼자 작업을 하는데, 우선 산꼭대기부터 낫으로 바닥에 작은 나무며 풀이랑 넝쿨 등 갈퀴에 걸리지 않도록 모조리 자른다. 이것을 '뻔다'고 했다.

다음 대나무를 휘어 만든 깜쟁이갈퀴로 소갈비를 살살 끌어 모은다. 대나무 갈퀴는 시장에서 사온 것을 더운물과 불길로 조정하고,

길을 잘 내야 부러지지 않고 솔가리가 쉽게 잘 끌어진다. 솔가리가 한 아름 정도 모이면 소나무 가지를 발 앞에 받치고 가지런히 해서, 손으로 번쩍 들어 아래쪽 경사지에 뉘어놓은 지게에 갖다 올린다. 그렇게 4~5회 반복하면 한 짐이 된다. 가운데를 지게 밧줄로 당겨 묶고 양쪽을 새끼줄로 묶는다.

다음이 중요한데 지게 작대기를 지게 밑에 놓고, 지게 뒤에서 번쩍 들어 작대기로 조심스럽게 뒤쪽을 받친 다음, 얼른 앞으로 돌아와 살짝 당기면 작대기가 툭 떨어져 발밑으로 온다. 이를 잡아서 지게를 앞에서 똑바로 고인다. 그 다음 한쪽 무릎을 꿇고 지게 작대기에 의지해서 땅 짐을 떼는데, 이때 지게가 등에 착 붙고, 힘쓰는 요령이 있어야 똑바로 일어설 수 있다.

솔가리 나뭇가리 만들기

경사진 산에서 부피가 큰 소갈비 짐을 지고 내려오는 것은 상당히 조심스러운 일이다. 위에는 나뭇가지에 걸리고, 옆에는 나무들이 막아서고, 발밑은 경사에 미끄럽고 울퉁거리니, 바짝 긴장하여 다리를 달달 떨면서 조심조심 내려온다.

그렇게 간신히 산을 내려와 논둑길을 건너 집으로 오면, 처음에는 마당 가운데 바닥에 그냥 제껴 놓으면 되지만, 2단, 3난 올라가고, 마지막 단 꼭대기를 올릴 때는 지게를 지고 사다리를 올라가서 한가운데에, 머리 위로 쏟아야 된다. 사다리를 타고 올라가는 것도, 짐을 가운데 내려놓는 것도 모두가 위험천만한 동작이다. 중심이 조금만 흐트러지면 크게 다칠 수도 있다. 바람까지 불면 더욱 위험하다. 그렇게 50여 짐 이상을 하여 나뭇가리를 쌓았다.

나뭇가리는 옆선을 매끈하게 두드려서 여름 장마에도 빗물이 안 들어가게 기술적으로 다듬는다. 그리고 꼭대기에는 이엉과 용마름을 만들어 덮고, 기다란 통나무를 올린 다음, 새끼로 잘 고정하여 돌을 달아매면 된다. 일꾼 아저씨가 있을 때보다는 작아도, 마당에 커다란 나뭇가리가 만들어졌으니 이것이 곧, 한 해 일의 마무리다.

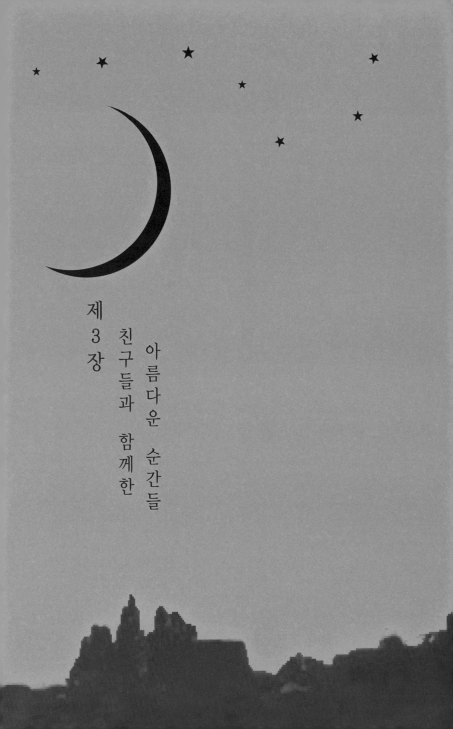

제 3 장

아름다운 순간들

친구들과 함께한

쌍둥이 신입생?

국민학교에 신입생으로 입학한 것이 1957년 4월 1일이다. 그때
는 4월에 새 학기가 시작되었다.

어머니는 시장에 가서서 새 옷 한 벌을 사 오셨다. 회색과 분홍
색 계열이 배합된 상하의에 둥근 칼라가 있었던 예쁜 옷으로 기억
된다. 내가 이 옷을 입은 모습을 골말 재집기와집 봉호네 어머니가
보셨는데, 봄철이라 화사한 것이 아마도 잘 어울리고 좋게 보였던
모양이다. 며칠 뒤 봉호에게도 똑같은 옷을 사다 입혔다. 당시에는
시장에 옷이 다양하지도 않았던 터였다. 봉호와 나는 체격도 비슷

하고 얼굴 모양도 둥근형으로 남이 보기에는 생김새가 비슷하게 보였나보다. 학교에는 남학생이 한 학급뿐이었으니 자연히 여기저기 같이 다니는 시간이 많이 있었고, 그래서 그때 "너희 둘이 쌍둥이 아니냐"고 물어 보는 사람도 있었다. 또 우리 반 아이들은 일부러 쌍둥이라고 놀리기도 하였다.

솔방울 때는 교실 난로

가을이면 부대자루를 어깨에 메고 동네 산으로 솔방울을 따러 다녔다. 왜냐하면, 학교에다 학생 각자가 맡은 '솔방울 책임량'을 채워서 내야했기 때문이다. 당시 선생님들은 어린 학생들에게 어떻게 그런 어려운 일을 시켰을까? 지금은 상상이 잘 안되지만 그 시대의 상황이 그렇게 할 수 밖에 없지 않았겠는가.

쌀쌀하게 가을바람이 부는 가재낭골 능선에서 키 작은 소나무를 찾아 솔방울을 손으로 일일이 돌려서 따는데, 솔방울 꼭지가 상당히 질겨서 잘 떨어지지도 않는다. 솔방울은 짧은 가시가 있어 수시로 손등이 긁히고 피도 나기 일쑤였다. 그렇게 한참을 따서 모으면 부대자루로 절반 정도 모인다. 솔방울 자루를 새끼줄로 멜빵을 하여 어깨에 걸머지고 학교로 가면 선생님이 그 양을 보고, 이만 되었다 하면 끝이고, 양이 적으니 한 자루 더 가지고 오라먼 나시 한 자루 더 따다 낸다.

모아진 솔방울은 교실 구석에 쌓아두고 겨우내 때는데, 난로에 솔방울을 넣으면 불붙이기 쉬우며, 화력이 세고 연기가 나지 않아 좋았다. 너무 빨리 타면 선생님은 물을 약간 뿌리기도 하였다. 그렇게 달구어진 난로에는 누르스름하고 납작한 사각형의 벤또 도시락를 차곡차곡 쌓아 올려놓고 데워서 먹곤 하였다.

나중에는 조개탄을 때기도 하였는데 이것은 불붙이기도 어렵고 재도 많이 날려 솔방울만한 땔감 재료가 없었다.

퇴비증산 방학숙제

잘살아 보세! 잘살아 보세! 우리도 한번 잘살아 보세!

식량 자급이 안 되어 미국의 밀가루, 옥수수 가루로 국민을 먹여 살리던 즈음에, 우리 어린이들도 퇴비증산에 한 몫 거들고 나서야 했다. 여름 방학이 끝나고 개학을 하면 여러 방학숙제들을 제출하였는데, 그 중 하나가 퇴비증산이었다.

개학 다음 날 즈음 베어낸 풀을 묶어서 어깨에 걸머지고 학교로 가지고 간다. 풀은 길고 묶기 좋은 것으로 베다보니 줄기가 굵고 기다란 하얀 꽃이 피는 풀을 주로 벴다. 그것은 무게가 엄청 나가서 학교까지 지고 가면 어깨가 빨개지고, 땀도 뻘뻘 나고 옷에 풀물도 들곤 했었다. 그렇게 두세 번 지고 가면 되었다.

곤충채집

여름방학이 되면 '방학공부'라는 커다란 숙제장을 나누어 주었고, 일기쓰기는 매번 거의 필수 숙제였으며, 곤충채집 숙제도 몇 번 있었던 듯하다.

반듯한 종이박스를 구해서 위쪽에 뚜껑은 잘라낸 뒤, 투명하고 약간 빳빳한 재질을 구해 붙였다. 그 다음은 여러 가지 곤충을 잡아다가 실핀으로 등을 찔러서 통 바닥에 고정시킨다. 그러면 곤충은 그곳에서 상당기간 꿈틀대며 서서히 죽어간다. 특히 물방개는 아주 오래 버틴다. 물방개나 방아깨비처럼 살이 많은 곤충은 바짝 마르지 않고 꺼멓게 변색되기도 하고, 진물이 바닥에 배기도 했다. 여름 방학 때마다 잠자리, 매미, 나비 등 여러 가지 곤충을 잡는 일은 재미있고 그리 어려운 일이 아니었다. 그때는 변변한 채집도구 하나 없이도 맨손으로 잘도 잡았다. 개학이 되면 커다란 곤충채집통을 조심스레 들고 가 자랑스럽게 제출했었다.

학교에 연못파기

경포국민학교 나의 첫 교실은 운동장 남쪽 끝, 커다란 플라타너스 앞의 허름하고 기다란 교실이었는데, 임시 건물이었던 듯싶다. 나중에 학교 뒤쪽에 교실을 짓고 그쪽에서 공부를 하였으니 임시 건물이 분명했다.

본관 뒤쪽으로 새로운 교실을 ㅁ자 형태로 지은 후에, 그 가운데에 연못을 팠다. 어린이들이 대야와 괭이 삽 등을 가지고 등교해서 연못을 팠는데, 직사각형의 커다란 연못이 완성되었다. 인해전술로 되었다고 해야 하나, 한 삽씩 떠서 대야에 담아 멀리 바깥에 갖다 버리기를 반복하여 결국은 연못이 완성된 것이다.

그리하여 연못에는 물이 가득하고 주위에는 수양버드나무와 꽃들이 심어져 연못다운 연못이 되었다. 그러나 연못의 물은 항상 뿌옇게 속이 들여다보이지 않았다.

그런데 한 번은, 점심시간에 학생이 물에 빠졌다고 난리가 났다. 물이 탁하니 보이지는 않고, 애는 빠졌다고 하고, 학생들과 선생님들이 많이 모여 들었다. 그때 한곳에 물방울이 거품같이 조금 떠있는 곳이 있었는데 누가 그곳을 가리켰다. 그때 젊은 어떤 남자선생님이 물에 뛰어 들더니 한참만에 물에 빠졌던 학생을 안고 나왔다. 그리고 거꾸로 들어 뱃속에 물을 빼고, 엎어놓고 두드리고, 누르면서 인공호흡을 하였다. 그렇게 하기를 몇 번 반복하니 물에 빠졌던 학생이 '앙!'하고 울음을 터뜨렸다. 그때 우리 모두의 안도의 환호가 터져 나왔었다.

학교 운동장 물구덩이 메우기

국민학교 운동장은 바닥이 고르지 않아 비만 오면 물이 고이는 곳이 많았다. 그래서 비가 온 후면 등교 할 때 대야같은 모래 운반용 그릇을 하나씩 가지고 등교했다.

점심시간인가, 수업 끝나고인가, 학교 서쪽 지변동 가는 곳에 죽헌동에서 경포호수로 흘러가는 냇물이 있었는데, 그곳까지 한 줄로 서서 도착하면 모래를 한 삽씩 떠서 대야에 담아준다. 그러면 그것을 쏟아지지 않게 두 손으로 받쳐 들고 학교 운동장까지 운반하여 물이 고인 곳에 메우곤 하였다. 고사리 손으로 흙을 나른 덕에 우리 학교 운동장은 나중에는 평평하고 모래가 적당하게 덮인 것이 정말 뛰어놀기 좋은 운동장이 되었다.

민둥산과 식목행사

당시는 전쟁 직후이고, 집집마다 나무로 땔감을 하다 보니, 야산은 그야말로 벌거숭이 민둥산 이었다.

그러니 봄마다 식목행사를 대대적으로 하였는데, 국민학교 학생들도 매년 나무심기에 참여하였다. 집에서 삽과 괭이를 들고 등교하여 경포대 뒤편 야산에 리기다소나무와 오리나무 등을 심었다. 지금에야 산림이 너무 우거져서 간벌도 하고 산불도 무섭게 자주 나지만, 그때는 주위의 모든 산이 벌거숭이로 붉은 속살을 드러내고 있었다. 또 누에고치 잠(蠶)사업 증진시책에 따라 야산을 개간하여 뽕나무를 많이 심었는데, 한 번은 남대천 건너 강릉 공설운동장 뒤쪽까지 가서 계단식으로 만들어진 좁고 긴 밭에 뽕나무를 심은 적도 있었다. 그때는 아마 중학교 때인가 보다. 지금도 야산을 오르다 리기다소나무와 뽕나무 군락을 보면 그 당시 나무 심던 생각이 난다.

우리나라는 세계에서 가장 빨리 민둥산을 푸른 숲으로 만든 국토 녹화 성공 국가인데, 이는 연탄을 구공탄으로 만들어 취사 및 난방 연료로 대체 개발한 것과, 허가 받지 않은 벌목자는 누구든지 강력하게 엄벌에 처한 박정희 대통령의 강력한 지도력 때문이다.

땅재봉 토끼사냥

5학년 초겨울에 4, 5, 6학년 남학생이 땅재봉으로 토끼사냥을 간적이 있었다. 선생님들도 여러 명 같이 갔었는데 요즘으로 치면 현장학습쯤 될 것 같다.

손에 막대기를 든 학생도 있고, 맨손에 목소리만으로 몰이꾼 역할만 하는 학생도 있었다. 선생님들이 학생들을 이리저리 배치하고 산 전체를 포위하여 소리 지르며 몰이를 하였는데, 나는 그날 토끼 그림자도 못 보았다. 나중에 끝나고 내려와 보니 선생님들 손에 토끼가 몇 마리 들려 있었다. 사람이 많으니 인해전술로 쉽게 잡을 수 있었지 싶다.

이승만 박사와 이효상 박사

그 시절 지방을 순시하시던 이승만 대통령이 오죽헌을 예방하셨던 모양이다. 우리는 양손에 태극기를 들고 학교 앞 도로, 오죽헌 진입로에 양옆으로 늘어서서 열심히 태극기를 흔들었고, 이승만 대통령은 차창 밖으로 손을 흔들며 인자하게 웃으면서 지나가셨다.

또 한 번은 이효상 당시 국회의장이 오죽헌을 방문한 적이 있다.

이때는 이효상 국회의장이 우리 학교 운동장까지 와서, 학생들에게 무슨 내용의 연설을 한 다음, 어떤 시를 낭송하고 가셨는데, 장작개비 같은 어머니의 손이라 했던 기억이 어렴풋이 있으니 아마도 '나의 강산아'와 '어머니에 관련된 시'였을 게다.

나의 강산아

한솔 이효상

어쩌면 눈을 감고도
어루만져 보고 싶은 나의 강산아
석양에 비낀 진흙 위에도
입 맞춰 보고 싶은 나의 강산아

보라! 저기 피어오르는 구름이 아니라
보라! 저기 피어오르는 산봉우리가 아니냐!
보라! 저기 피어오르는 구름이 아니라
보라! 저기 피어오르는 물결이 아니냐!

언제 보아도 새파란 가을 하늘이여
맑은 시내와 굽어진 소나무여
천하에 너만큼 아름다운 나라가 없어
다시 끌어안아 보고 싶은 나의 강산아

어릴 때 기어오르던 울타리 가의 살구나무여
약수탕 옆 아름드리 은행나무여
하늘이 손 짝만큼 보이는 울창하던 숲들이여
사랑하는 어머니 젖가슴이여
오 오 나의 강산아

너를 떠나는 거리가 멀어질수록
나를 부르는 소리가 커지는 구나
남들도 한번만 너를 찾아온다면
다시는 돌아가고픈 생각조차 없어진다는 너!

가다가도 문득 서서 치어다 보는 하늘
차마 떠날 길 없어 돌아서는 이 땅이여

어쩌면 눈을 감고도
어루만져 보고 싶은 나의 강산아
석양 비낀 진흙 위에도
입 맞춰 보고 싶은 나의 강산

학교에서 점심 먹고 밥 또 먹나

초여름 무렵 낮이 긴긴날이면 학교에서 점심 도시락을 먹고 뛰어 놀다, 하굣길에 신작로로 곧장 오는 것이 아니라, 산길을 이리저리 돌아다니며 오후 늦게나 되어야 집에 도착하곤 하였다.

도착 후 우선 책보자기에서 벤또도시락부터 꺼내어 자싯개숫물에 담근다. 가끔 어머니는 식은 밥과 간단한 반찬을 차려주시고 먹으라고 하셨다. 이를 본 친구들이 "니는 학교에서 점심 먹었는데 밥 또 먹나?" 하며 부러워하였다.

당시에는 먹을 것이 정말 귀했고, 점심도 변변히 못 먹는 애들도 있던 때라, 하루에 네 끼 먹는 것이 신기하고 부럽게 보일만 하였다. 아버지가 공무원인 우리 집은 밥은 배부르게 먹을 만하였고, 어머니는 항상 식은 밥이 남도록 넉넉하게 밥을 지었다. 시내에 사는 큰고모는 이 집에는 항상 밥이 남아있어 언제든지 와도 밥은 먹을 수 있다고 불시에 자주 들리곤 하셨다. 어려운 시절이었지만 우리 부모님은 절대 자식들 배고프게는 하지 않으셨다. 그래서 어릴 때 발육이 제대로 잘 되었고, 지금까지 건강한 것은 모두가 어머니 덕분이리라.

등·하굣길 책보와 구루마

국민학교 다닐 때 책가방은 거의 없었고, 책은 보자기에 싸가지고 다녔는데, 그것을 '책보'라 했다. 책보는 꼭 묶어서 옆구리에 끼고 다니든가 아니면 어깨에 대각선으로 비껴 메고 다녔다. 여학생들은 팔을 바깥쪽으로 하여 들고 다니거나, 허리 뒤에 매고 다녔다. 등에다가 책보를 둘러메면 두 팔이 자유스러워지니까 장난치며 활동하기가 쉬웠다. 뛰거나 다른 활동을 할 때도 대부분 등에 메고 다녔다. 우리가 학교에서 집에 올 때는 중간에 무엇을 하던지 놀다가 늦어지게 마련이다. 그런데 상당히 빨리 오는 날은 구루마우차, 달구지를 따라오는 날이다.

〈달구지 뒤를 따라가는 아이들〉

맨발이 아저씨가 몰고 다니는 구루마를 만나, 그 뒤를 졸졸 따라가는 날은 소의 걸음 속도로, 쉬지 않고 오니 그만큼 빠른 것이다.

구루마는 초기에 나무 바퀴살이 있는 커다란 쇠바퀴였는데, 나중에는 자동차 타이어로 바뀌기도 했다. 어쨌건 소가 터벅터벅 걸어서 구루마를 끌고 가는데, 신작로길 자갈이 오죽 험한가! 장날마다 시내까지 왕복하니 소의 발굽이 금세 닳기 때문에, 발굽에 징을 박아서 쩌벅쩌벅 소리가 나게 하였다.

맨발이 아저씨는 소 옆에 나란히 발맞추어 걸어 가다가, 무료하면 바퀴 앞쪽에 삐딱하게 걸터앉아 지긋이 졸고 간다. 그럼 우리는 구루마 꽁지를 옹기종기 따라 가다, 맨발이 아저씨가 조는 줄 알고 구루마에 슬그머니 엉덩이를 걸친다. 그러면 맨발이 아저씨는 졸다가도 금세 알아차리고 "이놈들!" 하면서 야단치곤 하였다. 뒤쪽이 무거우면 중심이 안 맞아 앞쪽이 들리니 소의 목 부분이 달려 올라가기 때문이었던 것을, 우리는 맨발이 아저씨는 뒤통수에 눈이 달린 것 같다며 키득거리곤 했다.

주먹만 한 공의 인기

당시의 흔한 공은 말랑말랑한 고무공인데, 주먹만 한 것이 가장 흔했고, 가끔 나주배 크기만한 것을 사 가지고 차는 학생들이 있었다. 진짜 축구공 크기의 공은 비싸서 거의 사는 학생이 없었다.

축구는 아침 수업 시작하기 전이나, 점심시간, 그리고 수업이 다 끝난 뒤에 자주 하였다. 제각각 축구팀을 편짜서 시합을 하기때문에, 학교 운동장에는 주먹만 한 공이 동시에 여러 개가 돌아다니고, 공을 따라 우르르 몰려다니는 무리가 네다섯 팀씩은 되었다. 골대에도 여러 명의 골키퍼가 각자 자기네들의 공을 열심히 추적하고 있는 것이다.

축구는 같은 반 학생끼리 할 때와 같은 동네 학생끼리 할 때가 있는데, 우리 동네 사람끼리 축구를 할 때는 주로 '양지말'대 '골말'로 구분하여 축구를 하였고, 그 당시 나는 학년이 낮았던 탓인지 공격수 보다는 주로 수비수 쪽을 많이 담당하였다.

볼의 방향에 따라 골대 전방에서 수비 방향을 정하느라 이리저리 이동하다 보면, 지나가다 멈춰 구경하던 순일이 아저씨가 뒤쪽으로 물러서지 말고 나가서 막으라고 독려해주기도 하였다.

포대 비옷과 종이우산

어릴 적, 비가 오는 날이면 우리들은 학교까지 가는 길이 참으로 곤궁하였다. 무엇이든지 비만 안 맞으면 되는 시절이었고, 학생들이 우비 용도로 사용한 것들은 그 종류가 정말 다양하였다.

가장 흔한 우비는 마대자루였는데, 커다란 마대 쌀 포대 귀퉁이를 서로 포개서 삼각형 공간을 만들고 그것을 머리에 쓰면 지금의 비옷 비슷한 모양이 되었다. 비닐이나 검은 방수 종이가 든 비료포대를 접어서 쓰고 다니기도 하였다. 우리 집에는 기름먹인 종이와 대나무살로 만든 유지우산이 하나 있었다. 아주 가끔은 그 종이우산을 쓰고 다녔는데 그 당시에는 정말 귀한 것이었다.

말산댁 할아버지와 뒷집 할아버지께서 도롱이를 쓰고 논밭으로 다니시는 것을 자주 보았는데, 어깨에서 허리까지 덮이도록 짚이나 부들 왕골로 엮어 만든 두툼한 도롱이는 무거워 보였으나, 비 오는 날 논밭에 엎드려 농사일 하는 데는 편리한 비옷 이었다.

그 얼마 후 대나무로 우산대와 우산살을 만들고, 종이 대신 얇은 비닐을 덮은 우산이 등장 했는데 이것은 정말 획기적인 우산 혁명이었다. 순식간에 포대자루를 밀어내고 어린이들이 비닐우산을 들고 다니는 시절이 되었으니. 이때에 나온 동요가 바로 이것이다.

"이슬비 내리는 이른 아침에~
우산 셋이 나란히 걸어갑니다~
빨간 우산 파란 우산 찢어진 우산~
좁–다란 학교 길에 우산 셋이서
이마를 마주대고 걸어갑니다~"

잃어버린 노랑 고무신

지금도 커다란 식당 같은 데에 보면 신발장이 출입문 밖 현관에 있고, 이런 곳엔 대부분 "신발 분실은 책임지지 않습니다."라는 경고 문구가 붙어있다. 우리들 교실에도 신발장은 교실 바깥 복도에 있었다. 그리고 그때는 신발 주머니란 듣지도 보지도 못했던 시절이었다. 학생들은 거의 다 검정 고무신이나 노랑 고무신을 신고 다녔다.

내가 매일 신고 다니던 검정 고무신이 바닥이 다 닳아서 물이 새고, 발가락이 흙에 닿는 지경이 되었다. 모처럼 어머니가 시내에 가서 노랑 고무신을 사다 주셨는데, 그 새 신을 신고 간 첫날에 잃어버리고 말았다. 매시간 휴식 시간이면 나가서 새 신이 잘 있는가 보곤 했는데, 마지막 수업이 끝나고 우르르 몰려 나가보니 내 신발이 놓였던 자리에 있어야 할 새 신이 없는 게 아닌가! 이리 저리, 아무리 찾아도 없고 학생들이 거의 다 갔는데도 내 노란 새 신발은 찾을 수 없었다. 선생님이 오긴 했지만 누가 신고 갔는지 찾을 길이 없었다. 선생님도 방법이 없긴 마찬가지다. 선생님은 남아있는 헌 신을 신고 갔다가 내일 찾아보자고 하신다.

그때는 검정 신 노랑 신 밖에 없으니 신발이 비슷비슷하여 알 수가 없었다. 그래서 화롯불에 부젓가락을 달구어서 신발 코나 바닥에 점을 찍어서 표시를 했는데, 그것을 안 해서 잃어버린 것이다. 아침에는 새 신을 신고 간 놈이 저녁엔 구멍 뚫린 헌 신발을 신고 돌아 왔으니, 아버지, 어머니는 얼마나 속이 터졌겠는가! 어머니에게 호되게 혼나고 난 다음 날 찾으려고 해 보았지만 허사였다.

에-잇! 어떤 놈인지 십 리도 못가서 발병 났으면!

전봇대 애자 맞추기

학교에서 집으로 오는 신작로에는 비포장도로에 부어놓은 자갈이 참으로 많았다. 그래서 가끔 사마귀처럼 생긴 커다란 그레이더가 도로 바깥으로 밀려난 자갈을 도로 가운데로 밀어 넣는 작업을 하였는데, 그럴때마다 우리는 반지르르하게 닦인 그 뒤를 졸졸 따라가는 재미가 있었다.

그런데 철부지 우리들은 그때 또 엉뚱한 짓들을 했다. 신작로 가에 간격 맞춰 서있는 검은 나무 전신주는 별로 높지 않았고, 그 위로 전봇대 마다 십여 개씩 애자*가 달려 있는데, 그것을 왜 그리도 깨뜨리려고 하였는지.

---

* 전선을 지탱하고 절연하기 위해 기둥같은 구조물에 설치하는 구 모양 도자기.

두루미에 살던 동선이는 자갈돌 던지기 명수였다. 손에 맞는 자갈을 골라서 전봇대로 던지면 쨍하는 날카로운 소리와 함께 애자 밑 부분이 깨어져 달아난다. 이 짓을 서로 경쟁하듯이 던져대니 그 당시 도로가에 전봇대 애자는 깨진 것이 더 많았다.

가을이면 도로가에 높은 감나무 꼭대기 달린 홍시에 대고 맞추기를 반복하였다. 그 덕분인가. 내가 육사에서 수류탄 던지기는 거리도 평균보다 멀리 던졌고, 창틀에 3개를 넣어야 밥을 먹는 창틀 넣기도 실패 한 적이 없었다.

예방접종

우리들이 국민학교에 다닐 때 한 학급마다 몇 명은 얼굴이 마마 천연두天然痘로 곰보가 된 사람이 있었다. 마마를 일찍 앓고 이미 얼굴에 자국을 갖고 있는 것이다. 그 당시는 천연두에 걸려 많이들 죽기도 하였고, 살아도 얼굴에 마마자국이 남는 정말 무서운 병이었다.

학교 중앙 현관에서 종두를 맞는데, 그때는 우두라 했다. 어깨에 다 먼저 약솜으로 쓱쓱 문질러 소독을 하고, 우두 약물을 묻힌 바늘 다발로 찔렀던 것이다. 무섭기는 하였지만 그렇게 많이 아프지는 않았던 깃 같다. 그 덕분에 마마는 비켜갔으니, 문명의 혜택을 본 것이 얼마나 다행인가. 마마는 우리 세대를 끝으로 거의 사라져 지금은 더 이상 곰보 얼굴을 한 사람은 잘 보이지 않는다. 그러고 보니 나는 우두 자국이 한 군데 희미하게 남아 있는데, 우리보다 더 나이 먹은 사람들은 어깨에 네 개씩 커다란 우두 자국을 달고 다니는 것은 왜 그런가, 특히 여성도 그렇게 어깨에 커다란 자국이 서너 개 씩 있는 경우가 참 흔했다.

그 다음 후진국 병인 결핵을 막기 위해 주사 접종을 하는데, 팔뚝에 투베르크린 반응 주사를 먼저 맞고, 음성인 사람은 비시지 BCG주사를 맞았다. 대부분 양쪽 어깨에 맞았는데, 그것도 부풀어 올라 작은 자국을 남겼다. 팔뚝에 그 자국들 덕으로 건강하게 자랄 수 있었다.

또한 당시는 어린이 영양도 부실한데, 야채의 거름으로 인분을 쓰니 뱃속에 회충이 많았다. 회충약이 학교로 배급 나오면 선생님은 약을 나누어 주고, 물 주전자를 들고 다니며 본인이 보는 앞에서 한 사람씩 모두 먹도록 하였다. 그리고 다음날 변에 회충이 몇 마리 나왔는지 꼬챙이로 세어보고 선생님께 보고해야 했다.

한 해 여름은 콜레라가 유행하여 차례로 줄서서 주사를 맞는데, 콜레라 예방접종은 많이 아팠던 기억이 있다. 몇 년 후에는 권총 같은 주사기로 아플 사이도 없이 신속하게 예방주사를 놓은 적이 있었다. 이때는 은방 거리에도 예방주사 요원들이 나와서 지나가는 어른들한테 예방주사를 접종하였다.

미스 강원이 된 학교 사환

국민학교 고학년 때 우리학교에는 급사給仕 자격으로 황씨 성을 가진 여자 사환이 있었다. 우리보다 4~5살 정도 나이가 많지 싶다. 청순한 미인형에 마음도 예쁜 누나였는데, 학생들은 모두들 그 누나를 잘 따랐다.

사환 누나를 두고 주변에서는 모두들 예쁘다고 했었는데, 우리가 졸업 하던 해에 미스 강원 선발대회에 응모했었고, 중학교에 가서 보니, 미스 강원 미美에 당선되어 유명인이 되어 있었다. 유명인이 되니 여기저기 오라는 데도 많고 스케줄이 바빴을 것이다.

한 번은 내가 다니던 중학교 교장실에서 나오는 것을 지나가다 보았다. 조금 거리가 떨어져 있기도 했지만, 이제는 예전처럼 막 허물없이 다가가 아는 체를 할 수가 없었다.

사친회비

매분기마다 학교에 사친회비지금의 학교운영비를 몇 백환 씩 냈는데, 액수는 기억에 없으나, 그 사친회비 때문에 그 당시 학생들은 가슴에 멍이 많이 들었다. 나도 그때 사친회비를 제때 내지 않아, 수업 시간에 집으로 돌아간 적이 있었더랬다. 선생님들도 학급아이들의 빤한 사정을 모르는 것도 아니고 참 난감했었을 것이다.

전쟁 직후에 먹을 것도 없이 어렵던 시절에, 매 분기마다 현찰을 내야만 했는데, 한 집에 학생이 나 혼자가 아니고 줄줄이 형제가 여럿이니, 부모 입장에서는 결코 적은 돈이 아니었을 것이다. 이렇듯 부모와 선생들 모두 어렵다 보니, 보통 웬만한 독촉으로는 납부하지 않는다.

담임 선생님은 수업 시간에 미납 학생을 앞으로 불러내어, 사친회비를 가지고 오라며 반 아이들이 모두 보는 앞에서 집으로 돌려보냈다. 그러나 집에 가 봐야 돈이 없을 것은 뻔하고, 야단만 맞고 올 텐데, 결국 이러지도 저러지도 못하고 중간에서 땡땡이 칠 수밖에. 그렇게 시간을 때우고 선생님께 적당히 핑계를 대면 선생인들 어쩌겠는가! 그때는 그렇게 넘어가고 다음에 또 불려나가 또다시 집으로 돌려 보내지고……. 학생을 집에 돌려보낼 수밖에 없었던 선생님과, 집에 돌아가 돈을 내어달라고 차마 말하지 못했던 아이,

교실에서 쫓겨나온 자식을 호통 쳐 되돌려 보내야만 했던 부모님의
마음이 얽히고 설켜 그 시절에는 그렇게들 어렵게 학교에 다녔다.

한밭다리에서 뛰어 내리기

학교를 마치고 집으로 오는 길은 그야말로 쭉 늘어선 놀이터와
마찬가지였다.

주막거리에 있는 한밭다리 아래에 반쪽은 하얀 백사장이 있었
다. 우리는 그 백사장에 뛰어 내리기를 반복하였는데, 백사장의 맨
가장자리 쪽은 높이가 낮고, 가운데로 갈수록 점점 높아지는 모양
이었다. 그러면 다리 난간에 금을 그어놓고, 가운데로 계속 조금씩
옮기면서, 누가 더 높은 데서 뛰어 내리는가 시합을 하는 것이다.

백사장에 떨어지는 순간 머리의 무게가 몸을 짓누르니 고개는
푹 숙여지고, 창자가 아래로 내려가는 그런 기분이다. 그래도 치기
어린 승부욕에 다른 이보다 조금 더 높은 곳에서 뛰려고 경쟁을 했
으니, 참으로 무모하기 그지없었다.

서당 공부

어느 해 겨울 방학 때 서당으로 공부를 하러 다닌 적이 있다.

송경호 등 몇몇 친구들과 어울려 네다섯 명 정도가 같이 다녔다. 할아버지 산소가 있는 된봉 아래쪽, 서당골의 중간 즈음에 자리 잡은 서당이었다.

상투를 틀고 계시던 훈장님으로부터 한문 읽기와 붓글씨 쓰기를 배웠는데, 아마도 그 시대 우리 고장의 마지막 훈장님이었을 것이다. 교과서는 동몽선습童蒙先習. 중종 때 김안국이 지은 책으로 '천자문'과 '동몽선습'이 아동들의 입문 교과서였다.

> "上有千 하고 下有地 하니
> 天地之間 에 有人焉 하고 有萬物焉 하나니라."

이렇게 시작한다. "위에는 하늘이 있고 아래에 땅이 있으니, 하늘과 땅 사이에 사람이 있고 만물이 있느니라."는 뜻이다. 가르침의 내용을 예로 들자면,

> "음音에는 '궁상각치우'가 있고, 색色에는 '적청황흑백'이 있으며,
> 맛味에는 '산함신감고'가 있다."

와 같이, 일상생활 주변에 있는 것부터 가르치는 내용이었다.

특히나 하늘에는 28개의 별자리가 있다는 것도 그때 배웠는데, 고구려 시대부터 전해 내려오는 윷놀이판도 동서남북 28별자리로 만들어 졌다고 한다. 지금도 생활과학 이해에 도움이 되는 내용이다.

'28수宿'
東:각항저방심미기, 北:두우여허위실벽,
西:규루위묘필자삼, 南:정귀유성장익진

이것은 조선시대에 종각에서 야간통금 신호인 인정 타종을 28번 쳤다는 유래이기도 하다. 하늘에 있는 성신星神에게 백성들의 편안한 잠자리를 기원하는 의미란다.

통금해제 신호 타종은 '파루'라고 하며 제석천과 그 외 동서남북 32천신께 백성들의 안녕을 기원하는 의미로 33번을 쳤다. 지금도 12월 31일 자정이면 제야의 종을 33번 친다.

서당 공부는 하루에 한 문장씩 음과 훈, 그리고 그 의미를 설명하면, 그 문장의 뜻을 알고 처음부터 줄줄 외울 때까지 읽고 쓰고 반복하는 것이 가르치고 배우는 방법이다. 각자 자리를 잡고 방바닥에 엎드려서 큰 붓으로 신문지에 글씨를 빼곡하게 써내려 가는데, 손에 힘을 주어 붓을 꽉 쥐고 쓰되, 위에서 붓을 갑자기 당기더라도 빠지지 않도록 하라는 가르침을 받았다.

그리하여 겨울방학 내내 서당에 다니는 것으로 동몽선습 한 권을 마쳤다. 그래서 책 한 권 떼고 서당 공부를 마치던 날, 책거리를 한다고 하여 떡을 해서 먹었다. 옛날에는 책을 한 권 뗄 때마다 부모들이 훈장님께 감사하고, 자식들 학업 성취를 축하하는 의미로 책거리 풍습이 있었다.

책 한 권을 떼는 것은, 요즘으로 치면 한 학년을 올라가거나 상급 학교로 진학하는 것과 같은 의미이지만, 책 한 권을 완전히 읽고, 설명하고, 쓸 줄 알아야 훈장님의 시험을 통과할 수 있었고 그제야 비로소 책을 떼고 책거리를 할 수 있었다.

혁명공약 외우기

5.16 군사혁명이 1961년에 일어났으니, 내가 5학년 때이다. 1960년에 4.19 의거가 있었지만, 시골의 어린 학생들에겐 피부에 와 닿지 않았었는데, 5.16 군사혁명은, 혁명의 영향이 어린 학생들에게도 바로 적용되었던 것이다. 혁명공약을 암기하고, 상의를 바지 안으로 집어넣고, 줄 맞추어 등하교 하던 일이 있었다.

그때에 암송하던 혁명공약은,

1, 반공을 국시의 제 일의로 삼고

　지금까지 형식적이고 구호에만 그친 반공체제를 재정비 강화한다.

2, 유엔 헌장을 준수하고 국제 협약을 충실히 이행할 것이며

　미국을 위시한 자유우방과의 유대를 더욱 공고히 한다.

3, 이 나라 사회의 모든 부패와 구악을 일소하고 퇴폐한 국민도의와

　민족정기를 다시 바로 잡기 위하여 청신한 기풍을 진작한다.

4, 절망과 기아선상에서 허덕이는 민생고를 시급히 해결하고

　국가자주 경제재건에 총력을 경주한다.

5, 민족적 숙원인 국토통일을 위하여

　공산주의자와 대결할 수 있는 실력배양에 전력을 집중한다.

6, 이와 같은 우리의 과업을 조속히 성취하고

　새로운 민주공화국의 굳건한 토대를 이룩하기 위하여

　우리는 몸과 마음을 바쳐 최선의 노력을 경주한다.

이런 내용이었는데, 뜻도 제대로 모르고 그냥 암송하라는 대로 줄줄 외웠다. 그때부터 이 나라는 거대한 태풍을 몰고 가듯이 모든 생활에서 빠르게 변해가고 있었다.

사립 중·고등학교 입학

1963년에 국민학교를 졸업하고, 사립학교인 명륜중학교로 진학하였다.

당시 '강릉 최씨 최준집'이라는 사람이 이사장으로 있었던 명륜중학교는, 집에서 가깝다는 이유 외에 특별한 이유는 생각나지 않는데, 아마도 입학금 면제로 갔었지 싶다. 우리가 입학하던 때가 바로 6.25 전쟁이 나던 때 태어난 아이들이 입학하는 해였기 때문에, 전국적으로 전쟁 통에 휩싸여 태어난 갓난아기가 병으로 또는 굶어서 많이 죽어버려서 입학하는 학생 수가 적었다. 그러니 중학교 입학생의 절대숫자가 부족하여 '무시험'과 '입학금 면제' 혜택을 줄 테니 우리 학교에 입학하라는 유혹이 있었던 것 같다. 그래도 중학교는 한 학년에 세 개 학급은 되었다.

그때 명륜 학원 재단에서 고등학교를 인가받아 내가 중학교 2학년이던 시기에 명륜고등학교가 개교를 하였다. 명륜고등학교는 중학교 학생을 그대로 진학시키면 되었다. 그래서 개교 첫 해에 1학급 60여명으로 1기생을 받았고, 다음해 2기생은 40여명이 다니고 있었다.

66년도에 중학교를 졸업하고 고등학교를 가야 하는데, 명륜고등학교가 아직 초기라 규모나 시설 모든 면에서 부족함과 더불어 선생님들도 대부분 중학교를 가르치던 분들이 공동으로 가르치고 있었다. 그러니 강릉고등학교로 가겠다고 부모들이 쫓아와서 난리를 피우면 마지못해 다른 학교의 지원서를 써주고, 부모들이 안 오면 그냥 반 강제로 명륜고 지원 원서를 쓰는 분위기였다.

강릉고는 명륜고 보다 3년 먼저 생겼으나, 강릉사범학교가 일반 인문고인 강릉고등학교로 성격만 바뀌어 3회를 배출하고 6회째를 뽑고 있었다. 그렇게 하여 고등학교도 입학금을 내지 않고 명륜고에 갔는데, 글쎄 3회인 우리는 입학생이 28명밖에 안 되었다. 그다음 4회 40여명, 5회, 6회로 가면서 갑자기 학급이 늘어났다. 그러더니 나중에는 중학교를 폐지하고 고등학교만 학년별 10여 학급씩을 운영했다. 중학교 때는 교실을 헐고 증축한다고, 한동안 조선시대 학교 교실인 향교 내의 명륜당과 서재에서 공부 한 적도 있다. 중학교와 고등학교를 무시험으로 입학한 나는, 육사 지원 때 처음으로 '입학시험'이란 것을 치렀다.

잴 고개의 시원한 바람

중·고등학교 6년을 한결같이 걸어서 다니던 길 중간에 시원한 휴식장소가 있었다. 오죽헌 앞부터 제일 고개까지 이어지는 똑바른 신작로 길은 지루하고 완만한 오르막길이었다.

겨울철은 춥고 바람이 많이 불었으며, 여름철은 더워서 다니기 어려운 길이었다. 아침 햇살이 더운 날 자동차가 지나가면 먼지가 많이 나서 더욱 짜증스럽기도 했었다. 잴 고개제일 고개 정상에 가면 옷에 땀이 축축하게 배일 정도로 더웠다. 통상 등교 시간에 항상 여유가 있었고, 그럼 우리들은 젤 고개 도로 위 능선으로 올라간다. 그곳 능선은 묘가 있고 잔디밭이 있었는데 언제나 시원한 바람이 불어왔다. 우리는 매일 그곳에서 모자와 윗옷을 벗고 잔디밭에 나란히 앉아 시원하게 땀을 식힌 후, 시간 맞춰 학교로 가곤 하였다.

나 어릴 적은 시골이어서 아침이 이르게 시작되었는 지는 몰라도, 그때는 등굣길에 잠시 쉬어 바람도 쏘이고, 잠시 샛길로 샐 여유가 있었는데, 지금 학생들은 등교 시간에 쫓겨 허덕이며 눈곱만 떼고 뛰쳐나가기 일쑤니, 그 시절의 그 여유가 문득 생각이 났다.

산속의 18기 수련

중학교 때에는 학생들이 무도에 많은 관심을 갖는 시기이다.

당시 강릉 시내에는, 이름 있는 '무덕관', '청도관' 등 태권도, 권투, 유도, 합기도 등을 가르치는 도장이 여럿 있었다.

하루는 우리 중학교의 선배 학년에 김종배라는 학생이 있었는데, 그가 학교에서 18기를 가르쳐 주겠다고 희망자를 모집한단다. 그의 형이 시내에서 도장을 운영하는 관장이라 했다. 우리 동네 송경호와 나, 그리고 두루미 동네 몇 사람 등 그렇게 조를 편성하여, 학교 점심시간에 수련을 받도록 했다. 그래서 우리는 점심을 미리 3교시 끝나면 다 먹고, 점심시간이 되면 재빠른 동작으로 학교 뒤 화부산 너머 골짜기로 모였다.

거기서 김종배 선배 사범에게 18기를 1장부터 배워나갔다. 대련은 거의 필수였다. 그렇게 몇 개월 단련을 하고나니 확실히 자신감이 생기고 두려움이 적어지는 것을 느꼈다. 그러나 어느 정도 배우다가 김종배 사범이 졸업하면서 수련은 중지되었다. 아쉬운 찰나 동네 송양호 선배한테서 18기를 계속하여 배우게 되었다. 양호 형은 그 당시 상업고등학교를 다니고 있었다.

그러나 학교가 끝나면 만나서 수련할 작정인데 적당한 장소가 없었다. 그래서 번개 골 너머 보꼴 모렝이 산중턱 숲속에, 우리들이 직접 삽과 팽이로 터를 닦았다. 적당한 크기의 터가 마련되었고 우리들은 계속해서 18기 수련을 할 수 있었다. 그때 산속에서의 수련이 공부와는 관련이 없었지만, 심신 단련에 많은 도움이 되었음에 틀림없다.

디젤기관차 구경

강릉에는 기차가 상당히 늦게 개통되었다. 일본 사람들이 동해 북부선 철도를 거의 다 건설했는데, 개통 직전에 패망해 돌아가는 바람에 강릉에는 기차가 20여 년 늦게 들어온 것이다.

1962년 7월 경 명륜중학교 가까운 곳 화부산 아래에 강릉역이 새로 지어졌고, 강릉 시내를 가로지르는 철길이 생겼다. 공사가 모두 마무리되고 처음으로 기차가 들어온 게 1962년 11월 6일이다.

그런데 내가 중학생이던 어느 날, 새로운 디젤기관차가 들어온다고 소문이 났다. 그날 우리들은 운동장 가에 죽 늘어서서 디젤기관차가 들어오기를 기다렸다. 이윽고 커다란 덩치에 주황색 줄이 돌아간 우람한 기관차가 학교 앞에서 커브길을 돌아 강릉역으로 들어가는 것이 아닌가! 기차 위로 검은 연기도 없고, 칙칙폭폭거리는 소리 대신 우렁찬 자동차 소리와 부드러운 저음의 경적을 울리면서 지나갔다. 디젤기관차 실물을 내 눈으로 처음 보는 신기한 기차구경이었다.

기차 위로 검고 흰 연기를 길게 내뿜으며, 옆구리로 거친 숨소리같이 허연 수증기를 토하면서 칙칙폭폭 달리던 검은색의 철마는, 디젤기관차가 등장한 후 얼마 지나지 않아 1967년 8월 31일 운행을 종료하고 디젤기관차 시대를 열었다.

은빛 퉁소

중학교 교문 앞에 길거리 장사가 심심찮게 왔었는데, 온갖 신기한 물건들을 많이 팔았다. 한 번은 퉁소를 팔았다. 스텐스테인리스으로 된 일자 모양의 것이었다. 그래서 그걸 하나 사가지고 심심할 때 불곤 했다. 소리는 입김만 불면 나는 것이고 음계만 잘 짚으면 되는 것이라, 아리랑은 비교적 잘 되었고, 이밖에도 동무생각 등 간단한 노래는 불 수 있었다. 이사 때마다 갖고 다녔었는데, 언제 없어졌는지 아쉽지만 지금은 없다.

그 당시 송창식의 노래,

> "나는 피리 부는 사나이, 바람 따라 도는 떠돌이,
> 은빛피리 하나 들고서, 언제나 웃는 멋쟁이~."

이 노래에 딱 맞는 악기라 아꼈건만 글쎄 어디론가 가버렸다.

내 은빛 퉁소는 리코더와 흡사한데 그렇다고 리코더는 아니고 단소도 아니어서, 우리는 그걸 그냥 퉁소라 불렀다.

아껴 쓴 노트

중학교 때 아버지께서 어디에선가 노트를 받아 오셨는데, 두껍진 않았고, 안에 줄 간격이 좁게 그어져 있었다. 아마도 묵호 고모에게서 받아온 것으로 생각된다. 어디 것인지는 잊었지만 업체 이름이 새겨진 비매품이었던 것으로 기억한다.

그 노트에 영어 과목 숙제를 하는데, 간격이 너무 좁아서 한 줄씩 비우고 썼다. 그것을 어머니가 보시고는, 왜 아까운 노트를 그렇게 비우고 쓰냐고 혼을 냈다. 띄어쓰기도 하지 못하게 하셨다. 그래서 어머니가 시키는 대로 새까맣게 숙제를 써 가지고 갔다.

영어 시간에 숙제 검사를 하는데, 안경을 쓴 눈이 움푹한 무서운 김경준 선생님이 한참을 보시더니, 기가 막히셨던 모양이다. 그 노트는 어디서 났느냐고 물어보고, 그리고 왜 띄어쓰기는 안했냐고도 물어 보시고는, 별말 없이 다음부터는 띄어쓰기를 하라고 하셨다.

중학교 수학여행

중학생 때 수학여행은 삼척 시멘트공장과 철암 태백산 장면사寺로 갔다.

그 당시 우리나라 산업 시설이라고 배운 것은 충주 비료공장, 장항 제련소, 삼척 시멘트공장이 대표적이었다. 우리는 그래도 삼척 시멘트공장이 가까이 있어 수학여행지로 견학을 갈 수 있었다. 삼척 시멘트공장은 커다란 굴뚝에 시커먼 연기가 막 나오는데, 때문에 시멘트공장 주변에는 빨래를 걸어 놓을 수가 없다고 하였다. 공장 구경을 하는데 정말 눈이 까끌까끌할 정도로 돌가루 먼지가 많이 날리고 있었다.

다음 황지로 가기 위해서 기차를 타고 나한정역을 지나서 가는데, 기차가 앞으로 가다가 멈춰 섰다가, 뒤로 한참을 갔다가 다시 앞으로 올라가니 황지란다. 기차가 고도를 높이기 위해서 지그재그로 왔다 갔다 하면서 고도를 높여 올라온 것이다. 우리는 황지에서 광부들이 타고 다니는 뚜껑이 없는 칸이 작은 전차를 타고, 상당히 긴 굴을 빠져나가니, 철암에 바로 도착하였다. 여객용 전차는 아니지만, 전기로 가는 차는 황지 탄광에서 처음 타보았다.

그곳 철암에서 국민학교 2학년 때 담임이었던 이병삼 선생님을 만났고, 태백산 아래 장면사 절에서 하룻밤을 묵게 되었다. 이튿날 아침 절에서 고슬고슬한 밥으로 싸준 도시락을 들고 탄광촌 일대를 구경하였다.

고등학교 수학여행

고등학교 수학여행은 경주에서 시작해 부산을 구경 가는 것이었다. 아마도 2학년 때 갔었나보다. 불국사를 보고, 석굴암, 첨성대 등 책에서 배운 경주 유적을 두루 구경했다. 그때는 석굴암 내부까지 들어가서 석불상을 빙 돌아가며 11면 관음상도 보고 나왔는데, 몇 년 후 생도 때 다시 갔을 때는 석굴암에 유리문을 만들어 닫아놓아 내부로는 들어갈 수 없게 되어 있었다.

경주 구경을 마치고 우리는 부산 동래로 갔다. 동래에서 진짜 전차를 구경하고 타볼 수 있었다. 일찍이 1915년 개통되었다는 이것도 이듬해인 1968년 5월에 철거 되었단다. 용두산 공원도 구경하고, 강릉으로 복귀 할 때는 대구까지 기차로 가서, 대구에서 영천 영주를 거쳐서 강릉으로 오는데, 부산에서 대구까지, 대구에서 강릉까지 전 구간을 서서 왔다. 다리가 아플 때는 의자와 의자 등짝을 마주 댄 공간이 삼각형으로 나오는 그사이에 웅크리고 들어앉아 쉬면서 온 적도 있었다. 그렇게 기차를 탔던 고등학교 수학여행은 고달픈 여행으로 기억에 남았다.

민호와 경포대

고등학교를 졸업하던 해, 여름에 동네 민호와 경포 해수욕장으로 놀러 간 적이 있다. 그날 해수욕을 마치고 걸어서 경포대에 도착했더니 해는 뉘엿뉘엿 대관령 마루에 걸려있고, 한낮의 열기도 식어가는 즈음에, 우리 둘은 술병을 사가지고 경포대에 오르게 되었다. 그 시간 다른 사람은 거의 없었기 때문에 주위가 조용했다.

우리는 호수 쪽 난간이 약간 높은 누마루에 마주앉아서, 석양의 경포호를 안주삼아 주거니 받거니 그렇게 먹다보니 소주 큰 병을 다 마셔버렸다. 기분이 적당히 상쾌해진 우리는 오는 내내 즐겁게 흥얼거리며 냇둑 길을 따라오다 우럭바위에서 목욕을 하고, 어두울 녘에 집으로 돌아왔다.

참으로 낭만적인 여름날의 하루였다. 민호는 그해 이후로 한 번도 만난 기억이 없다. 언젠가 다시 만나게 된다면 경포대에서 한잔 할 기회가 오려는지? 그때의 기분은 상상이 안 된다.

정동교 교량공사

주막거리에 있던 신작로의 한밭다리는 한국전쟁 때 폭격으로 끊어지는 바람에, 절반은 콘크리트, 절반은 목조로 된 임시교량이었다. 그래서 그 위쪽에다가 직선화 작업과 겸하여 높은 교량을 만들게 되었는데, 우리는 매일같이 지나다니면서 교량 건설 공정을 구경할 수 있었다.

교량공사 중에 상판 거푸집을 조립하고, 콘크리트를 치고 양생할 때, 우리는 빽빽하게 들어선 받침대 밑으로 왔다 갔다 하면서 놀았다. 그러다가 통나무를 받치고 고정시킨 꺾쇠가 보였는데, 그걸 힘들이지 않고 뺄 수가 있었다. 그 꺾쇠를 엿장수에게 주면 엿을 푸짐하게 바꿔 먹을 수가 있었다. 지금 생각하면 얼마나 위험한 짓을 했는지! 그때는 지키는 어른도 없었고, 그것이 무너질 수도 있다는 생각을 미처 하지 못했다.

큰 문제없이 정동교를 완성하고 개통식을 하던 날, 다리 입구에는 간단한 아치가 세워지고, 거기를 통과하는 차량은 얼마의 축하금을 내고 통과하였다. 큰 홍수에도 끄떡없이 신작로를 이어주던 정동교는 7번 국도가 4차선으로 확장되면서 지금의 다리와 임무를 교대했다.

한편 민호네 집 앞에 설치됐던 교량공사 현장사무소에는, 방 씨라고 부르던 젊은 아저씨가 소장으로 왔었다. 현장소장 방 씨는 동네에서 한 인물 하던 옥진 아재에게 홀랑 빠져서, 결국 공사 끝날 때 옥진 아재를 데리고 갔다.

노추산 아래 벌꿀 뜨기

중학교 2학년 여름 방학 때, 작은 삼촌을 따라서 처음 가보는 깊은 산골로 꿀을 뜨러 간 적이 있다. 나중에 용근이 형한테서 그곳이 노추산 아래라고 들었다. 왕산면 대기리 어디쯤 될 것이다.

그때 작은 삼촌이 꿀벌을 길렀는데, 아버지께서 우리 몫으로 몇 통을 같이 붙여놓았었다. 그러니 꿀 뜨러 간다고 누구든 보내라고 했는지, 어쨌든 내가 따라가게 되었다. 골말 재집 아저씨와 셋이서 길을 나섰다. 버스를 타고 삽당령을 올라가는데 그렇게 험한 길은 처음 보았다. 그 당시의 도로는 대부분 일방통행 길이었고, 덜커덩거리고 올라가다가, 앞에서 차가 내려오면 비켜섰다 가면서 고개 정상 부근까지 가서 내렸다. 꿀 담을 통을 한두 개씩 등에 메고 부지런히 길을 따라가는데, 버스는 안 다니지만 산판차가 다니던 험한 찻길이 있었다. 새참 때가 되어서야 벌을 놓은 곳의 나직하고 허름한 집에 도착할 수 있었다.

이튿날 하루 종일 꿀을 뜨는데, 이때 나는 꿀 뜨는 것을 모두 지켜보고서 그 순서와 방법을 거의 익혔다. 물론 꿀을 뜨면서 흘러내리는 것은 손가락으로 계속 찍어 먹으면서.

먼저 팔목, 발목을 끈으로 단단히 묶은 다음 방호망을 쓰고, 쑥을 넣어 준비한 훈연기를 이용해 벌통 안으로 연기를 불어넣는다. 벌이 연기에 취하면, 벌통 안의 개벌통 안의 벌집 한 개, 소초광를 꺼내는데, 한 개를 꺼내면 벌들이 앞뒤로 새까맣게 붙어있다. 손으로 위를 탁탁 쳐서 벌통 안으로 벌들을 떨어뜨리고, 나머지 벌들을 봉솔로 슬슬 쓸어 내고 나면, 개에 꿀을 채우고 봉한 가장자리 하얀 부분과, 알을 낳고 새끼를 기르는 가운데 갈색 부분이 드러난다.

이번엔 뜨거운 물에 담가두었던 밀랍도로 하얗게 밀봉한 부분을 쓱 녹이며 잘라 낸다. 그러면 육각형 구멍마다 영롱한 꿀이 반짝거리는데, 그것을 받아 원형의 채밀기에 두 장씩 넣고 손잡이를 서서히 돌리면서 원심력에 의해 꿀이 빠지도록 한다. 반대쪽 면도 같은 방법으로 꿀을 빼는데, 빨리할 욕심으로 너무 세게 돌리면 가운데 애벌레까지 빠지고 만다. 그러므로 채밀기 손잡이를 신중하게 천천히 돌리면서 꿀을 떠야 한다.

다음 날 아침 꿀통을 메고, 왔던 길을 돌아 나오는데, 나는 한 말짜리 통에 절반 정도만 채워서 지고 오는데도, 도랑을 건너고 언덕을 넘어오는 그 길이 왜 그리 멀게 느껴지던지, 달달하기만 하던 꿀이 그렇게 무거운 줄은 그때까지는 미처 몰랐었다.

쌍감자 사나이

양쪽 손에 권총을 든 쌍권총의 사나이가 있다면, 우리 동네에는 양손에 감자를 들고 다니는 '쌍감자 사나이'가 있었으니, 바로 뒷집의 영국이었다.

영국이가 우리 집에 놀러 올 때는 대부분 양손에 삶은 감자가 들려 있었다. 보릿고개를 막 넘긴 시기가 되면, 다른 건 몰라도 감자는 배불리 먹을 수 있었기 때문이다. 영국이네 부모님은 농지도 없는 가난한 처지에 부모님을 봉양하고, 자식은 여섯을 키웠으니 얼마나 곤궁했겠는가? 그러니 여름철엔 거의 감자만 먹고 살아가는 처지였다.

한여름 어릴 적 우리들은 옷을 하나도 안 입든가, 윗도리만 가볍게 걸치고 다녔다. 동네의 거의 모든 아이들이 다들 벌거벗고 감자를 먹으며 여름을 났다고 해도 과언이 아니다.

그런 와중에 우리 집은 보릿고개를 모르고 살았으니, 우리 형제들은 두 손에 감자를 들고 다니지는 않았다. 부모님께서는 정말 자식들 배고프지 않게 열심히 먹이고, 키우셨다.

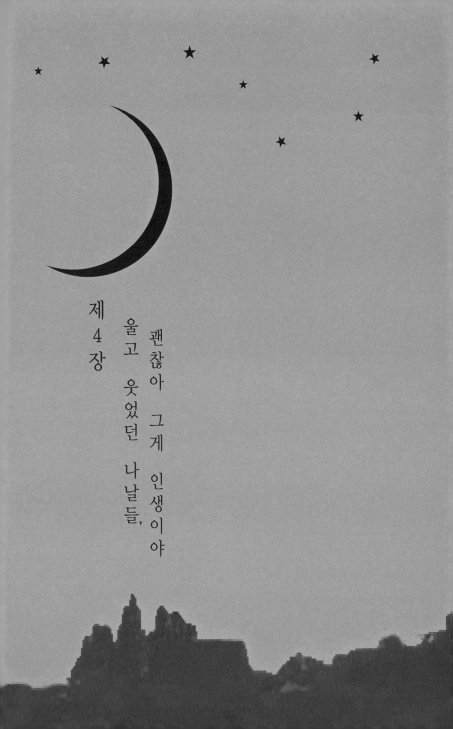

제 4 장

울고 웃었던 나날들,

괜찮아 그게 인생이야

단정한 맵시와 요강

나는 어릴 때부터 코를 흘리지 않으니 코밑이 항상 깨끗하였다. 옷 입는 것도 행여 바지에 흙 묻을까 과도하게 바짝 올려, 오히려 어머니께서 바지를 조금 내려 입으라 말씀하실 정도였는데, 바지를 조금 내려도 그때뿐이었다.

잠잘 때는 상의를 벗어서 못에 걸고, 바지는 머리맡에 착착 접어 놓고 잤다. 자다가 방 안에 있는 요강에 오줌을 누고 나서도 내복 상의를 하의 속으로 단정하게 집어넣고 나서야 다시 자니까, 어머니는 잠잘 때는 속으로 넣지 말고 그냥 자도 된다고 말씀하셨지만,

헐랭이처럼 상의를 빼 놓으면 잠이 안 오고, 단정하게 넣고 나서야 잠이 오는 성격이었다.

겨울철 길고 추운 밤, 10여 명 식구가 교대로 문을 열고 밖에 나가 소변을 보려면 그때마다 호롱불도 마땅치 않고 방안도 춥고 몸도 얼어붙으니, 초저녁 자기 전 방문은 바람에 덜렁거리지 못하게 바짝 당겨서 문고리를 잡아 걸고, 좁은 방안 머리맡 구석에 요강을 들여놓고 밤중에 교대로 소변을 보게 되었다.

아버지는 요강을 한 손에 들고 서서 보시고, 우리는 무릎을 꿇고서 용무를 보았다. 깜깜한 방안에서 한 번도 요강을 뒤엎은 적도 없이 잘도 더듬어 일을 보았다. 용무를 본 다음엔 두꺼운 종이로 된 뚜껑을 다시 덮어서 냄새가 덜 나도록 하였다.

아침엔 얼른 요강을 들어다가 거름 더미에 붓고, 우물가에 가져가 찬물을 붓던가, 세수 후에 더운물을 부어서 냄새를 씻어내었다. 저녁이면 방청소를 할 때, 걸레를 빨고 난 다음 요강을 짚수세미로 깨끗이 씻어서 마루에 놓았다가, 잠자리에 눕기 전에, 놋쇠로 된 요강은 구들방안방에, 초록색 꽃무늬 사기요강은 사랑방에 하나씩 놓아두었다.

우물길 눈 치우기

어릴 적 겨울은 참으로 춥고 눈도 많이 왔던가 보다.

한겨울 밤새 눈이 수북하게 쌓이는 날이면 아침 일찍 어머니는 눈 좀 치우라고 깨우신다. 그러면 얼른 옷을 챙겨 입고 나가, 나무로 만든 눈가래로 우물길을 뚫곤 하였는데, 우물은 집에서 100m쯤 떨어진 길 아래쪽 논가에 있었다.

겨울이면 우물에서 김이 무럭무럭 나는 참 샘이었다. 눈을 다 치우면 어머니는 물동이를 머리에 이고 우물에 가서 물을 퍼 담아, 다시 머리에 이고 미끄러운 길을 조심스레 오가고는 하셨다. 나중에는 양은 '바께스'로 우리들이 물을 퍼 날랐다.

부엌에는 커다란 양쪽 미닫이문이 삼면으로 나있어 거의 보온이 되지 않았다. 그래서 한겨울 추운 날에는 부엌에 물을 두면 꽁꽁 얼어 물동이가 터지기 때문에 저녁에 물동이의 물을 솥에 부어놓고 물동이는 비워 놓아야 했다.

문고리에 얼어붙는 손

겨울날 아침에 눈을 뜨면, 아침밥을 하느라 피운 아궁이 덕분에 방바닥이 점점 따뜻해진다. 이불 속에서 꼼지락 거리다가 일어나면 세수를 하는데, 윗도리는 내복만 입고선 부엌으로 차례대로 세수를 하러 나간다.

밥솥 옆의 작은 솥에는 세숫물이 항상 데워져 있었다. 그 데운 물로 식구들이 모두 세수해야하고 설거지도 해야하니까, 더운 물을 아주 조금씩 아껴서 썼다. 세숫대야에 더운물 조금, 찬물을 섞어 정지부엌 밖으로 나가서 얼른 고양이 세수를 하는데, 너무 추운 날은 부엌 안에서 세수하였다. 수돗가 바닥이 얼어 미끄럽지 않도록 물을 멀리 버린 후, 정지 문을 닫고서 서둘러 종종걸음으로 방으로 들어오는데, 문을 열려고 하는 순간, 문고리에 손이 쩍 달라붙곤 했다.

세수수건 사용의 룰

지금은 개별로 세수수건을 사용하지만, 어릴 적 세수수건은 공동 수건이었다. 큰댁 삼촌 결혼식 기념의 글이 새겨져 있는 기다란 벽거울 옆으로 큰 못이 박혀있고, 담뱃갑 은박지로 싸여있는 그 못에 하얀 세수수건이 걸렸는데, 어머니가 손수 만드신 수제품이다.

면으로 길게 하여 중간에는 고리를 만들어 못에 걸도록 하였고,

한쪽은 약간 길고 한쪽은 짧게 만들어졌다. 그러면 그 수건 하나로 아버지와 형제들이 모두 세수 후에 얼굴을 닦는데, 자연스럽게 우리는 긴 쪽을 아래부터 올라가면서 젖지 않은 데로 차례로 닦고, 아버지는 짧은 쪽을 사용하셨다. 참으로 지혜로운 공동 사용법이 아닐 수 없다.

썰매 만들기

겨울철, 썰매는 필수품이었다. 우리는 썰매를 앉아서 탄다고 '앉은뱅이'라 불렀다. 요즘에야 어린애가 어찌 썰매를 만들까하지마는, 그 당시 우리들은 거의 스스로 만들어서 탔다. 도구도 변변치 않은데 어찌어찌하여 그래도 용케 앉은뱅이를 만들었다.

양쪽 다리를 만들고, 판자로 위 판을 대고 못으로 단단히 박은 다음, 두 다리 바닥에 굵은 철사로 날을 달았다. 철사는 돌로 문질러 갈아서 반질하게 하여 얼음에 잘 미끄러지도록 하였는데, 철사 대신 ㄱ자로 된 철을 대면 단단하고 엄청 좋은 썰매가 되기도 했다. 이것은 다른 애들이 더러 만들어 타곤 했다.

조금 큰 다음에는 두 다리가 아닌, 외다리 썰매가 유행했었다. 이 외발썰매는 허리를 앞으로 숙이고 다리는 쭉 펴고 서서 탄다.

우리는 그냥 '외다리'라 불렀다. 앉은뱅이를 졸업하고 고학년이 되어서 외다리를 타는데, 훨씬 기동력이 좋고 나름의 재미가 있는 썰매였다. 앉은뱅이가 세발자전거라면 외다리는 두발자전거 격으로 비유하면 되겠다.

썰매 송곳은 1자로 된 긴 것을 썼는데, 가늘고 똑바르며 기다란 나무를 구하기가 쉽지 않았다. 그것을 구하기 위해서는 여러 산을 돌아다니며 굵기와 길이를 물색하여, 소나무 하나를 잘라야 한 개를 만들 수 있었다. 송곳 침은 대못을 거꾸로 박아서 만드는데, 대못 대가리를 납작하게 두드려 송곳 가운데에 거꾸로 박아 넣고 나서, 침 끝을 뾰족하게 돌에 갈면 완성되었다. 이런 작업들은 아이들이 하기에는 정말 인내심으로 며칠에 걸쳐 만드는 힘든 작업이었지만 다들 그렇게 만들어 탔다.

나중에는 스케이트를 본뜬 '게다'를 만들어 탔는데, 게다는 직경이 발 넓이와 비슷한 둥근 나무를 잘라서 발과 길이를 맞추고 역삼각형 모양으로 다듬은 후, 양쪽 옆에는 4~5개의 굵은 못을 잘라서 박아 신발과 게다를 끈으로 고정 시킬 수 있도록 한다. 다음은 앞쪽 아래를 직각으로 잘라낸다. 그리고 그 잘라낸 부분에 왕 대못 두 개를 못대가리가 발가락 끝 쪽으로 가도록 나란히 박는다. 그 못대가리로 피겨스케이트 타듯이 얼음을 지쳐나간다. 이때도 바닥에는 굵은 철사로 날을 붙여서 반들거리도록 갈아 가지고 탔다.

그 당시 정식 스케이트를 타는 사람이 딱 한 녕 있었는데, 우리는 '칼 스케이트'라 불렀다. 은방 거리 앞의 넓은 논 중앙에 정미소 집 아들이 칼 스케이트를 타고 번개같이 내달리거나 급회전으로 휙휙 돌아 서고 하는 모습을 우리들은 멀리서 부럽고 신기하게 바라만 보았었다.

썰매 타기 풍경

그때는 앉은뱅이를 겨울 내내 거의 매일 탔다.

집 옆의 골말 재집 논과 집 앞 신작로가의 논, 그리고 번갯골 다락 논이 주로 썰매타기에 좋은 장소였고, 앞 냇가는 얼음에 숨구멍이 많이 있어 매끄럽진 않았지만 길게 연속 달릴 수 있는 좋은 얼음판이었다.

얼음이 꽁꽁 얼어서 꺼지지 않을 때에는 문제가 없는데, 앉은뱅이를 오래 타고 그냥 놀면 심심하니까 꼭 위험한 곳으로 가게 되어 있다. 얼음이 얇은 곳으로 통과 할 때에 이리저리 금이 가고 울렁거리는 그 재미와 스릴 때문에 일부러 그곳으로 갔다가 얼음이 꺼져서 양말을 적시고, 엉덩이를 적시기 일쑤였다. 그러면 누군가는 꼭 성냥을 가지고 있었다.

우리는 논둑에 불을 놓고 양말을 벗어서 말리기도 하고 발에 신은 채로 말리기도 하는데 발이 꽁꽁 얼어서 감각이 둔해져서, 양말이 불에 녹는 줄도 모르고 있다가 집에 가서 혼나곤 하였다. 그때 우리가 신었던 양말은 새로 나온 나일론 소재로 질기긴 했지만 반면 불에는 잘 녹았다. 엉덩이도 골덴코듀로이 바지가 불에 눌어서 노릇노릇 갈색으로 변하기도 하였다.

집 앞의 내川에 얼음이 꽁꽁 얼면 경포호수까지도 앉은뱅이를 탄 채로 내리 달릴 수 있다고 했는데, 형들은 경포호수까지 갔었는지 몰라도, 나는 기껏 한밭다리 아래 보골 모렝이 정도까지 갔다 올 뿐이었다.

귀수건과 뜨게 장갑

겨울철에는 별다른 오락이 없으니 썰매타기가 일과였고, 가끔은 팽이치기, 연날리기 등 다른 놀이도 했었다. 어쨌든 춥다고 방안에만 처박혀 놀지는 않고 거의 바깥에 나가 놀았었다.

바람이 불고 추운 날은 귀가 시리지 않게 붉은색 계 수건굵은 모직실로 짠 긴 수건을 머리 위에서 세로로 턱밑까지 매어 귀를 따뜻하게 하고 다녔다.

장갑은 누나가 공작실로 띠주곤 했는데 그것이 여러 털실을 모아서 뜨개질했기 때문에 손가락마다 색동저고리 모양처럼 생겼었다. 그것을 곱게 끼면 한 해 겨울을 날 수도 있겠으나, 날마다 앉은뱅이 썰매를 타니 장갑이 금세 구멍이 나곤 하였다. 그러면 누나가 헤진 부분을 풀어서 다시 뜨개질로 고쳐주곤 하였다. 신은 주로 검은 고무신을 신었으며 때로는 한 단계 고급인 노랑 고무신을 신기도 하였다. 그 당시 검은 운동화는 아주 귀해서, 학교에서도 몇 사람 밖에 신지 못했다. 양말은 아주 어릴 때엔 목양말이었다. 목양말은 발목에 고무줄이 없기 때문에 발목에서 흘러내리곤 했다. 검은 고무줄로 양말이 흘러내리지 않게 발목에 매고 다녔는데, 이것을 '다비쓰리'라고 했었다. 나일론 양말이 나오고부터는 양말도 질기고 발목에 고무줄이 있어, 흘러내리지 않아 참 좋았다.

얼어터진 손등

추운 겨울 그렇게 매일 밖으로만 싸돌아다니니 손발이 성할 리가 없었다. 얼음판에서 손발이 물에 젖기 일쑤였고 세수 할 때는 물만 묻히니, 손발에 때가 두껍게 끼고, 그러다 추위에 갈라지고 그러면 틈새로 피가 찔끔 비치기도 하였다.

이것을 본 어머니가 어느 날 저녁, 더운물을 놋대야에 담아 방안에서 손을 강제로 씻게 하셨다. 어떤 때는 소죽 끓이는 가마솥 여물에다 손을 푹 불렸다가 묵은 때를 벗기기도 하였는데, 뜨거운 물에 손을 담그면 갈라진 틈새 때문에 얼마나 따끔거리고 아프던지! 그렇게 물이 식을 때까지 푹 불려서 때를 벗기고 나면, 화롯불에 소기름을 녹여서 손등과 발등의 갈라진 부분에 발라 주셨다. 그 당시 소기름은 우리들 손발을 부드럽게 하는 겨울철 필수 피부 보습제였다. 나중에 '맨소래담'이 나오면서 손발이 얼어 터지는 것이 많이 줄었다.

화롯불에 이 잡기

긴긴 겨울에 목욕도 안 하고 지내니 몸에 이가 꼬인다. 그것도 아주 많이 꼬이고, 심지어 머리에까지 이가 고물고물 기어 다닌다. 그래서 어떤 날 저녁은 화로에 벌겋게 숯불을 담아 구들에 들여놓고, 할머니가 손자들 이를 퇴치해 주신다.

할머니와 화롯가에 마주보고 바짝 붙어 앉아서 웃옷을 벗고, 두꺼운 내복을 벗어 거꾸로 뒤집어 마주잡고서 화로 위에 바짝 댄다. 그러면 손이 뜨거울 정도니까, 옷에 붙은 '이'들이 얼마나 뜨겁겠는가. 탁탁 터지는 소리가 나면서, 이가 타는 냄새도 퍼진다.

할머니는 이들이 숨기 좋은 겨드랑이 모서리 옷 솔기에, 숨은 놈들이 나오도록 이리저리 손으로 문지르면서 털어, 기어이 마지막 한 마리라도 떨어뜨리려 애쓰셨다. 옷 솔기에는 이의 새끼인 서캐가 붙어있는데 서캐는 어지간해서는 잘 안 떨어진다. 몸에 이가 생기면 이불에도 옮겨가고 잠잘 때 옆 사람뿐 아니라, 이 방 저 방으로 문지방을 옮겨 다니며 우리들과 겨울을 같이 살았다.

뿐만 아니라 몸에 빈대, 벼룩도 같이 살았으니, 빈대는 옷에 숨어 있지는 않고, 집안 벽지나 나무 틈새에 숨었다가, 밤에 불이 꺼지면 귀신같이 나와서 피를 빨아먹고선 날이 밝으면 틈새로 돌아가고, 벼룩도 방안 어딘가에 교묘하게 숨었다가 톡톡 튀어 나와서 피를 빨곤 했다. 그러니 빈대, 벼룩은 퇴치하기가 정말 어려웠다. 방안의 나무 틈새에 종이를 발라도 얼마 못 가 종이가 찢어지고 말았다.

그래서 나중에 나온 것이 빈대 잡는 가스통 폭탄인데, 이걸 방안에 피워놓고 방문을 꼭 닫아 놓으면 방안에 빈대나 벼룩 등의 해충이 가스에 취해서 죽는 그런 약이다. 언젠가는 시내 어디에서 이 가스 폭탄으로 빈대를 잡다가 이웃집에서 신고하는 바람에 소방차가 출동하는 해프닝도 있었단다.

가마솥에 목욕하기

우리는 겨울이면 목욕이라는 것을 모르고 지냈다. 공중목욕탕은 본적도 없고, 집에서는 씻을 수 있는 시설 자체가 없으니 그럴 수밖에 없었다. 그래서 시골집의 가마솥은 다용도로 활용되었다. 가마솥에 소여물도 끓이고, 두부도 만들고, 메주 콩도 삶고, 조청도 만들고, 떡도 찌고, 그리고 목욕도 했다.

섣달 그믐쯤 되었을 때, 바람도 불지 않고 비교적 덜 추운 날 저녁에, 어머니는 소죽 끓였던 가마솥을 깨끗이 씻은 다음 그 안에 1/3 쯤 물을 채우고 데웠다.

그러고는 저녁 먹은 후에 설거지를 모두 다 마치고 나서, 우리들을 하나씩 불러내서 발가벗기어 가마솥에 들여 앉혀놓고 목욕을 시켜 주셨다. 그래서 한 해 겨울에 한 번 목욕을 하였는데, 때 미는 게 아프다고 하면, 어머니는 아프긴 뭐가 아프냐고, 때가 이렇게 국수 가락같이 밀린다고 하시면서 등을 찰싹 때리고는 구석구석 벅벅 밀어주셨다. 하나 둘도 아니고 여럿인 자식을 목욕까지 시키시느라 얼마나 바쁘셨을까!

거기다 벗어놓는 빨래들까지 하셔야 했다. 겨울철 빨래는 삶아서 찬물에 헹구어 빨랫줄에 너는데, 겨울 냉기에 얼어 금세 뻣뻣한 빨래가 처마 끝에서 마당가 나무까지 가득히 널렸었다. 고무장갑과

탈수기만 있었어도 신선 노름이라 했을 것이다.

많은 시간이 흐른 후, 기력이 쇠하여 욕조 안에서 벽을 잡고 엉거주춤 서 계신 어머니를 씻겨드렸었는데, 우리 6남매 키우시고 목욕 시키시느라 다 내어주시고 이제는 쭈글쭈글 껍질만 남으신 어머니는 비누칠을 해드리는 아들 손이 약간 부끄러우신 듯, 이제 그만 되었다고 재촉하시곤 하셨다.

동지팥죽과 하얀 눈썹

동짓날 새벽이면 팥죽을 끓였다. 저녁에 미리 팥을 삶아 놓고, 밤에는 찹쌀가루를 반죽하여 옹심이를 만드는데, 여기에는 재미있는 민속이 있다.

조상님들은 천체의 운행을 어떻게 알았는지, 동짓날이 묵은 해를 보내고 새해의 새로운 기운이 돋아나는 시작이라는 것을 알고 있었던 듯하다. 그러므로 동짓날 밤은 잠을 자지 않고 팥죽도 쑤고, 조상께 차례 지낼 준비도 하면서 긴긴밤을 뜬눈으로 새우는 풍습이 있었다.

또한 동짓날 밤에 잠을 자면 눈썹이 하얗게 센다고 하여, 무거운 눈꺼풀을 이기지 못하고 잠들어버린 우리들 눈썹에, 옹심이 만드는 찹쌀가루를 발라두었었다. 그리고 아침에 일어난 우리를 보고 동짓날 잠을 자서 눈썹이 세었다고 놀리곤 했었다.

팥죽은 양이 많고 바닥에 눌어붙지 않게 저어 주어야 하기 때문에 큰 가마솥에 끓인다. 새벽에 가마솥을 깨끗이 씻고, 쌀과 미리 삶아놓은 팥을 넣고 중간 불에 끓이는데, 장작 내지 솔가리로 불의 세기를 조정해야 하고, 팥죽이 눌어붙지 않게 저어주어야 하니, 이만저만 바쁜 게 아니다. 희미한 호롱불 아래, 팥죽에서 김이 무럭무럭 올라오거든 어떤 상태인지 잘 보이지도 않는다. 그러다 끓기 시작하면, 닳아서 삐딱한 나무 주걱으로 바닥을 이리저리 저으며 팥죽이 눌어붙지 않게 한다. 그때에 만들어 놓은 옹심이를 서로 달라붙지 않게 넣으면서 계속 끓이다가, 옹심이 새알이 하얗게 떠오르면 비로소 팥죽이 완성되는 것이다. 양이 상당히 많던 팥죽은 얼려놓고 가끔씩 데워서 먹곤 했었다.

겨울철 객토하기

식량 증산으로 국민의 먹거리를 해결하기 위한 정부의 노력이 한창이던 겨울, 집집마다 객토*를 하게 되었는데, 눈에 띄니 도로

---

* 토질을 개량하기 위하여 다른 곳에서 흙을 파다가 논밭에 옮기는 일.

가를 우선적으로 해야만 했다. 식량 자급에 대한 박정희 대통령의 강력한 의지 때문에, 도로에서 보이는 논에 객토가 안 되어 있으면 시장 군수가 그날로 해임되던 시절이었다. 그래서 우리는 버덩[**] 도로 옆 논에 아버지 그리고 일꾼과 같이 객토를 하였다.

논바닥이 꽁꽁 얼어 빙판이 돼야 객토하기 쉬운데, 이때는 모든 땅도 꽁꽁 언다. 객토할 흙을 퍼 담기 위해 논둑에 얼어붙은 땅을 헤집을 때는 정말 힘들다. 곡괭이로 아무리 찍어 파도 꽁꽁 언 땅은 쉽게 뚫리지 않는다. 그렇게 어렵사리 진을 빼고 언 땅에 구멍이 뚫리면 그때부터는 쉽게 넓히고 땅을 팔 수 있다.

넓고 두꺼운 고무판 양쪽에 구멍을 뚫고 든든한 끈을 매어 만든 끌 판에 흙을 퍼 담는다. 적당히 담으면 두 사람이 어깨에 끈을 메고 당기는데, 얼음 위라 쉽게 힘 쓸 수가 없었다. 그렇게 하여 넓은 논바닥 여기저기에 흙무덤을 만들어 두었다가 봄에 골고루 펴고 논을 갈아엎는다. 그렇게 하면 땅심지력이 좋아져서 벼가 튼튼하고 수확이 증가 한다고 했다.

** 높고 평평하여 나무는 없이 풀만 우거진 들, 넓은 공간을 일컫는 방언.

냇물로 논에 모래들이기

객토를 할 때 사람의 힘으로 날라다 부어보니, 별로 많은 양을 할 수 없었다. 그래서 아버지는 냇물을 이용하여 겨울 내내 모래를 논에 객토로 들일 작정이셨다. 냇물을 막고, 논둑을 뚝 잘라 우리 논으로 냇물을 우회시켰다. 냇물은 겨울 내내 눈 녹은 물을 흘려보내며, 냇바닥의 모래를 우리 논으로 이동시켰다. 그리하여 굉장히 많은 모래를 논으로 보낼 수 있었다.

봄이 되어 논둑을 복구시키고, 논 안의 모래를 골고루 펴서 평탄 작업을 해야 하는데, 인력으로 하기에는 힘드니까, 이번에는 소를 이용하여 마무리 작업을 하였다. 모래를 끌어 모아 논둑을 원상태로 복구하고, 논바닥에 흘러 들어온 모래를 평탄하게 하는 작업을 하는데, 그해에 우리 집 황소는 정말 고생을 많이 하였다. 매일같이 차가운 논에 가서 모래를 끌어당기니, 목 부위가 벗어지고 퉁퉁 부어올라서 날마다 목을 마사지 해주고, 피부가 부드러워지도록 소기름을 녹여서 발라 주기도 하였다. 또 하루 종일 시달린 소 앞발굽이 모래에 다 닳아서 아파보였는데, 그래도 그놈은 아프다고 말도 못하고, 꾀도 부리지 않고, 커다란 눈만 끔벅거릴 뿐이었다.

귀한땔감 싹다리 나무

농한기인 겨울에는 일꾼이 할 일이란 별로 많지 않다. 그래도 밥값은 해야 되니, 땔감 나무를 주로 하는데, 눈이 많이 오지 않고, 길이 좋으면 이웃집 일꾼들과 함께 큰 산으로 싹다리* 나무를 하러 다니곤 했다.

굵은 싹다리는 동네 주변에는 없고, 멀리 즈므, 송암 마을을 지나서 큰 산으로 가야만 있다고 했다. 소나무에 굵고 바짝 마른 싹다리가 있는 곳까지 가서 좋은 놈만 골라 잘라온다. 미리 싸서 간점심을 산에서 먹고, 한 짐 가득 지고서 뉘엿뉘엿 해가 넘어 갈 때쯤 되어야 돌아오곤 했었다. 십여 킬로는 족히 되는 길을 무거운 나뭇짐을 지고 왔으니……, 그 싹다리는 잘 덮어 아껴두고 대보름 약밥 찔 때 등, 꼭 필요 할 때만 때곤 하셨다.

또 멀리 가지 않고 동네 산에서 나무를 할 경우는, 낙엽은 모두 끌었고 나무는 맘대로 자를 수 없으니, 나무 뜨꺼지를 캤다. 뜨꺼지는 굵은 나무를 베고 남은 밑둥의 뿌리 부분을 말하는데, 이것을 주변 땅을 파고 뿌리를 잘라서 캐오는 것이다. 뜨꺼지는 도끼로 힘들게 쪼개서 장작 대용으로 사용 하였다.

---

* 살아있는 나무에 붙어있는 말라 죽은 가지의 방언.

가래질 논갈이 모내기

경칩이 지나고 이른 봄이 되면 논농사 준비가 시작되는데, 가장 먼저 할 일은 천수답에 물을 가두는 일이다.

논둑을 진흙으로 싹 발라 물이 새 나가지 못하게 가래질을 하는데, 이때는 논에 얇은 얼음이 얼어있다. 논둑에 모닥불을 피우고 언 발을 녹이면서 맨발로 가래질 하는 것은 일 년간의 고달픈 농사일의 시작이다. 긴 장대가 달린 가래를 한 사람이 잡고 두 사람이 양 쪽에서 끈으로 당겨야 논바닥 진흙이 논둑 위로 퍼 올려 진다. 논둑이 높으면 양쪽에 두 사람씩 당기기도 한다. 그 다음 한사람이 쇠스랑으로 골려놓고 뒷사람이 삽으로 물을 끼얹으며 반지르르 하게 메질을 하면 가래질이 끝난다.

물이 받아지면 논갈이를 하는데, 길들인 소를 이용하여 두세 번을 갈아야 모내기를 한다. 남쪽에는 두 마리가 끈다지만 우리 동네는 모두 한 마리로 논갈이를 하였다. 쟁기질로 논, 밭갈이하는 기량이 곧 상일꾼의 조건이다. 밭 가는 쟁이는 '흙쟁이'로 그냥 삼각형이고, 논 가는 쟁이는 진흙이 왼쪽으로 넘어 가도록 곡선으로 만들어진 '보구래'라고 하였다.

모내기는 모판에 모가 한줌 반 정도 자라면 심는데, 일꾼들은 식전에 일찍 모여 막걸리를 한 잔하고 아침 먹기 전 모판에서 모찌기를 완료한다. 모내기 할 때의 아침밥과 점심밥은 못밥이다. 매년 흰밥에 팥을 섞어서 했고 반찬은 꽁치 조림을 많이 하였는데, 이맘 때쯤 많이 자란 마늘잎에 묵은지를 넣고 꽁치를 푹 졸여서 뼈까지 씹어 먹을 수 있어 더욱 맛있었다. 못밥은 넉넉히 하여 지나가는 사람도 불러서 먹이곤 하였다.

모내기는 먼저 못줄을 잡고 다섯 포기 심을 간격으로 줄을 맞춘 다음, 한 줄씩 맡아서 손이 안보이게 부지런히 모를 심어 나간다. 이때 구성진 소리가락도 하면서 허리의 아픔을 달래곤 하였다.

질 상 차리기

우리 집에는 농사규모가 그리 큰 편은 아니나, 아버지께서 공무 원 생활을 하시다 보니 여러 명의 일꾼이 교대로 우리 농사일을 하 였다. 가장 오래된 일꾼 아저씨는 안동에 살다가 난리 통에 강릉으 로 오게 되었다는 권순일 아저씨다. 아버지의 동생뻘이다 보니 여 러 해 동안 우리 집 농사일을 했고 우리와도 정이 많이 들었었다. 다음은 밥대장 희열이 아저씨, 착해빠졌던 선재인 아저씨, 범준이 아버지, 몸이 약했던 황돈섭 아저씨 등이 있었다.

일꾼은 봄에 가장 바쁘다. 감자 심을 거름부터 재우고, 이른 봄

살얼음을 헤치고 가래질을 해서 물을 가두고, 응달 밭이 녹으면 감자 거름 날라다 감자 심고, 못자리 만들고, 논은 세 번 정도 갈아엎고, 고추 심고, 콩 심고, 모든 곡식은 때 맞춰 심고, 가꾸어야 하니까, 봄에 무척 바쁘게 움직여야 한다.

특히 가래질, 모내기와 김매기는 혼자서는 못할 테니 울력으로 품앗이를 한다. 김매기는 아이애벌김, 두벌김, 세벌 김을 매는데, 세 번째 김매기는 벼가 크게 자라 눈을 찌르고 팔뚝을 할퀴고, 그래서 팔뚝에 스타킹을 끼고 김을 맨다고 해도, 더운 땅김이 올라오는 논에 엎드려 김매는 것 자체가 너무 힘들어 약식으로 슬렁슬렁하기도 하였다. 그러니 공식적으로 두벌김까지는 반드시 맨다. 두벌김이 끝나면 적당한 날을 잡아 머슴들에게 질 상을 차려주었다. 이때는 동네 일꾼들이 모두 모여, 지금까지 일한 것에 대하여 결산을 본다. 품앗이를 미처 못 한 것을 품값으로 계산하는 것이다. 주로 장소는 우리 집안 전사청재실에서 했고, 이때 집에서는 푸짐한 점심상을 차리는데 이를 '질 상'이라 했다.

지난 봄 동안 우리 집 농사일 하느라 고생했다는 것에 대하여, 주인이 격려하는 차원에서 하루 푸짐하게 먹고 마시도록 배려했던 것이다. 질 상에는 처음 달린 애호박을 따다가 전을 부치기도 하고, 쑥버무리를 넣은 '뭉생이' 등 맛있는 떡과 각종 햇나물로 반찬을 해 주인의 정성을 보이는 푸짐한 밥상이었다. 이 질 상이 요즘에 와서 가까운 난곡동의 어느 한정식 집에서 강릉 향토음식으로 대단한 인기를 끌고 있다고 한다.

벼 베어 달아매기

논이 황금빛으로 누렇게 고개를 숙이면 집집마다 돌아가며 벼 베기를 한다.

일꾼들이 기다란 낫으로 엎드려서 벼 포기를 네댓 개씩 잡고 두 번 정도 베어 놓으면 한 단 크기가 된다. 벼를 거의 벨 무렵 볏단 묶을 짚을 볏단마다 반 움큼 정도씩 빼어 놓는데, 옆구리에 볏짚 서너 단을 끼고서 돌아다니며 볏짚 놓는 일을 가끔 내가 하였다. 벼를 모두 베고 난 일꾼들은 능숙하게 볏단을 묶어서 논둑에 쌓아 놓고는, 이를 지게로 져서 산으로 옮긴다. 산에는 소나무 사이에 키 높이 정도로 굵은 철사를 이리저리 길게 매어놓고, 볏단을 반을 갈라 거꾸로 매어단다.

논 가까이 산이 없는 버덩 논에는 집 앞 솔밭이나 뒷산까지 지게로 옮기거나, 다른 방법은 논 가운데로 길게 철사를 매고 나무를 중간 중간 받쳐서 볏단을 거꾸로 매달았다. 바람이라도 세게 불면 볏 줄이 몽땅 넘어진다. 이걸 다시 원래대로 세워 놓느라 고생이 이만저만이 아니었다. 그렇게 20일 이상 매달았다가 짚단이랑 벼 이삭이 바삭하게 마르면 마뎅이타작를 한다.

벼 마뎅이 하는 날

늦가을 찬바람에 철사 줄에 매단 볏단이 잘 마르면, 마뎅이타작를 하는데, 아침 일찍부터 탈곡기를 설치하고, 멍석을 깔고, 이것 저것 부지런히 벼 마뎅이 준비를 한다.

일꾼은 산에 가서 볏단을 지게로 부지런히 져 나르고, 집에서는 장정 두어 명이 번갈아가며 계속 탈곡기를 밟으며 볏단을 턴다. 탈 곡기 옆에는 볏단 올려놓는 받침대를 설치하고 그곳에다 계속 볏단 을 가지런하게 올려놓는다. 담밖골 집 할머니와 장작집 할머니 등 이 벼 마뎅이 울력 단골이었다. 탈곡기 반대편으로는 짚단이 쉴 틈 없이 나오는데 주로 이것을 내가 치웠다. 짚가리 할 자리에다가 짚 단을 하루 종일 메어서 옮기곤 하였다. 벼를 다 털고 나면, 풍차를 이용하여 지푸라기들을 날려 버리고 벼 알곡을 깨끗하게 하였다. 이때 교대하며 발로 풍차를 힘차게 밟는데, 이것도 내가 많이 담당 했었다. 마뎅이 작업을 하다 출출해질 때면 떡호박을 쪄서 참으로 먹는데 그 떡호박 맛은 정말 꿀맛이었다.

벼를 전부 바람에 날리면 가마니에 넣어 마루에 쌓아두던가, 아니면 마당에다 '벼 우리'를 만든다. 벼 우리는 주로 자리를 2개 정도 마주 붙여서 만드는데, 바닥에는 짚을 깔고 그 위에 가마니나 거적을 깔고, 벼를 꼭대기까지 집어넣는다. 그리고 고깔지붕을 만들어 덮으면 끝이 난다. 벼를 모두 넣고 나면 짚가리를 만드는데, 이것이 상당한 기술을 요한다. 반듯하게 비가 새지 않게 적당한 높이로 쌓는 것을 보면 정말 경이로웠다. 네모나게 쌓기도 하고, 원형으로 쌓기도 하였는데, 이때 아래보다 위쪽이 약간 역으로 경사지게 하여 비를 피하게 하였으니 그 솜씨가 한두 번 해보고 되는 것이 절대 아니다. 이때 짚단을 계속 집어 올리는 역할도 우리가 많이 했었다. 그것이 다 끝나면 옆 밭에 불을 해 놓고 둘러서서, 옷을 벗어 불 위에다 훌훌 털었다. 옷에 붙은 벼 껍데기나 깍지 등을 불에 태워서 없애기 위함이다.

방아 찧던 날

방아는 집집마다 돌아가며 찧는데, 그 방아 찧는 발동기가 얼마나 무거운지, 장정 네 명이 목도를 해야 옮길 수 있었다.

미리 날짜가 정해진 순서대로 전날 저녁이나 이른 새벽에 목도를 하여 발동기를 마당에 옮겨 설치한다. 발동기와 정미기를 적당한 위치에 설치하고 피대를 건다. 이때 움직이지 못하도록 여기저기 조밀하게 말뚝을 박는다. 온 마당에 멍석을 펴는데 모자라면 뒷집에서 빌려다가 깔기도 했다.

얼른 아침 먹고 방아 찧기를 시작하면, 땅-! 탕-! 땅-!하고 시끄러워서 정신이 하나도 없다. 양철 삼태기로 부지런히 높은 정미기에 벼를 퍼 넣으면, 병재 아저씨는 불편한 다리를 절룩거리며 그 위에 올라 막대기로 적당히 조절하며 쑤셔 넣는다. 조금만 많이 넣으면 발동기가 힘들어하고, 조금씩 넣으면 시끄럽게 과속된다.

발동기는 물을 수시로 바꾸어 주어 열을 식혀주고, 발동기 위쪽에 윤활유 통에서 계속 기름방울이 똑똑 떨어져야만 발동기가 제대로 돌아간다. 병재 아저씨는 다른 것 하다가도 발동기 소리가 조금만 이상해도 어떤 상태인지 금세 알아차리고 조치했다. 가끔씩 열받은 발동기에서 물을 빼면, 김이 모락모락 나는 물이 마당에 파놓은 도랑을 따라 흘러가곤 하였다.

정미기에서 벼이삭 낱알이 나오면 넉가래, 삼태기 등으로 옆으로 옮겨 놓았다가 다시 퍼 담아 넣고, 이렇게 서너 번을 반복해야만 점점 하얗게 쌀이 깎여져서 나오는데 마지막 쌀 깎는 정도는 쌀 나오는 출구에 무거운 추를 여러 개 달아서 그 정도를 조절한다. 이런 것은 아무도 모르고 병재 아저씨만의 기술적 감각으로 맞추는 것이다. 마지막에 하얀 쌀이 니오면 말로 되어서 쌀 포대나 가마니, 쌀독에 담는다. 그러면 그날 쌀 나오는 양을 보고서, 일정 비율로 방아 찧어준 비용을 쌀로 받아가곤 하였다.

사기막 딸각 방아

김장하기 전 가을볕에 잘 말린 태양초 고추를 빻아, 김장용 고춧가루를 만들어야 한다.

시내에 가서 기계로 갈기도 했지만, 김장용 고춧가루는 직접 딸각 방아에 가서 찧곤 하였다. 이때도 마찬가지로 말산댁 할머니와 같이 가는데, 깻잎 반찬에 점심을 싸가지고 간다. 나도 고추 한 포대를 지고서 따라 가는데, 가재낭골로 해서 즈므, 송암을 지나, 진목정 위에 사기막 어디쯤에 있는 물레방앗간에 도착한다. 그 당시 그곳의 내는 상당히 넓어 보였고 잔자갈이 많이 있는 깨끗한 시냇물이었다. 그곳은 사천천의 상류 부근이었을 것이다. 80년대 초에 그곳에 사기막 용연저수지가 막혔고, 공사당시 용수골 부근에서 백자 가마터가 발견되기도 했단다.

방앗간 안에는 여러 개의 커다란 쇠기둥 모양의 절구가 차례로 오르락내리락 하며, 특유의 쇳소리를 내는데 그게 딸각딸각 해서

'딸각 방아'라고 불렀다. 할머니는 그 쇠절구 중 하나를 차지하고 앉아서 고추를 빻았으니, 떨꺽하고 내리칠 때마다 고춧가루가 푹 하고 날아오르는 게 얼마나 매웠겠는가! 수건으로 입과 코를 꽁꽁 싸매고 쪼그리고 앉아서, 연신 작은 몽당 빗자루로 절구 구멍 안으로 고추를 욱여넣고 뒤집으며 저어준다. 어느 정도 빻아지면 가는 체로 쳐서 그릇에 담는다. 그렇게 해서 김장용 고운 고춧가루를 만들어 오신 것이었다.

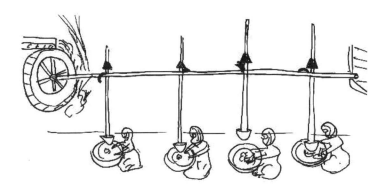

〈내 기억 속의 딸각 방아〉

몽둥이로 가물치 잡기

어느 해 봄날, 학교에서 지변동 쪽으로 내를 건너 물 깊은 논에 가물치를 잡으러 갔다.

학생들이 방과 후에 몽둥이를 하나씩 들고 그쪽 논으로 몰려간다. 여럿이 다리를 걷고 논에 들어가서 이리저리 다니다 보면 가물치가 놀라서 도망을 가는데, 기다란 물살을 일으키며 달린다. 그러면 주변의 학생들이 그 물줄기를 보고 내리치는 것이다.

여기저기서 순간적으로 물줄기가 쭉 생겼다 없어지고, 다시 또 물줄기가 생기기를 반복하는데, 그렇게 하다가 타이밍이 잘 맞아 제대로 한번 몽둥이에 맞으면 가물치는 배를 허옇게 뒤집고 물위로 떠오른다.

용 고기 용탕

'용 고기'라는 작은 민물고기가 있었다. 지금은 이 물고기를 전혀 볼 수가 없으니 아마도 씨가 말랐나하고 생각할 뿐이다. 안타까운 일이다.

품앗이로 우리 집에서 김매는 날은 일꾼이 7~8명 정도 되었는데, 매년 김을 맬 때는 새참으로 용탕을 끓여 내는 것이 고정 코스였다. 논에 김을 맬 때는 맨손으로 논바닥의 풀을 뽑고, 벼의 뿌리를 잘라주어 벼가 잘 자라도록 한다. 이렇게 김을 매려면 논에 물을 싹 빼야 하는데, 이때에 용 고기가 웅덩이에 모이는 것이다. 새까맣게 모여서 우글거리는 용 고기를 퍼 담듯이 잡아서 놓으면, 점심 갖고 간 어머니가 이번엔 용 고기를 내온다. 소금으로 불순물은 토하게 하고 잘 씻어서, 구수하고 맛있고 영양가 높은 용탕을 새참으로 끓이는 것이다. 용탕에는 고추장도 풀고 각종 양념에, 시래기와 수제비도 넣어서 국물이 맛있도록 끓이는 것이 비결이다.

꼭 김매는 날이 아니었더라도, 우리들이 가끔 도랑이나 개울에서 용 고기를 잡아오면 어머니는 용탕을 자주 끓여 주셨다. 아버지께서도 용탕을 많이 즐기셨다. 이제는 용 고기가 완전히 사라졌나 보다. 이쯤에서 누군가 용 고기를 채집 양식하여 지역 특식으로 개발하면 좋겠다는 생각이 들 정도로 그리운 맛이다.

채송화 화단

시골길을 다니다 보면, 마당가 혹은 울타리 밑에 예쁜 화초 몇 그루가 심어져 있는 집이 있다. 그러면 그 집 주인은, 아무 근거도 없지만 착한 사람이라는 생각이 들고, 삶에 애정을 쏟는 행복한 사람일 것이라 믿게 된다.

아버지는 화초를 무척 사랑하셨다. 덕분에 우리는 어려서부터 화초를 가까이 접하고 살게 되었는데, 우리 집 마당가에는 해마다 채송화가 예쁘게 피었다. 채송화는 키가 작아 지저분하지 않고 단정하며, 가뭄에도 말라죽지 않는다. 마당가에서 세수를 하고 세숫물을 확 뿌려주면 채송화가 싱싱하게 잘 자랐다.

아침 햇볕을 받아 색색의 꽃을 활짝 피웠다가, 정오가 지나면 꽃잎을 닫아 버린다. 여름 내내 끈기 있게 꽃을 피워주니, 우리 화단은 날마다 때때옷 화단이다. 맨 앞줄에는 해마다 채송화가 고정석을 차지하고, 그 뒤로 다른 화초들이 자리를 잡는데, 작약꽃, 종이꽃, 풍접초, 과꽃, 맨드라미, 분꽃 들이 해마다 단골손님으로 화단을 채우고 있었다.

파초 가꾸기와 바나나 꽃

마구간 앞 마당가에 커다란 파초가 있었는데, 그 당시 동네에는 여러 집에서 파초를 키웠다. 파초는 여름에 넓은 잎사귀를 풍성하게 키우다가 가을이 되면 그 모습이 지저분해진다.

우리는 겨울이 되기 전에 파초를 키 높이로 잎사귀만 잘라내고, 파초 줄기는 마구간을 치우면 나오는 두엄을 그 주위로 계속 쌓아올려서 파초 줄기를 푹 덮어준다. 겨울이 되어도 파초 줄기는 얼지 않아, 이듬해 봄에는 줄기에서 바로 잎사귀가 나온다. 그러면 파초 줄기가 직경이 한 뼘 넘게 해마다 점점 굵어진다.

어떤 해 가을에는 파초 줄기에서 꽃대가 나오는 것이 아닌가! 연꽃 같은 파초 꽃이 피었는데 바로 겨울이 다가오니 그걸로 끝이라, 애기 손가락보다도 작은 바나나는 제대로 자라지 못하고 서리 맞고 말았다. 마당가의 파초 한그루는 여름날의 풍경을 운치 있고 여유롭게 하는데, 지금도 시골 마당가에 파초가 심어져 있는 집은 유심히 보게 된다.

문 앞에 알 낳은 집지킴이

어느 해 봄인가 초여름인가, 우리 집에 구렁이가 알을 낳은 적이 있었다. 아침이 되어 어머니가 먼저 부엌에 나가 정지 밖 문을 열었는데, 문지방 밑에 하얀 알을 발견하고는 깜짝 놀라 모두를 깨우신 것이다. 나가보니 딱 계란만 한 것이 말랑말랑하고 꼬리가 조금 붙어있는 구렁이 알이었다. 삽으로 그 알을 떠서 멀리 가져다가 터뜨려 버렸다. 그런데 그것이 2~3일 연속으로 비슷한 장소에서 알이 발견되었다.

우리는 당시 집집마다 그 집을 지켜주는 영험한 구렁이 지킴이가 있다고들 믿고 있었다. 지킴이는 한 번도 본적이 없는데, 왜 하필 그 해만 사람이 잘 보이는 곳에다가 알을 낳았을까 궁금했다. '지킴이'란 믿음도 동물과 사람이 조화롭게 살아가자는 지혜가 아니었을까? 뱀은 쥐를 잘 잡아먹으니 쥐의 퇴치에도 도움이 되는 것처럼 말이다. 뱀은 보기는 혐오스럽지만 사람에게 일부러 해코지는 거의 안하는 동물이다.

얼음 속의 미꾸라지

얼음이 꽁꽁 얼고 할 일이 없어 심심하면 가끔씩 추어탕을 먹으려고 미꾸라지 잡기를 하였다.

논가로 난 도랑에 얼음을 깨어내고, 삽으로 도랑 흙을 푹 떠서 얼음 위에 뒤집어 놓으면, 잠자다가 깜짝 놀란 미꾸라지가 붉은 배를 내보이며 천천히 움직인다. 진흙을 헤치며 보이는 놈들을 주워서 그릇에 담고, 또 흙을 파 뒤집고, 이렇게 여러 곳을 옮겨가며 한참을 하다보면 반 바가지 정도 분량이 된다. 미꾸라지는 겨울잠에 들어가기 전 조금이라도 따뜻한 곳을 찾아서 모이는데, 통상 샘이 나는 곳은 잘 얼지도 않고 비교적 따뜻하니까, 미꾸라지가 많이 모이는 편이다. 그래서 따뜻한 샘물이 나는 곳을 잘 찾으면 미꾸라지

떼를 만날 수도 있다. 그곳 흙을 한 삽만 퍼서 엎어도 여러 마리의 미꾸라지가 뒤엉켜있으니, 이런 곳을 만나면 시간과 노력을 별로 들이지 않아도, 많은 미꾸라지를 잡을 수 있는 횡재를 만나는 것이다.

울타리 밑의 딸기

사랑 밖 마당에서 말산댁으로 넘어가는 길이 있고, 그 왼쪽으로 화단, 그 뒤쪽으로 울타리가 있었는데, 각종 꽃나무가 있었고 그 밑에다 아버지가 딸기를 심어 놓으셨다. 봄이면 거기에 굵은 딸기가 드문드문 매달려 익어가고, 그놈들이 익으면 간간이 따먹고 하여 일찍부터 딸기 맛을 볼 수 있었다.

우리 집은 딸기뿐만 아니고 각종 과일나무가 많이 있었는데, 아버지는 손바닥만큼 틈새만 있으면 과일나무며, 꽃나무를 심으셨다.

앵두나무는 마당가에 울타리로 빙 둘러 심은 것이 지금도 남아 있고, 감나무, 사과나무, 배나무, 대추나무, 복숭아나무, 자두나무, 포도나무 등등 많이 있어, 계절 따라 이 과일 저 과일 풍족하게 맛볼 수 있었다.

십년 묵은 왕도라지

사랑 밖 마당가에는 측백나무를 일렬로 심어 울타리로 하였는데, 그 측백나무 아래 그늘진 곳에 도라지 밭이 있었다.

우리 집 도라지 밭에는 여름이면 백도라지와 청도라지 꽃이 별 모양으로 해마다 많이 피었다. 그중에는 별 모양이 찌그러진 것도 상당수 있었다. 도라지꽃은 피기 전 오각형의 꽃봉우리가 맺히는데 그 모양이 예쁘고, 그것을 손으로 꼭 누르면 퐁- 하고 터지는 감촉이 좋다. 그래서 심심하면 도라지 꽃망울을 톡톡 터뜨리곤 하였다. 그러니 우리 도라지 밭에 유독 찌그러진 별 모양의 꽃이 많이 있던 것이다.

도라지는 일부 캐어 먹기도 하였지만 나머지는 계속 남겨져서 '왕도라지'가 되었는데, 족히 십 년은 넘게 있었던 듯 싶다. 한 번은 도라지를 캤는데 너무 커서 속이 텅 빈 것이 많이 있었다. 아마 그 도라지 몸통 속에 도라지 진액이 가득 찼다가 없어진 것이리라.

도라지 밭은 행랑채를 지을 때 없어지게 되었다.

앵두나무 울타리

우리 집 마당가에는 지금도 몇 그루의 앵두나무가 있는데, 다른 나무는 나이를 먹으면 고사하는 반면, 앵두나무는 계속적으로 옆에서 새로운 가지가 나오니 나이를 먹어도 고사 하지 않고 현상유지가 된다. 봄이면 장독대 뒤로 하얗게 앵두꽃이 화려하였고, 빨갛게 앵두가 익으면 맛있게 따 먹으며 자라났다.

우리가 어려서 그렇게 따 먹던 앵두는 우리들이 성장하여, 분가한 후에도 계속 꽃피고 앵두가 빨갛게 익기를 반복하였는데, 봄에 앵두가 탐스럽게 익으면, 할머니나 어머니는 형제 중 누구라도 올 때까지 따지 않고 마냥 놓아두고 기다리셨다.

한 해는 할머니가 그 앵두를 한 됫박 따 가지고 서울까지 가지고 오신 적도 있었다. 정성과 사랑이 넘친 그 앵두는 정말 맛있게 잘 먹었다.

정낭 뒤 포도나무

사랑 밖 측백나무 울타리 넘어 정낭*이 있었고, 정낭 뒤에 커다

* '뒷간'의 방언.

란 뽕나무가 있었는데, 그 뽕나무에 포도나무 한 그루가 휘감고 올라가 있었다. 그 포도나무는 굉장히 굵었고, 높은 곳에 여기저기 까만 포도송이를 매달고 우리를 유혹하였다. 뽕나무와 포도나무를 이리저리 타고 올라가 포도를 상당량따 먹었다. 그때 포도 맛은 어느 과일보다도 향긋하고 달콤하였다.

포도나무는 여름철이면 벌레가 많이 꾀는데, 특히 손가락보다 더 크고 흰점이 툭툭 박히고, 뿔이 달린 시퍼런 '팜마지'가 많이 있었다. 그놈은 땅바닥에 굵은 똥을 흩어놓기 때문에 쉽게 눈에 띄었는데, 그놈이 호랑나비가 된다는 사실은 한참 나중에야 알았으니, 당시는 보이는 대로 잡아서 오줌통에 넣곤 하였다.

어깨너머로 배운 손재주

겨울철이면 일꾼은 멍석, 삼태기, 종맹이 등 요긴하게 사용할 용기들을 만들곤 하였는데, 나는 어깨 너머로 그것을 보고 어느 정도 따라할 수 있었다. 한마디로 눈썰미가 좋다고 할까, 아니면 손재주가 있다고 할까?

한번은 삼태기를 직접 내 손으로 만들었다. 두 가지 방법이 있는데 쉬운 방법을 선택 하였다. U자 모양의 막대기 끝에 철사를 당겨 매어놓은 삼태기 틀에 멍석 매듯이 엮어 나갔다. 그런데 맨 마지막 마무리를 어떻게 할 줄 몰랐다. 그곳을 단단히 해야 오래 쓸 수 있었는데, 끙끙 연구하다가 결국 말산댁 작은 할아버지 도움을 받아 마무리를 했었다.

그 외에도 내가 만든 것으로 책꽂이, 재봉틀 의자 등이 있는데, 책꽂이는 2층 구조로 하되 높낮이가 다양하도록, 용도를 확장하여 만들었다. 아래 위 칸막이를 할 때는 가로 판자에 아래서 위로 미리 못을 박아놓는 등 나름 고민을 거듭하여 만들었다. 재봉틀 의자는 산에서 알맞게 구부러진 소나무를 구해다 그것을 세로 방향으로 켠 뒤, 중간 안쪽에 좁은 끌로 구멍을 파서 십자 가름대를 짜 맞추고, 위에는 동그란 판자를 구해서 얹었더니 훌륭하고 곡선미가 나는 멋스러운 재봉틀 의자가 완성 되었다.

가장 따뜻하고 포근한 개집

5학년 가을에 조석환 선생님이 학교에서 짚으로 방석 만드는 방법과 짚세기짚신 만드는 방법을 가르쳐 주었다. 그때는 만드는 솜씨들이 엉망이었고, 마무리도 하지 못하고 대충 방법만 배웠다.

후에 그것을 기반으로 내가 창의적인 작품을 하나 만들었는데,

바로 우리 누렁이 집이었다. 방석을 만들듯이 짚을 둥그렇고 두껍게 엮어 나가다가, 위로 틀어 올려 커다란 다라 모양으로 움푹하게 만든 다음, 중간에는 누렁이 출입구를 만들고, 허벅지 높이 정도로 틀어 올리고 마무리 한다. 다음은 뚜껑을 같은 방법으로 만들되 솥뚜껑 모양으로 만들어서, 위에 덮고서 양쪽을 철사로 고정 시켰다. 이것을 앞뜰에 놓으니 누렁이가 좋아라고 들어앉아, 머리만 빼꼼히 내놓고 달콤한 잠을 잔다. 지나다가 이를 본 어르신들마다, 어떻게 이런 개집을 만들 생각을 했냐고, 개가 호강한다고 한 마디씩 칭찬하고 가셨다. 내 생각에도 가장 따뜻하고 포근한 개집이 아니었을까 싶다.

짜구 난 강아지

어느 봄에 시장에서 작은 강아지를 새로 사오셨다. 빨리 크라고 밥을 마냥 먹인다. 그러면 강아지는 너무 살이 찌다가, 나중에는 앞다리가 틀어져 돌아가 버린다. 그걸 '짜구'났다고 했다. 뼈가 단단히 자라지 못하고 살만 쪄서 그런 것 같았다. 앞다리가 틀어져 돌아갔으니 뒤뚱뒤뚱 잘 걷지도 못하고 불편해 한다. 그러면 할머니는 북어 대가리를 노랗게 구워서 가루를 내어 강아지에게 먹인다. 그렇게 며칠 먹이면 금방 앞다리가 원상태로 돌아온다.

강아지를 사 올 때마다 한 번씩은 꼭 짜구가 나고, 그때마다 명태 대가리를 구워 먹여서 고쳤다. 옛날 어른들은 어지간하면 모두 민간요법으로 처방과 치료가 가능했다.

천장 위의 서생원 함정

겨울만 되면 쥐들은 따뜻한 곳을 찾아 천장으로 들어온다. 이놈들이 조용히 지내면 좋으련만, 눈치 없이 매일 밤 달리기 경주를 하는 것 같았다. 이리저리 우르르르 발소리를 내며 찍찍거리고 난리 법석을 피운다. 그러니 도저히 그냥 놔 둘 수가 없다. 일어나서 천장의 종이를 탁탁 치면 한동안 조용하다가, 또 다시 달리기 경주를 재개한다.

참다못한 아버지께서 이놈들 통로를 잘 관찰하여 뒷사랑 천장으로 들어오는 입구를 알아내셨다. 바로 내가 누워 자는 머리 위쪽이다. 아버지는 그곳에 함정을 만들기로 했다. 천장의 두꺼운 종이를 ㄷ자로 오려서 다시 살짝 끼워놓았더니, 이것을 알 리가 없는 쥐들이 천장으로 뛰어 들어오다 허공으로 빠지는 것이다. 한참을 기다리다 잠에 들려 하는데 툭하고 방바닥으로 쥐가 떨어진다. 바닥에 떨어진 쥐는 이리저리 한바탕 소동을 부려야 거우 잡을 수 있었다.

뒷방과 뒷사랑 사이에 미닫이문을 닫고, 그 미닫이문에 조그만 구멍을 뚫어 놓고서 반대쪽에는 쌀 포대를 구멍에 대고 기다리고 있는다. 이리저리 쥐를 쫓으면 쥐는 어느새 구멍을 발견하고는 구멍 속으로 튀어 들어가고, 이내 자루 속으로 들어간다. 그러면 자루를 들고 밖으로 나가 뜰 돌에다 후려쳐서 죽인다.

지금 생각해 보면 그 함정 밑에다 물 담은 그릇을 놓아두었으면 간단했을 것을…….

쥐약 먹은 누렁이

국민학교 시절 쥐가 너무 많아서 식량증산에 방해가 되므로, 전국적으로 한 달에 한 번씩 매월 25일은 쥐 잡는 날로 정해두었었다. 학교에서 쥐약을 나누어 주기도 하고, 반상회에서 나누어 주기도 했다. 저녁 때 어둑해질 무렵에 회색 가루의 쥐약을 밥에 섞어서 쥐가 다니는 길목에다가 두었다가 아침에 죽은 쥐를 얼른 거두어서 땅에 묻어야 했다. 학교에서 쥐약을 받은 때는, 아침에 쥐가 죽어있는 것을 확인하고 꼬리를 잘라서 학교에 가져다 내고, 약 먹은 쥐는 역시 깊이 묻어야 한다. 그렇게 해서 쥐도 많이 잡았다.

그런데 그때 본의 아니게 동네 개도 많이 잡았다. 쥐약을 놓을 때는 개를 모두 묶어놓고 쥐약을 놓는데, 평소 풀어 놓았던 개들은 목줄을 풀려고 안달하여 풀리는 적이 있어서, 풀린 개가 쥐약을 직접 먹는 경우도 있고, 약 먹은 쥐가 비실거리는 것을 잡아먹는 경우, 땅에 얕게 묻은 것을 파내서 먹는 경우, 땅에 묻지도 않고 그냥 버리는 경우 등 개들이 쥐약 먹은 쥐를 먹는 경우가 많았다.

끝내는 우리 누렁이가 눈에 시퍼런 불을 켜고 낑낑거리면서 미친 듯이 이리저리 막 뛰는 등 한동안 난리를 피우더니 거품을 품고 도랑가에 쓰러지고 말았다. 동네 어느 집인가 약 먹은 쥐를 제대로 파묻지 않은 모양이었다.

다람쥐 기르기

우리 집에는 먹고 달리고 먹고 달리는 다람쥐가 있었다. 사랑 밖 벽에 다람쥐 집이 있었는데, 최초의 다람쥐는 아마도 2~3년은 길렀지 싶다.

다람쥐 집 앞쪽은 좁은 창살을 세로로 촘촘히 하여 중간에 벌어지지 않게 띠를 두르고, 나머지 벽은 판자로 되어 있는데, 내부에는 다람쥐가 잠자는 둥우리와 운동하는 바퀴가 있었다. 바퀴는 못

쓰게 된 체의 테두리로 만들었는데, 양쪽으로 십자 모양의 지지대를 붙이고 가운데 철심의 회전축을 끼워 한쪽 옆으로 달아 놓았다. 다람쥐는 원체 까불고 호기심이 많은 동물이라, 처음부터 두려움 없이 바퀴에 올라타서는, 달리기를 금세 배우고 뛰기 시작했다. 앞으로도 뛰고 돌아서도 달리고, 먹고 뛰고, 먹고 자고 또 뛰는데, 다람쥐가 달리면 삐걱삐걱 하면서 달리는 소리가 들리곤 하였다.

그런데 이놈이 달리면서 자세를 높이면 중간 회전축 철사에 등이 닿는데, 얼마나 닿았는지, 등에 털이 빠지고 상처가 났을 정도로 열심히 달렸다. 다람쥐는 먹이를 주면 그 먹는 모양이 예뻐서 가족들의 귀여움을 많이 받았다.

처음 키웠던 다람쥐는 상당히 오래 살았었는데, 두 번째 다람쥐는 달리기는 모두 잘했으나 한 마리가 그렇게 오래 살지는 못했었다. 다람쥐는 경계심 보다 호기심이 많아서, 밭가에서 잡아다가 기른 것이다. 당시에는 다람쥐도 일본에 수출하는 한 가지 품목으로, 낚싯대를 들고 다람쥐를 잡으러 다니는 사람도 있었다. 다람쥐가 얼마나 호기심이 많으면 낚싯줄을 보고도 도망가지 않고 그 올가미를 자기 목에 가져다 건다고 한다.

총소리 내는 파래

버덩 우리 논 옆 제방 냇가에는 커다란 버드나무가 여러 그루 있었다. 그 버드나무는 참새들의 보금자리로 안성맞춤이었다.

초가을이 되어 벼이삭이 피고 고개를 숙이기 시작하면 참새들이 멍석처럼 떼 지어 달려든다. 참새 떼가 한 번 앉아서 쓸고 가면 그 일대는 벼이삭이 하얗게 말라 버린다. 그러니 그대로 놓고 볼 수가 없다. 우리는 어른 아이 할 것 없이 잠시도 비우지 말고 논에 있는 벼를 지켜야 했다. 논가 둑에다 새막을 지어놓고, 밥 먹는 것도 교대로 하면서 벼이삭이 단단하게 여물어 참새가 쭉 빨아먹을 수 없을 때까지 참새와의 전쟁을 치루는 것이다. 이때 등장하는 참새 쫓는 도구가 여러 가지인데 가장 흔한 것이 깡통과 허수아비이다.

작대기로 커다란 깡통을 시끄럽게 두드려서 새를 겁먹게 하는 것이고, 허수아비를 그럴 듯하게 만들어 밀짚모자 씌워서 논둑에 세워두든가, 연 같이 둥글게 얼굴 모양을 만들어서 바람에 흔들리도록 끈으로 네 귀퉁이를 달아매는 방법인데, 허수아비는 완전히 신뢰하지 못한다. 다음 도구는 재미있는데 그것이 '파래'다.

파래는 지게 멜빵 만들듯이 손잡이 부분은 짚으로 굵고 넓적하게 만들고, 점점 가늘고 길게 하여 약 세발 정도 되게 하되, 끝에는

* 물 푸는 도구인 파래와 해조류 파래와는 다른 기구이다.

아주 질긴 노끈으로 꼬아야 질기고 소리도 잘난다. 이놈을 머리위로 빙빙 돌리다가 홱 잡아채면 빵하고 총소리와 비슷한 소리가 난다. 이것은 팔 힘과 허리힘이 뒷받침 되어야 소리가 잘 나기 때문에 주로 젊고 힘 있는 남자들이 사용하였다.

〈파래로 새 쫓기〉

무밭에서 비둘기 쫓기

초가을 입추 무렵이면 무와 배추를 심는데, 요새는 모종을 사다 심으나, 전에는 모두 직접 씨앗을 뿌렸다. 3~4일이면 노오란 새싹이 올라오는데, 이것이 비둘기의 별미 반찬이라 기를 쓰고 달려든다. 비둘기가 앉으면 한 20분 만에 무밭 하나가 완전 절단난다.

그러니 우리는 가을 김장밭에도 새막을 지어놓고, 완전 교대로 지켜야 했다. 배추는 집 옆에 심어놓아 수시로 교대하며 나가보고, 무밭은 해마다 가재낭골 모래자락 밭에 심어, 거무스름한 새벽부터 눈을 비비면서 이슬을 헤치고 가재낭골 무밭을 지키러 가야했다. 하여튼 비둘기 잠깨어 아침식사 하는 것보다 늦으면 농사를 망치고 만다. 이때가 통상 여름방학 기간이라 무밭 새 쫓는 일은 우리들의 전담이었다. 김장밭은 4~5일만 잘 넘기면 파랗게 되고, 그러면 비둘기가 먹지 않는다.

논둑에 메주콩 심기

언제부터인가 할머니가 논둑에 콩 심는 것을 배워 오셨나 보다.
가재낭골 논은 다랭이 논으로, 논둑이 많고 높았다. 모내기를 하고 난 며칠 후 할머니와 우리는 노란 메주 콩을 가지고 가재낭골로 가서 논둑마다 콩을 심었다. 논둑은 물기가 많아 땅이 촉촉하고 물렁하다. 그러니 호미로 홈을 낸 뒤 콩을 두 개 정도 넣고, 흙과 재를 혼합한 것을 한줌 놓아 발로 밟으면 되는 아주 단순하고 쉬운 작업이다. 이것 또한 비둘기가 알면 한순간에 모두 먹어 치운다. 그러니 어쩌랴, 이것도 지키려면 여러 날 오가며 비둘기와 경쟁하였다.

논둑에 심은 콩은 별다른 거름 없이도 잘 지란다. 여름이면 논둑마다 콩 밑의 풀을 베어다 소를 먹이면 되었다. 김매기도 없고, 가꾸는 노력이 비교적 수월하다. 그런데도 아주 잘 자란다. 가을이면 논둑에 일렬로 늘어선 콩 줄기에 잎사귀는 떨어지고, 콩들이 소담스럽게 주렁주렁 많이 달려있는 모습은 참으로 보기 좋았다.

해마다 이렇게 논둑에 심은 콩으로 메주를 만드는데 요긴하게 사용하였다.

밭매기

어려서부터 밭매기를 자주 하였는데, 여러 가지 작물을 다양하게 매어 보았다. 이른 봄이면 우리 옆 밭에서 밀밭 고랑을 쇠스랑으로 쪼아서 엎는 작업부터 하고, 오월경이면 감자밭을 매는데 감자 포기마다 북돋우기를 잘해야 한다. 감자밭을 매고나면 고랑에 강낭콩을 드문드문 심는다. 강낭콩은 항상 다른 작물 사이나 주변에 심어서 수확 하곤 했다. 여름에는 콩밭이며 조밭, 팥밭도 매었는데, 콩밭은 넓은 간격으로 심어져 있으니, 호미로 벅벅 긁어서 콩 포기 밑으로 흙을 돋우면 되는 비교적 쉬운 작업이다. 팥밭은 콩밭 매기와 비슷하나 조금 다른 것은, 아침이슬이 마르기 전이나

가랑비가 올 때 김을 매면 잎사귀가 마르는 까다로운 성질이 있어 한낮 땡볕에서만 매어야 했다.

김매기 중에 가장 기억에 남는 것은 조밭을 매는 것이다. 조는 초여름에 밀과 보리를 베고 늦게 파종한다. 조는 속성이라 빨리 자라는데, 조밭에 가느다란 새싹이 올라오면 과감히 솎아내고 드물게 남겨놓아야 한다. 이때, 뜨거운 땡볕에 쪼그리고 앉아서 어느 것을 뽑아내고 어느 것을 가꾸어 세울지를 결정하면서 적절한 간격으로 뽑아 나가야 하는데, 정성들여 간격을 맞춰 매야하니 밭 매는 진도가 엄청 느리다. 그러니 땀은 비 오듯 하고, 고뱅이 오금팍은 저려오고 정말 조밭매기는 고역이었다. 상일꾼은 호미 끝으로 현란하게 좌우로 움직이면서 모종의 간격을 잘 맞추지만, 초보자는 도대체 진도가 나지 않는 조밭매기 작업이다.

충양 다래기 물대기 공수작전

충양 다래기에 논이 있는데, 이것이 바로 천수답이다. 천수답은 봄만 되면 물이 없어 제때에 모내기를 할 수가 없었다. 그래서 아버지는 물이 풍족한 가재낭골 물을 충양 다래기로 끌고 갈 궁리를 하셨다. 당시 농촌에서 물대기 하던 방식으로는 불가능한 지형 구조이다. 중간에 절벽이 있고, 큰 도랑이 있는 계곡을 넘어야 하기 때문이다. 지금까지 물 대는 '귀새' 방식 중 절벽을 따라 물을 대던 사례는 있지만, 그것은 고도의 수평을 유지하여 물이 넘쳐흐르지 않아야 했다.

아버지는 굴하지 않고 원형의 비닐을 착안하셨다. 직경 10cm 정도의 얇은 비닐 호스를 길게 사 오셔서는 평평하게 바닥을 닦은 위로 늘어놓고, 큰 도랑 계곡은 다리를 설치하여 하늘로 넘어가는 방법으로 연결하였다. 절벽 구간에 얇게 물 호스를 걸쳐 놓을 홈을 판 후, 물을 통과 시켜본 결과, 대성공이었다. 수평이 조금 안 맞아도, 물은 팽팽하게 압력을 받았다가, 높은 곳으로 넘어 가는 것이다. 이렇게 발상을 전환하여 가재낭골에서 남는 물을 이용한 것으로, 천수답에 매년 제때에 모를 심어 가뭄을 극복할 수 있었다.

할머니의 고추 말리는 기술

할머니는 농사일을 무척 꼼꼼하게 하셨다. 고추, 강낭콩, 감자 등 한두 번 손 가는 것이 아닌데, 하여튼 자주자주 손 보아 깔끔하게 마무리 하셨다. 고추 따서 말리기는 근자에 와서 내가 직접 해 보니, '아하! 이것이 그냥 마르는 것이 아니었구나!'하고 할머니의 깊은 노하우가 있었음을 알게 되었다.

고추 따기는 주로 우리들의 몫이었다. 따다 보면 빨간 놈, 약간 빨간 놈이 섞이게 되는데, 이것을 익은 정도별로 구분하여, 소여물 끓이는 뒷방 아랫목에 두는 것과 윗목에 두는 놈을 구분하여, 보자기를 덮어두고 2~3일 얼레를 들이는데, 이 과정이 나중에 알고 보니 정말 중요하더라. 적당히 불을 때고, 뒤적이며 뜸을 잘 들여야, 강한 햇볕에 데지도 않고, 곰팡이도 피지 않고 잘 마르는 것이다. 햇볕에 말릴 때도 역시 저녁이면 꼭 거두어 들여 방안에 널어서, 계속 뜸 들이기와 아침이면 햇볕에 내다 말리기를 반복 하였다. 그렇게 고추를 들고 살다시피 하니까 고추가 손실 없이 태양초로 투명하게 반질반질 잘 마르는 것이었다. 요즘에 고추를 따다가 뜸도 안들이고 비닐하우스에서 말리다 실패하여 모두 버리고 나서야 할머니의 지혜를 알 수 있었다.

고춧잎장아찌와 무청시래기

늦가을 어떤 날 저녁때 찬바람이 휘몰아치면, 어머니는 오늘밤에 서리가 올 것이라는 육감이 발동하셨다. 그럴 때면 재빨리 고추를 뽑고, 무도 뽑아내고 서두르신다. 나는 옆 밭에 있는 고추를 뿌리째 뽑아서 밭 가운데 쌓고, 멍석을 가져나가 푹 넣는다. 이튿날 낮에 햇살이 퍼지고 따뜻해지면, 고추더미 옆에 앉아서 고추와 고추 잎을 딴다. 이때 단단하여 붉게 익기 직전의 고추는 따로 모아 아랫목에 뜸을 들여 불그스름하게 익히고, 연한 것은 풋고추로 따서 튀각용으로 말리기도 하고 장아찌도 담는다. 고추는 버릴 게 하나도 없다. 고추를 다 따면 이번엔 잎사귀를 딴다. 싱싱하고 깨끗한 잎은 따로 모은다. 이것은 묵나물도 되고 장아찌로도 만든다.

무도 마찬가지다. 무를 뽑아서 밭 가운데 수북하게 쌓고 그 위에 멍석을 덮어 두었다가, 이튿날 낮에 무청을 자른다. 김장용 무는 밭에 얕게 묻어두고, 나머지는 구덩이에 묻는다. 무청은 가는 새끼 줄로 엮어서 바람이 잘 통하는 집 옆 감나무에, 덕을 걸치고 일렬로 달아맨 후, 지붕도 만들어 선명한 색으로 말린다. 할머니는 시래기 달아매는 기술자처럼 깔끔하게 무청을 엮는 기술을 가지고 있었다.

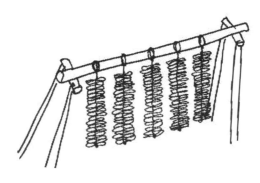

그렇게 말린 무청 시래기는 겨울 내내 된장찌개로 먹어도 물리는 적이 없었다. 그때 옆에서 보고 거들며 배운 방법은 지금도 내가 요긴하게 써먹는다.

감자 부침개

여름철에는 부엌에도 뜰에도 정지 밖에도 온통 감자가 널려 있었다. 그리고 며칠에 한 번씩 할머니는 모든 감자를 뒤적이며 썩는 놈과 상처 난 놈을 골라내곤 하셨는데, 상처 난 놈은 곧 썩을 수 있으니 우선 소비 대상이다.

비 오는 날 오후가 되면 어머니는 감자 부침개를 먹자고 하셨다. 큰 다라대야에 굵은 감자를 주섬주섬 담아다가, 물을 부어놓고 껍질을 불린 다음, 얄그쟁이닳고 닳아 삐딱하고 얇은숟가락으로 주먹만한 감자를 썩썩 긁어 껍질을 벗기고 큰 다라에 가득 채워 놓는다.

강판을 설치하고 감자를 가는데, 그게 엄청 힘이 든다. 그래서 감자 가는 것은 내가 많이 거들기도 하였으나 한두 개만 갈아도 팔이 금방 아파온다. 또 방심하면 감자를 놓치든가, 감자가 작아지면 손가락을 강판에 확 갈기 십상이다. 그때는 깡통을 잘라서 못으로 구멍을 촘촘히 뚫어 나무틀에 고정하여 강판으로 썼는데, 감자 가는 것이 힘들던 내가 감자 가는 기계를 고안했었으나 결과는 실패작이었다. 우선 강판을 깡통으로 만들어 통나무에 원통으로 붙이고 그것을 네모난 통 속에 고정시키고 손잡이를 돌려서 감자를 갈도록 했으나, 감자가 원통 강판과 사각통의 틈새에 끼면 돌아가지 않는다. 그러니까 한마디로 재질은 약하고 감자가 단단하니 실패했는데, 계속 연구했으면 성공했을 수도 있었을 것이다.

어머니는 뒤뜰에 만들어 놓은 숯으로 화로에 불을 피우고, 감자 간 것에 풋고추와 애호박을 잘게 썰어 넣은 감자전을 부치셨다. 감자전을 지질 때면 들깨 잎을 따다가 돌돌 말아서 실로 감고 반을 잘라, 그것으로 들기름 종지에 기름을 살짝 찍어서 솥뚜껑 불판에 빙빙 두르고 감자전을 부쳐낸다. 금방 지져낸 감자전은 간장에 찍어 먹기도 했지만 새큼달큼한 초장에 찍으면 너무 맛있어, 혼자서도 여러 판을 게눈 감추듯이 해치웠다.

침감 담기

감이 익을 때면 할아버지 제사일도 다가오고, 또 다른 일도 있어서 아무튼 침감을 가끔 담을 일이 있었다.

감 따오너라 하면 우리는 노란 감을 한 광주리 따다 드린다. 그러면 할머니는 물을 끓여서 따뜻하게 식힌 다음 독에 붓고, 그 안에 감을 넣는다. 그런 후 아랫목에 담요를 푹 덮어서 하루 정도 지난 후에 꺼내먹어 보는데, 그게 얼마나 예민한 노하우가 필요한지, 여간 어려운 일이 아니었다. 물이 빨리 식으면 침이 제대로 들지 않아 떫고, 물이 너무 뜨거우면 감이 무르기도 하고, 또는 표면이 움푹움푹 곰보 감이 되어 내놓기조차 민망하게 된다. 겉모양이 매끄러우면서 떫은맛은 하나도 없게 침감을 담는 것은 결코 쉬운 일이 아니었다. 여러 번 침감 담기에 실패하여 곰보 감이 되든가, 떫은맛이 남아 있던가 했었다. 할머니께서도 침감 담기만은 노하우를 터득하지 못하셨던 걸까?

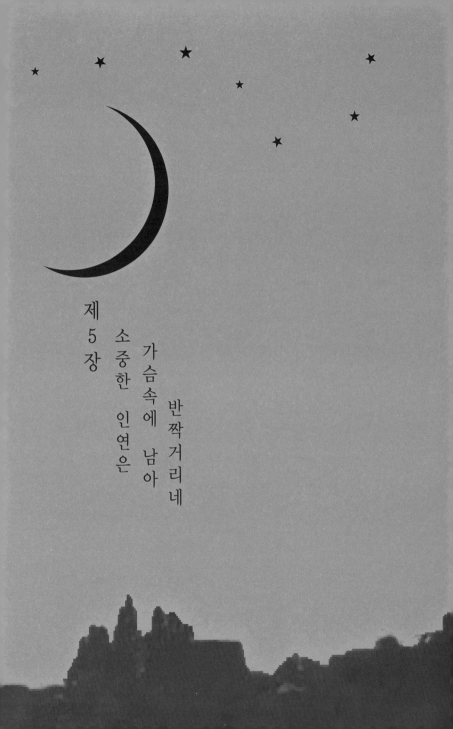

제 5 장

소중한 인연은

가슴속에 남아

반짝거리네

놋그릇 닦기

일 년에 몇 번 쓰지 않는 놋그릇은, 설날이면 꼭 새로 닦아 차례 지낼 때 사용한다. 어머니는 곳간 앞 양지 쪽에 가마니를 펴고서 놋그릇을 가져와 옆에다 쌓아놓으셨다.

놋그릇을 닦기 전에 우선 준비해야 할 것이 있으니, 바로 기와 가루다. 우리는 기와 조각을 망치로 잘게 부순다. 아니, 잘게 부수 는 정도가 아니라 아주 곱게 빻는다. 그렇게 곱게 빻은 기와 가루 를 체로 쳐서 더 고운 가루로 만들고, 이를 따로 그릇에 모아둔다. 그리고 짚을 꼬깃꼬깃 말아서 물을 약간 묻힌 다음, 기와 가루를 찍어서 놋그릇을 돌려가며 빡빡 문지른다. 그러면 윤이 없고 거무스름하던 놋그릇이 파르스름한 색깔로 살아난다. 그렇게 한 개 한 개를 정성 들여 윤이 반짝반짝 나도록 닦아 준비한다.

창호 바르기

한지는 시장에서도 팔지만, 우리 집에는 매년 여름이면 한지를 짊어지고 고정적으로 팔러 오는 사람이 있었다. 한지는 품질이 여러 종류가 있다. 깨끗하고 얇으면서도 질긴 고급품과, 두꺼우면서 누렇고 잡티가 섞인 저급품까지, 여러 종류를 이리저리 보시고는 가을에 창호 바를 만큼 사신다.

가을걷이가 끝나고 쌀랑한 바람이 나기 시작할 무렵, 바람이 없고 따뜻한 날을 골라서, 창호를 바른다. 우선 밀가루로 풀을 한 냄비 쑤어 놓는다. 그다음 문짝을 떼어내서 뜰이나 마루에다 비스듬하게 걸쳐 놓는다. 큰 그릇에 떠다 놓은 물을 바가지로 퍼서 입에다 한 입 물고는, 문짝에다 푸우- 하고 골고루 뿜어댄다. 잠시 후 물이 문종이에 푹 배면 위에서부터 살며시 떼어낸다. 떼어낸 헌 종이는 나뭇가리 등에 잘 널어서 말린다. 말린 헌 창호지는 문풍지로 쓴다. 종이를 떼어낸 문짝은 문살에 남아있는 종이와 풀을 긁어낸 뒤 문살을 잘 맞추고, 빗자루로 깨끗하게 쓸어서 청소한다. 이제 새로 창호지를 붙이기 위해서 문살 하나하나에 붓으로 풀을 골고루 발라준다. 풀을 바른 후, 새 창호지를 붙일 위치에 정확히 갖다 대고 빗자루로 쓸어서 고정 시킨다. 마지막으로 입에다 물을 머금고 또 한 번 문종이에다 대고 골고루 뿜어준다. 그러면 문살과 창호지는 착 달라붙는다. 이를 양지 쪽에 세워두면 마르면서 팽팽하게 된다.

위쪽은 한 겹으로 통풍을 고려하고, 반 아래쪽은 종이에 직접 풀을 발라 두 겹으로 해, 공기를 차단하여 보온을 강화했다. 손잡이인 문고리 부근에도 두 겹으로 두껍게 하는데, 측백나무 잎사귀나, 대나무 잎사귀, 코스모스 꽃을 넣어 멋과 강도를 동시에 보강했다.

문풍지는 문을 달고서 뒤로 열어젖혀 고정시켜놓은 다음에 아래위와 양쪽 옆을 꼼꼼하게 붙이고, 문틈이 넓은 곳은 두 겹으로 붙이기도 하였다. 그리고 추울 때 문을 열지 않고도 밖에 온 사람을 볼 수 있도록 면경을 붙이는데, 방에 앉아서 내다보기 좋은 높이에 손바닥보다 작은 유리를 붙이기도 했다. 새로 창호를 갈아붙인 날은 굉장히 포근함을 느낄 수 있었다.

마당에 흙 돋우기

시골 마당은 농사짓는데 매우 유용한 공간이다. 곡식을 널어 말릴 때나, 탈곡할 때, 방아 찧을 때, 깍지 썰 때, 벼우리 세울 때, 나뭇가리 쌓을 때 등등. 그런데 마당이 빗물에 패여서 골이 생기고 잔돌이 보이며 모래가 많아지면, 타작할 때 모래가 섞이고 골이 깊어서 불편해진다. 그래서 몇 년마다 파인 마당에 좋은 찰흙을 퍼다 마당 돋우기를 한다.

늦여름쯤 고운 찰흙을 5cm 정도 두께로 일꾼이 등짐으로 져다 붓고 골고루 편 다음, 촉촉할 정도로 물을 뿌리고 반듯하게 수평이 되도록 고른 후, 모든 식구가 도구를 하나씩 들고 단단하게 마당을 다져 나간다. 굵고 기다란 통나무나 나무 메로 다지고, 때로는 도리깨로 다지기도 하였다.

명품 황토 찰흙

긴 겨울이 지나고 봄철이 되어 언 땅이 녹으면, 우리 집에서 앞으로 나가는 길은 찰흙 반죽이 되어 발을 제대로 떼어 놓을 수가 없었다. 마당도 발이 푹푹 빠지고 진흙이 신발에 달라붙어 다닐 수 없을 정도였디. 봄민 되면 우리는 냇사에서 보래를 퍼다 진입로와 마당에 뿌리곤 했는데, 거의 매년 연례행사처럼 했다. 지게로 져다 붓기도 하고, 리어카로 끌어다 넣기도 하고, 한 뼘 정도 두껍게 깔아도 한 해 뿐이다. 다음 해 봄이면 또 질벅거리고, 그렇게 쫀득쫀득한 흙이니 최고 품질의 황토 찰흙임에 틀림없다.

언젠가는 아버지께서 벽돌 찍는 기계를 빌려 오셨다. 그것은 신식 기계였는데, 벽돌 찍기가 굉장히 쉬운 기계였다. 땅이 축축할 때 황토 흙을 파서 반죽 없이 그냥 기계에 퍼 넣고, 긴 쇠 파이프로 된 손잡이를 눌러 압축만 가하면 벽돌 한 장이 덜렁 만들어 진다. 긴 쇠막대기 끝에 두 사람이 매달려서 압축을 가하기도 한다. 그렇게 흙벽돌을 많이 만들어서 먼저 정지 밖에 목욕탕을 지었고, 다음에는 마당 앞에 창고를 길게 지었는데, 그 창고는 거의 내 힘으로 지은 것이다.

창고 옆에다 나중에 우리 집 일꾼 아저씨가 온돌방을 붙이고 살았는데, 80년대 초까지 꽤 여러 해를 살았다. 옛날에는 황토 벽돌집이 가난의 상징이었는데, 요새는 건강주택의 상징이 되었다. 지금도 새로이 황토 벽돌을 찍어 멋진 건강주택을 지어 보고 싶다.

저수지로 팔려간 황토찰흙

우리 집 옆에 큰 밭이 있었는데, 아마도 여기에서부터 '한밭'이란 지명이 유래된듯하다. 그 밭은 기와공장이 있었다고도 하고 학교가 있었다고도 하는데, 여하튼 우리 집 일대가 모두 황토 진흙이라는 사실이 중요하다.

어느 해 봄에 핸다리흰다리=백교리에 큰 저수지 막는 공사가 진행 되었는데, 우리가 학교에서 집에 오는 길에 가보면 저 밑바닥 바위가 나올 때까지 깊이 파내어, 거기서부터 물이 새어나지 못하도록 넓은 둑을 쌓아 올리는 공사를 하고 있었다. 그런데 저수지 제방공사는 콘크리트로 하면 물이 스며나와 안 되고, 찰흙으로 막아야 물이 새지 않는단다. 우리 집 옆 큰댁 밭은 황토 찰흙이 좋기로 소문이 났던 터라, 큰댁 할아버지한테 솔깃한 제안이 들어왔던 모양이다. 돈 받고 흙만 주면 밭은 그대로 있으니 꿩 먹고 알 먹고 아니냐? 뭐 이런 제안이. 그리하여 수많은 트럭이 개미처럼 들락거리며 우리 집 옆 큰댁 밭의 흙을 파다 죽헌 저수지 제방 가운데 찰흙 단수 층을 축조하였던 것이다.

그 전에는 우리 집 옆 밭이 지대가 높아서 집터가 아늑한 맛이 있었는데, 찰흙을 많이 파가는 바람에 지금은 옆구리가 허전한 모양으로 되어 버렸다.

흙벽돌 목욕탕의 인기

아버지는 목욕할 여건이 안 되는 것이 늘상 아쉬웠던 모양이다. 벽돌 찍는 신식 기계를 빌려와 쉽게 황토벽돌을 찍어 정지 밖 우물가에 목욕탕을 지었다.

기초로 돌을 사각형으로 돌려놓고 벽돌을 돌려쌓고, 서까래도 준비하여 지붕도 만들었다. 욕조는 둥글고 깊숙하고 움벅한 주물 욕조를 구해 오셨다. 목욕탕 뒤쪽 구석에 욕조를 걸고 그 밑에 아궁이와 굴뚝을 만들었다. 욕조 밖에서 씻을 수 있도록 시멘트를 바르고 물 빠지는 배수로도 만들었다. 우물에서 펌프질로 열 바께스도 넘게 물을 날라다 붓고, 장작불을 때면 따뜻하게 데워진다. 욕조 바닥 쪽에 나무판자를 깔아 목까지 푹 잠기게 하여 제대로 목욕을 할 수 있었다. 두세 명이 교대로 때를 불리면서 목욕을 할 수도 있었다. 점차 소문이 나면서 큰댁 삼촌들을 비롯하여 동네 여러 사람들이 장작을 싸들고 와서 목욕을 하고 갔다.

천하별미 호박 고구마 범벅

내가 아주 어릴 적에는 우리 집에 고구마를 심지 않았고, 어느 정도 자란 뒤에 고구마를 심었던 걸로 생각된다. 밀을 베고 난 다음 밀밭에 고구마를 심었으니 상당히 늦게 심었다.

언젠가 겨울철 저녁에 어머니가 별미로 신메뉴를 생각하셨었나 보다. 안방 윗목에 있는 고구마를 깍두기처럼 잘게 썰어 놓으시고, 늙은 호박을 잡아서 역시 깍두기 크기로 썰어서 재료를 준비한 다음, 통팥을 삶으시고 차좁쌀을 넣어서 큰 솥에다가 죽을 쑤었는데, 걸쭉하게 졸여서 범벅처럼 되었다. 이것이 얼마나 달달하던지! 꿀처럼 단맛에다가 통팥도 씹히고, 차좁쌀의 질감까지 정말 별미 중의 별미였다. 그 후로도 겨울이면 여러 번 이 호박 고구마 범벅을 만들어주셨었는데……

나중에 TV를 보니까 경상도 통영지방에는 '빼때기 죽'이라고, 고구마 말린 것에 여러 가지를 넣어 만든, 비슷한 전래 음식이 전해 온다고 한다.

싸라기 죽

해 짧은 겨울철 저녁이면 싸라기 죽을 자주 쑤어 먹었는데, 그 싸라기 죽을 숭늉이라고 불렀다. 마당에서 방아를 찧을 때면 덜 여문 것이나, 쌀눈 부서진 것들이 싸라기로 따로 모이는데 이것이 상당량 생기곤 하였다. 싸라기로 솥에다 죽을 쑤려면 아무튼 상당히 많은 양을 만들어야 했다. 우리 집 식구가 일꾼까지 열 명인데, 숭늉이라고 하여 여러 그릇 대략 세 그릇 씩은 먹었던가 보다. 그래서 어머니는 죽 먹으면 배만 키운다는 말을 하곤 했었다.

반찬은 한 가지다. 김칫독에 무를 반쪽씩 잘라 넣었던 것을 그대로 꺼내 큰 그릇에 담아 놓으면 젓가락에 커다란 무쪽을 꿰어서 들고 한입씩 깨물어 먹었다. 정말 시원하고 맛있는 반찬이었다.

이때 저녁은 통상 해가 넘어 가기 전에 먹는다. 모두 꽁꽁 얼어붙은 추운 겨울날엔 뒷동산 위로 해가 늦게 뜨니 아침은 자연히 늦게 먹게 되고, 그러면 점심은 건너뛰고 이른 저녁을 먹는 것이다. 해가 지고 나면, TV가 없을 때니 자연히 일찍 잠자리에 들 수밖에 없었다.

조청 만들기

설날이 지나고, 화로에 쑥떡을 구워서 조청에 찍어 먹는 맛은 정말 잊지 못하는 추억 중의 하나이다. 설날이 다가오면 어떤 해는 조청을 만드셨는데 할머니는 여러 가지 만드는 솜씨가 좋았었다.

먼저 질금 가루*는 하루 전에 2~3배의 물에 불린 후 체에 걸러서 맑은 물로 준비하고, 싸라기는 물에 불린 후 밥을 하여, 그 밥과 질금 가루 물을 섞은 다음, 물을 충분히 붓고 따뜻하게 가마솥에서 덥힌다. 시간이 지나면 밥이 삭아 하얗게 되면서 떠오르고, 단맛이 나는 감주 모양이 된다. 그러면 삼베 보자기에다 꼭 짜서 뽀얀 물을 받는다. 이 물을 가마솥에 넣고 불을 은근히 때면서 계속 졸여 주면 조청이 되는데, 거품이 나는 정도를 보고 적절한 농도를 맞추는 경험치가 할머니에겐 있었다.

작은 거품이 봉긋봉긋 많이 올라오면 이게 좁쌀 거품으로 어느 정도 조청이 되어가는 것이라, 이때 할머니는 수시로 조청을 주걱에 묻혀서 물바가지에 떨어뜨려 보았다. 조청이 확 풀리면 더 졸여야 되고, 엉겨서 흩어지지 않으면 다 된 것이다. 좁쌀 거품이 점점 커져서 커다란 채알 거품이 막 일기 시작하면, 이때가 바로 조청의 적정한 농도인 것이다. 이때 조금 더 졸이면 엿이 되고 만다.

막걸리 도사 할머니

벼 농사일을 할 때는 주로 울력으로 한다. 모내기, 김매기, 벼 베기 등을 할 때마다 일꾼들이 십여 명 씩 모여서 한다. 일에 따라

---

* 질금은 늦가을에 겉보리를 물에 불려 싹을 내서 널어 말린다. 이때 새싹이 1cm 정도 파랗게 자라고 뿌리도 더부룩하게 난다. 바싹 마르면 보리 싹과 뿌리를 싹싹 비벼서 떼어내고, 보리 알갱이만을 빻아서 질금 가루를 만든다.

다르지만 아침 먹기 전부터 새참으로 막걸리 한 잔에 안주를 곁들여 먹기도 한다. 하루에도 대여섯 번은 막걸리를 먹는데, 일꾼들은 우리 집 막걸리 맛이 좋다고들 하였다. 막걸리는 주로 할머니 몫이었다. 술밥은 쌀과 싸라기를 섞어서 솔잎을 바닥에 깔고 고슬하게 쪄서 말린다. 그 술밥을 말리는 중에 오가며 집어먹으면, 솔잎향이 배어서 그렇게 맛있었다. 적당히 마른 술밥과 누룩을 섞어서 항아리에 넣고, 물을 붓고서 구들 아랫목에 담요 이불을 따뜻하게 덮어 둔다. 대략 3~4일 지나면 방안에 술 익는 냄새가 서서히 퍼진다.

일하는 날 맞추어 막걸리를 거르는데, 함지박에 얼개미체 받침을 걸치고, 얼개미에 잘 익은 막걸리 원료를 퍼담은 뒤 손으로 막 젓는다. 거기에 물바가지로 물을 조금씩 부어가며 막걸리 농도와 맛을 맞춘다. 그렇게 막 걸러 만드니까 막걸리인 것이다. 순전히 할머니의 경험과 미각에 의해서 막걸리의 농도와 맛이 정해지니, 가히 할머니가 막걸리 도사라 할 만하지 않은가!

여름철 막걸리는 시원하게 마시고, 겨울철 막걸리는 따뜻하게 데워서 먹는데, 주전자에 담아서 화로에 올리든가 가마솥 여물 속에 넣어두면 적당히 데워진다. 큰댁 용달이 형이 할머니가 따뜻하게 데워낸 한 되짜리 주전자를 사랑방 문지방 넘어 앉아 얼굴이 불콰하도록 맛있게 비우던 모습이 선하다. 요즘 양조장 막걸리는 데워 먹는 줄 모르니, 추운 겨울에 과연 차가운 막걸리가 맞는가?

두부 만들기

할머니의 솜씨가 점점 발휘되면서 두부는 집에서 여러 번 만들게 되었다. 콩을 물에 푹 불려 커다란 그릇 가득 준비해 놓고, 구들방에 맷돌을 설치한다. 그때는 우리 집에 맷돌이 없어서 말산댁에서 맷돌을 빌려온다. 맷돌이 무거워서 한 번에 아래짝과 위짝 두 개를 다 가지고 오기는 어렵다. 지게를 가지고 가서 지고 오든가, 아니면 할머니와 같이 가서 한 개는 할머니가 머리에 이고 한 개는 내가 가슴에 안고 오곤 하였다.

튼튼한 함지 위에 삼발이 받침을 놓고 그 위에 맷돌을 조심스럽게 올려놓는다. 할머니가 왼손으로 돌림 어처구니손잡이를 잡고, 그 위를 내가 잡는다. 둘이서도 하고 셋이서도 한다. 시계방향으로 리듬 있게 돌리면 할머니는 물에 불은 콩을 숟가락으로 떠서 맷돌에 넣는데, 두세 바퀴 돌 때마다 돌아가는 맷돌구멍으로 잽싸게 집어넣는다. 그러면 콩이 갈리는데, 이때 너무 많이 넣으면 성글게 나오고, 조금씩 넣으면 보드랍게 갈리지만 속도가 더뎌, 이를 적절히 양과 속도를 맞추어 넣는 것이다.

오른손 왼손으로 바꾸어 가며, 콩을 모두 갈면 거품 모양으로 잘 갈린 두부 재료가 큰 다라에 두 개 정도 가득하다.

그러면 그것을 가마솥에 넣고 끓이는데 거품이 솟아오르면서 넘치기도 한다. 넘칠 때는 얼른 찬물을 바가지로 끼얹어야 한다. 이 것이 늦으면 왈칵 넘쳐 낭패를 본다.

콩물이 다 익으면, 부엌에 사다리를 설치하고, 사다리 칸에 삼베 보자기를 단단히 맨 후, 끓인 재료를 바가지로 퍼 담아 두부 성분 인 단백질이 녹아있는 물을 그 위에 받아 거른다. 이 물을 가마솥 에 다시 넣고 따뜻하게 유지한 상태에서 간수를 바가지에 담아, 넓 은 나무주걱을 대고 아주 조금씩, 조심스럽게 골고루 뿌려준다. 그 러면 단백질이 응고되어 하얀 두부가 몽실몽실 뭉치기 시작한다. 숨 두부가 된 것이다. 가만히 기다렸다가 이것을 떠서 네모 반듯한 두부 통에 삼베를 깔고 담는다. 이때 두부 물이 빠지는데 이를 촛 물이라 했다. 이것은 아직 탄수화물 등 다른 영양분이 많은 것으 로, 소중하게 모아서 소에게 먹인다.

물이 어느 정도 빠지면 삼베를 감싸고 맷돌을 올려 꾹 누른다. 이제 두부가 된 것이다. 나중에 칼로 반듯하게 썰어서 물에 담가 놓고 오래도록 먹는다. 물에 담그는 이유는 간수를 완전히 빼기 위 해서인데, 간수는 화학적으로 만든 두부 응고제로, 염화마그네슘이 주성분이며 맛이 쓰고 아리며 떫다. 요즘 간수 성분이 건강을 해친 다는 주장이 많이 있다. 그래서 초당마을에서는 간수 대신 바닷물 을 쓴다고 한다.

두부가 만들어졌으면 사다리 칸에 걸러진 비지는 적당량을 그릇에 담아 아랫목에 놓고, 이불을 덮어서 발효시킨다. 이것을 비지를 띄운다고 했다. 노르스름하게 발효시킨 비지는 묵은 김치를 넣고 끓여내면 엄청 맛있는 비지찌개가 되었다. 여기에 돼지고기 몇 점 들어가면 금상첨화다.

밀가루와 기계국수

초여름 밀 타작은 정말 힘들다. 날은 더워 땀은 삐질삐질 나는데 밀 까오치는 얼마나 따가운지, 밀 타작을 하고나면 팔뚝이 빨개지고, 온몸이 따끔거린다. 어렵게 타작하여 말린 밀알로는 여름 식량인 국수를 만들고, 누룩을 만드는데 사용한다. 할머니는 밀을 깨끗이 씻어서 멍석에 널어 말린다. 말린 밀을 할머니가 한 자루, 내가 지게에 한 자루 지고, 즈므 재동이 아저씨네 방앗간으로 국수를 하러 간다. 이때는 거의 매번 말산댁 할머니도 같이 갔다. 가재낭골을 넘어서 즈므 윗동네로 한참을 가면 산 밑에 재동이네 방앗간이 있다. 그 방앗간에서 항상 우리는 특별대우다. 왜냐하면 그곳이 우리 할머니 친정이란다. 재동 아저씨는 친정 조카이고.

갈색 통밀을 기계에 쏟아 넣고 기계 속에서 몇 바퀴 돌고나면 금세 신기하게도 순백색의 하얀 밀가루가 나온다. 그러면 적당량은 덜어서 따로 담아놓고, 나머지는 바로 반죽 통으로 옮기고, 반죽된 밀가루는 뭉실뭉실 엉기는데, 이것을 국수틀로 넣으면 두껍고 넓적한 밀가루 반죽 판이 나온다. 반죽 판은 나무원통에 차곡차곡 빙빙 감기면서 굵어진다. 이렇게 두꺼운 반죽이 감긴 원통을 여러 번 다시 넣고 돌리면 얇은 국수 반죽 판이 된다. 적당한 두께가 되면 이제 국수를 만들기 위해 국수틀을 끼우고 얇은 반죽 판을 넣는데, 경이롭게도 국수 가닥으로 잘려서 흘러나온다. 틀 모양에 따라서 동그란 잔치국수와, 납작한 기계칼국수가 나온다. 이것을 가느다란 신유 대나무로 중간을 걸치고, 알맞은 길이가 되어 함석으로 된 커다란 국수 칼로 쓱 자르면 하늘거리는 국수발이 된다.

그것을 내가 받아서 조심조심 국수 건조대에 가지런하게 등간격으로 걸어놓는다. 초여름 뜨거운 햇살에 서너 시간이면 바싹 마른다. 때문에 맑은 날을 부러 골라서 국수 하러 간다. 바싹 마른 국수는 나무틀에 서너 꽂이씩 옮겨 넣고는 한 자 정도 길이로 자른다. 이것을 비료 포대 속지 누런 종이로 묶으면 국수가 완성된다. 종이 상자 속에 조심조심 담아서 지고 오면 끝이다. 초여름 긴 해에 하루면 국수가 완성되는 것이다.

밀가루를 뺀 밀 껍질, 밀기울은 나중에 막걸리를 만들 때에 넣는 누룩으로 만든다. 시중에서 효모를 사다가 반죽에 섞은 다음, 동그란 틀에 넣고 단단히 밟아 모양을 굳히고, 짚으로 매달아 말리면서 효모를 배양시켜 두었다가, 막걸리 빚을 때 사용한다.

할머니 표 손칼국수

우리 할머니 표 손칼국수 맛은 가히 일품이었다. 국수를 하기 위해서는, 우선 안방에 자리를 뒤집어 깔고, 삼베 보자기를 놓는다. 다음 곳간에서 안반과 홍두깨를 꺼내오는데, 국수 안반은 무슨 나무로 만들었는지 길고 반듯할 뿐 아니라 가볍고 반질하기까지 한 것이, 옹이도 터진 데 하나 없으며 나이테도 보이지 않았다. 홍두깨도 굵고 긴 것이, 가볍고 옹이나 나이테는 안 보이는 나무였다. 우리 집 안반과 홍두깨는 고급품임에 틀림없을 게다.

밀가루 반죽에 노르스름한 콩가루를 적당히 섞어가며 국수 반죽을 한다. 반죽을 한 다음 홍두깨로 늘려 나가는데 그야말로 숙달된 솜씨다. 한 치의 오차 없이 동그랗게 넓혀 가는 것이, 둥그런 밥상보다 더 크게 늘려 나갔다. 국수 판 한 개로는 우리 식구가 다 먹을 수 없어 조금 작게 또 하나를 만든다.

만든 후 펼쳐놓고 어느 정도 말린 다음, 척척 접어서 국수를 써는데 똑같은 폭으로 눈 감고도 썰 수 있을 솜씨다. 그것을 훌훌 널어 말리다가 펄펄 끓는 솥에다 국수를 끓이는데, 손칼국수는 국물이 비법이라, 이미니가 이것저것 준비해서 미리 끓여 놓는다. 멸치랑 감자랑 또 무엇을 넣었는지 막장에 우거지도 넣었던 것 같고, 자연 재료만으로 구수한 맛을 우려내서 손칼국수의 맛을 살렸다.

어머니도 국수 만드는 솜씨가 할머니 못지않으셨다. 특히 국수에 들어가는 감자쪽은 정말 구수하고 맛있었다. 여름철 국수는 애호박을 쫑쫑 썰어서 넣으면 파릇파릇 보기도 좋았다. 양념간장에는 이것저것 넣어서 국수 맛을 내는 결정적 역할을 하는데, 나는 간장에 들어간 파가 왜 그리도 먹기 싫었는지 모르겠다. 어머니가 양념간장을 푹 떠서 넣어 주시면 파는 요리조리 다 건져내고 먹는 습관이 다 자랄 때까지 계속 되었다. 국수도 금방 배가 꺼진다고, 두 그릇은 기본이었다.

아버지의 건강 식사법

아버지는 건강에 굉장히 관심이 많으셨다. 체격이 작으시니 평소에 소식을 유지하셨다. 절대 과식하지 않으려고 노력 하시는 것이 우리들에게도 보였다. 예를 들어 식사 때 보통 밥을 딱 한 순가락 정도 남기신다. 그러면 어머니는 그게 안 들어가느냐며 핀잔을 주셨다. 뿐만 아니라, 밥 한 순가락을 굉장히 오래 씹으셨다. 그러다가 쩌벅하고 돌 씹는 소리가 들리면 바로 뱉어 버리신다. 어머니는 미안한 마음에 그냥 있을 수도 없어, 그러니 '밥을 어지간히 씹어 넘기지 무슨 밥을 그렇게 진조밥이 되도록 씹느냐'고 한마디 하시고, 그럼 숟가락을 놓아 썰렁해지고 만다. 당시 쌀에는 돌이 많이 섞여 있어서, 밥을 지을 때 꼭 이남박에다 쌀을 씻고, 조리로 쌀을 일어서 솥에 밥을 했는데도, 가끔씩 돌이 들어가곤 했다.

어떤 때는 저녁 식사 후에 떡이라든가 맛있는 후식을 내어 놓는 경우가 있는데, 이때도 아버지는 저녁 먹을 때 함께 내놓지 않고, 왜 배불리 먹은 다음에야 내느냐고 한마디 하신다. 아무리 맛 좋은 후식도 배부르면 더는 안 잡수시는 절제를 보여 주셨다.

그런데 그것을 지금 이해하는 것은 물론, 내가 그대로 답습하고 있지 않은가! 저녁밥을 배부르게 먹은 다음, 맛있는 후식이 나오면 살짝 짜증이 나는 것은 어쩔 수 없다.

누나의 동상치료

우리들은 사시사철, 더우나 추우나 6km가 넘는 거리를 중·고등학교 6년 동안 걸어 다녔다. 여름철에는 땀이 많이 나서 힘들고, 겨울철에는 대관령 바람이 바로 내리치는 벌판을 통과하여 다니는 것이 여간 힘든 일이 아니었다. 그러나 보니 한쪽 어깨가 처지기도 하고, 손발이 동상에 걸리기도 하였다. 누나는 무거운 책가방을 손에 들고 이른 아침에 등교하여, 늦도록 공부하고 다니느라 손에 동상이 걸렸다. 아마도 가방 무게 때문에 손가락으로 피가 통하지 않았는가 보다. 손이 퉁퉁 부어오르며, 가렵다고 했다.

집에서는 민간요법으로, 겨울 밭에서 얼고 말라비틀어진 가지 줄기를 구해다가 푹 고아서 삶은 물을 차갑게 밖에 놓아두었다가, 학교에서 누나가 돌아오면 손을 담그라고 했다. '냉은 냉으로 뺀다'고, 얼음같이 차가운 물에 손을 담그고 있자니 오죽이나 고통스러웠겠는가? 그다음 요법은 콩 자루를 마루에 내놓아 바짝 얼린 다음, 콩 자루 속에 손을 넣게 하였다. 효과는 정확히 모르겠으나 더 이상 악화되지는 않았다. 그때는 왜 가방을 어깨에 메고 다니는 생각을 못 했을꼬? 사실 거북이 책가방이 본격적으로 등장한 것은 그리 오래되지 않는다. 지금은 동상 걸릴 일이 거의 없으니 냉은 냉으로 뺀다는 요법도 생소하겠다.

걸어서 다니신 시장

우리 집에서 강릉시장까지는 6~7km 정도 거리가 된다. 그 먼 거리를 어머니와 할머니는 거의 걸어서 다니셨다. 당시에도 시내버스는 있었는데, 차비를 절약하려고 그러셨을 것이다. 먼 시장까지 집에서 쌀 등 물건을 이고 가서 팔고, 생선이나 필요한 물건들 이것저것 사 가지고 저녁에 일찍 돌아오기란 어려운데, 게다가 어머니는 열 가족 저녁식사 준비를 하여야 하니 얼마나 마음이 조급했겠는가!

우리는 번갯등 너머까지 시장 간 어머니 마중을 나가곤 했는데, 마중만 가는 것이 아니라, 어머니가 돌아와서 빨리 저녁 준비를 할 수 있도록 미리 준비를 하여 돕기도 했었다. 그러니 저녁때가 되면, 방 청소는 거의 매일 하는 일이라, 익숙하게 깨끗이 쓸고 닦고 난 뒤에, 밥솥에 물을 데우니, 그것만으로도 저녁 준비가 훨씬 수월해져 어머니께서 좋아하셨다.

언젠가는 솥에 밥까지 해놓고 기다린 적이 있었는데, 그것도 자주 어깨너머로 보았던 터라 비슷하게는 할 수 있었다. 그날 저녁은 어머니가 매우 흐뭇해하셨다.

어머니의 교통사고

중학교 3학년 가을이었나 보다. 시장에 가셨던 어머니가 차에 치였다는 연락이 왔다. 나는 막삭골 산에서 아까시나무로 땔감을 하고 돌아와서야 소식을 들었다. 사고는 번갯등 넘어 남준이 집 앞에서, 주문진 가는 시내버스에서 내렸는데, 버스 뒤를 돌아 길을 건너는 순간 맞은편에서 오던 차에 치인 것이다. 머리를 정통으로 부딪쳤으니 뇌진탕이라. 노년에 치매가 온 것도 그 당시 뇌진탕이 영향을 끼친 것은 아닌가 하는 생각이 든다.

곧바로 달려가 보니 작게 보이는 병원이었는데, 그곳에 어머니는 의식 없이 누워계셨다. 큰 상처는 보이지 않았으나 머리를 다쳤으니 깨어날지 못 깨어날지, 그 순간에는 정말 별 생각이 다 들었다. 집안에 기둥이 없어진 상황이 막 상상되면서 얼마나 당황했었는지, 지금 생각해도 발밑이 뻥 뚫린 것 같았던 기분이 생생하다. 며칠이 지나 극적으로 의식이 돌아온 어머니는 얼마 후 퇴원을 했고, 집에서 안정을 취하며, 건강을 회복하고 있었다. 이때 아버지가 특별히 도살장에 부탁해서 소의 골을 사다가 어머니에게 먹으라고 하셨다. 머리를 다친 데에는 이것이 참 좋다고 주변에서 권했을 것이다. 어른 밥 공기에 쏙 들어가는 크기에, 가는 핏줄이 약간 보이는 노르스름한 색이었다. 여러 번 소의 골을 먹고, 다른 여러 가지 약을 복용하여 점차 회복되셨다. 아무튼 어머니는 그때부터 다시 나이를 세어도 될 만큼 위험한 교통사고를 당하셨던 것이다. 사고 후 병원에 있을 때 참봉집 아주머니가, "그 양반이 적선을 많이 해서 쉽게 죽지는 않을 거니 걱정 말아라."라고 말했다. 어머니는 말은 살갑게 안 해도, 이웃들에게 정말 많이 베푸신 분이었다.

외나무다리에서 떨어지신 아버지

아버지는 공무원 시절, 시내까지 자전거로 다니신 적이 있었는데, 가끔씩 약주에 취해서 오신 적이 있었다. 한 번은 약주가 조금 과했던 모양이다. 그때 앞 냇가에는 좁은 외나무다리 밖에 없건만, 가로등도 없던 때라. 그냥 건너기도 어려운 외나무다리를 캄캄한 밤에, 자전거를 끌고 건너자니 얼마나 어렵겠는가? 중간쯤에서 그만 자전거와 함께 다리 아래로 떨어지고 말았다.

냇바닥 모래에 박히고 물에 흠뻑 빠진 아버지는 그제야 정신을 차리고서, 간신히 집에까지 오셨는데, 오른 팔꿈치가 빠져서 비뚤어져 있었다. 큰댁 삼촌을 불러서 이리저리 잡고 당겨, 겨우 제자리에 맞추었다. 그리고는 민간요법으로 부추를 찧어 헝겊에 싸서, 팔꿈치에 감아 붓기를 뺐다.

가게 이야기 1, 식사운반

아버지께서는 농산물 검사소를 다니시다, 5.16 혁명 무렵 즈음에 공무원을 그만두셨다. 아버지는 22년생이시니까 그때 나이 40세 밖에 안 되었었나보다. 그러니 무엇인가 새로운 것을 하려고 궁리하시다가, 가재낭골 논 세 자리를 팔아서 은방 거리에 가게를 내었다. 나지막한 단층집에, 앞뒤 공간은 여유가 있었고, 옆 칸은 이발소로 세를 주었다.

가게 뒤로 잠 잘 수 있는 작은 방이 하나 붙어있었으나, 밥은 해먹을 수가 없었다. 그래서 우리가 아버지 식사를 날라다 드렸다. 아침저녁 두 번씩 매일 운반했는데, 주로 형과 내가 날랐다. 형은 자전거로 다니고 나는 냇둑 길을 따라 걸어 다녔다. 나중에는 순만 삼촌이 교대로 가게를 보고, 아버지는 왔다 갔다 하시면서 집에서 식사를 하시기도 했다.

한 번은 순만 삼촌이 가게 뒷방에서 잠을 잤는데, 그날 밤 가게에 도둑이 들어, 돈과 물건을 훔쳐 간 적이 있다. 그 후로도 몇 번인가 더 도둑을 당한 적이 있었다.

가게 이야기 2, 찰떡 한 개

가게에 아버지 식사를 형과 내가 교대로 날라다 드릴 때였다. 우리 가게는 문방구, 잡화, 과자류, 막걸리 등 거의 모든 종류를 취급했었다. 어느 날 저녁, 이전과 같이 아버지 식사를 가지고 갔다. 아버지는 밥을 받아 가게 뒤쪽에 가서 드셨다.

이때 나는 가게 앞쪽 의자에 앉아 있었는데, 내 앞 물품 진열대 유리창 안으로 하얀 녹말가루를 뒤집어쓴 동그란 찹쌀떡이 보였다. 얼마나 맛있게 보였는지, 도저히 참을 수가 없었다. 한참을 갈등하다가, 결국 아버지 몰래 유리창을 열고 한 개를 얼른 꺼내서 먹고 말았다. 얼마 후, 그날 저녁도 내가 식사를 운반해 갔다. 그러자 아버지는 찹쌀떡 한 개를 꺼내서 칼로 반을 나누시더니, 나에게 반쪽을 주셨다. 나는 아무 말 못하고 그냥 찹쌀떡을 받아먹었다.

아버지! 그때 제가 상처 받을까봐 얘기하지 않으셨지요?

차라리 다정스럽게 사람이 먹고자 하는 욕구와 참을성에 대해서 다 말씀하시고, 떳떳하고 용기있게 행동하라고 말씀해 주셨으면 제가 더 당당한 사람이 되지 않았을까요?

아버지께서는 우리에게 단 한 번도 큰 소리, 싫은 소리를 안 하셨지요. 아버지의 자식 사랑하는 마음을 진작 깨닫지 못해 한량없이 부끄럽습니다.

가게 이야기 3, 연탄가스 중독

가게 뒤에 붙어있는 쪽방에는 연탄불을 땠는데, 어느 날 형이 가게에 갔다가 순만 삼촌과 같이 그 방에서 자게 되었다. 그날따라 기압이 낮았던지. 형이 연탄가스에 중독되어 심각한 적이 있었다. 출입문 문지방 아래에 바로 연탄 화덕이 있었던 탓에 연탄가스가 문틈으로 들어왔던 모양이다.

이튿날 아침이 되어 기상을 했는데, 다행히 삼촌은 약하게 취해 문을 열고 밖에까지는 나왔으나 더 이상 움직이지 못하고 쓰러지고, 형은 많이 중독되어 혼자서는 움직일 수 없는 정도였다. 그때는 연탄가스에 여러 사람이 중독되어 목숨을 잃는 일이 빈번했고, 병원에서도 치료 기계가 없던 때라, 시원한 김칫국물이 유일한 치료약이었다. 밤이 조금만 더 길었더라면 정말 큰일 날 뻔했었다.

가게 이야기 4, 황칠남의 죽헌 이발소

가게 옆방은 황칠남 아저씨가 세를 얻어 이발소를 운영하고 있었다. 황칠남 아저씨는 나이가 그렇게 많지 않고 삼촌보다 몇 살 많은 정도인데, 그 이발소에 나도 자주 가서 놀았다. 특히 이발

의자는 뒤로 각도가 여러 단계로 착착 넘어가고, 빙빙 돌아가고, 높낮이도 조정이 되고, 아주 신기한 의자였다. 그리고 그곳에서 어른들이 이발하고 고데기를 하는 것을 지켜보는 게 참 재미있었다.

연탄불 구멍에 넣어서 발갛게 달은 고데기를 물에 짧게 담가 식혀 종이를 감고, 머리카락을 집어 돌돌 말면서 스타일을 잡아 주던 것은 볼 때마다 신기했고, 넓적한 가죽끈에다 면도칼을 익숙하게 앞뒤로 가는 것이나, 연탄난로 굴뚝에 거품 솔을 문지르면 거품이 확 일어나는 것, 얼굴에 그 허연 거품을 두껍게 발라 놓는 것, 그리고 뜨거운 물에 수건을 넣었다가 얼굴을 감싸는 것 등 그런 것들이 나에겐 신기하고 재미난 구경거리였다.

그 후 뒷집 영길이가 그 이발소에 취직해서 머리 감는 일부터 배운다고 어린 나이에 고생했는데, 일이 고되었는지 이발 기술은 완전히 배우지 못하고 나중에 자동차 정비 기술자가 되었다.

가게 이야기 5, 가게 정리

공무원을 하던 아버지께서 가게를 하시는 것이 잘 맞지 않으셨지 싶다. 막걸리까지 팔았으니, 아무래도 여러 가지 속상한 일들이 많았을 것이다.

몇 년 후 아버지는 공무원으로 시청에 다시 채용되어 죽헌과 대전동 동장 일을 하셨다. 가재낭골 논 세 배미를 팔아서 차린 가게는 결국 처분하였고, 그 대토가 충양다리 논배미가 된 것이다. 동장 일을 하시면서 마을 곳곳을 돌아보시고 일을 많이 하셨는데, 그때 우리 집 앞에도 자동차가 다니는 도로와 다리가 생기게 되었다. 동장 일을 끝으로 공직을 마치시고, 그 후에는 감농하시며 지내셨다.

증조할아버지 장례식

내가 6학년이던 초여름에 증조할아버지 장례식이 있었다. 7일장으로 장례를 치르는데, 큰댁 행랑채 앞 담 밑에 관을 임시로 묻어놓았다가 파내서 상여에 올리는데, 여름철이라 그런지 관에서 물이 뚝뚝 흐르는 것이었다. 상군들은 광목으로 만든 상군 복을 입었는데 하얀 상군 복에 누런 물방울이 흘러서 묻기도 하였다.

상여가 출발하여 뒷산 장지로 향해, 범호집 앞 다리부터 퉁퉁바우 모렝이 뒤쪽까지 만장이 줄로 죽 이어졌다. 만장은 붉은색이 많고, 누른 색도 있고, 여러 가지 색이 있었다. 나를 포함하여 동네 어린이들이 많이 모여, 만장기를 달아맨 대나무를 양 어깨에 메고 상여 앞에서 줄을 맞춰 가는 것은 정말 장관이었다. 그날 이후로 그렇게 만장이 많은 장례식은 못 봤다. 친근한 어른들이 조의 문구를 명주에 써서 보내오면 만장으로 달아매는 것이다. 장례 후에 만장은 분리하여 현장에서 모두 태웠던가, 기억이 가물가물하지만 어떻게든 처리(?)하고, 대나무는 아이들이 가지고 와서 요긴하게 쓰기도 하였다.

장례식 다음날 학교에 갔는데, 갑자기 배가 아파서 토하고 많이 혼난 적이 있다. 결국은 조퇴하고 집으로 돌아왔는데, 아마도 증조할아버지 장례식 날 음식 먹은 것이 잘못되어 배탈이 났었나보다.

곶감 꽂이와 유행성 출혈열

곶감 꽂이는 2~3년 묵은 굵고 매끄러운 싸리나무로 하는데, 주로 시장에서 사다가 쓰고, 동네 산에서 잘라오기도 하였다. 동네 산에는 묵은 싸리나무가 많지 않아 많은 양은 만들지 못한다. 1989년에 아버지께서 동네 산에서 곶감 꽂이로 쓸 싸리나무를 자르다가 유행성 출혈열에 걸려 죽음 문턱까지 가셨던 적이 있다.

감기 증상이 있어 가벼운 마음으로 시내의 한 작은 병원엘 갔는데, 그때 의사 선생을 제대로 만나신 것이다. 그 의사가 유행성 출혈열 증상을 판단하고 소견시를 써주며 당장 큰 병원으로 가 보라고 하여, 형이 급하게 내려가서 바로 신촌 세브란스 병원에 입원시킨 것이 천만다행이었다. 하지만 그곳에서 치료를 받는데도 복수가 차고 적혈구 수치가 계속 떨어져 심각한 지경에 이르렀다. 유행성 출혈열은 그 당시 사망률이 아주 높은 병이었다.

이제는 돌아가시는 줄 알고 강릉에서 집안 어른들이 봉고차를 타고 다들 올라오시는 등, 아무튼 상황이 매우 심각했었다. 그 후 어려운 투병 속에 조금씩 혈액 수치가 호전되면서 정말 기적적으로 완치되셨다. 아버지의 의지로 어려운 고비를 잘 넘기셨을 것이다. 천만다행으로 세브란스 병원의 담당 의사는 당시 유행성 출혈열의 최고 권위자라고 했다. 이것 또한 아버지의 복이었을 것이다.

유식하신 할머니

할머니 세대는 문맹이 많았다. 그런데 우리 할머니는 꽤나 유식한 편이었다. 어려서 보통학교를 다니면서 글을 깨우쳤다고 했다. 1907년에 태어나셨으니, 열 살이면 1916년이고, 일본에 나라를 빼앗긴 초기인데, 그때에 학교에 가서 한글을 배웠는지? 일본어를 배웠는지? 어쨌든 한글은 잘 쓰셨고 일본 말도 잘 하셨다. 그런데 일본 글씨를 쓰는 것은 보지 못했다. 동네 할머니들이 계를 하는데, 다른 사람은 계의 장부를 적고 유지할 능력이 없었던 터라, 우리 할머니가 고정 유사를 맡아 하셨다.

어쩌다 할머니 장부를 보면 우리는 잘 알 수가 없었다. 글씨와 받침이 우리와는 맞지 않아 온전히 읽을 수가 없었지만 할머니는 잘도 유지하셨다. 누가 어느 날에 돈을 얼마를 냈다는 기록을 쓰고, 또 지우고 다시 쓰고, 붓으로 쓰니 큰 글씨에 작은 글씨, 굵고 가는 서체에, 바로 쓰고 옆으로도 쓰고 그렇게 잭기장 장부를 유지하셨다.

셈도 빨라서 웬만한 돈 계산은 암산으로 다 하셨었다. 뒷집 할머니께서 내려오시면 '생윷*'이라는 놀이도 즐겨 하셨는데, 그래서 계산이 빨랐던 모양이다.

할아버지 제삿날

할아버지 제삿날은 음력 9월 28일이다. 저녁이면 우리는 마당 나뭇가리에서 싸리나무를 찾아다가 산적 꼬치를 다듬어 만들고, 밤을 친다. 밤의 겉껍질을 벗기고 물에 담갔다가 속껍질을 벗기는데,

---

* 2개의 주사위를 던져 나온 숫자만큼 전진하여 승부를 내는 부녀자들의 안방놀이.
  강릉에서는 '두 개의 주사위 윷을 던진다'고 하여, 이를 쌍윷 또는 생윷이라고 불렀다.

이때 밤을 깎지 않고 돌려가며 칼로 내리쳐 속껍질을 벗기되, 접시에 쌓기 좋은 모양으로 납작하게 한다. 이를 '밤을 친다'고 했다.

집안 어른들은 저녁에 제사를 보러 우리 집으로 오신다. 저녁 늦게까지 술을 주고받으며 이런저런 얘기들을 나누신다.

자정이 지날 무렵이면 모두 적당하게 자리를 잡고 잠시 눈을 붙인다. 그러나 이때 부엌에서는 잠도 못 자고 나물을 무치고, 지짐도 하고, 계속 제사 음식을 준비하면서 밤을 꼬박 새우셨다.

제사 음식 준비가 다 된 새벽, 세숫물을 데워놓고 잠을 깨운다. 나는 얼른 나가서 큰 그릇에 더운물을 떠 바가지를 띄우고 마당에 내어 놓는다. 그 옆에 놋대야와 세숫비누도 챙겨 놓는다. 뜰에다 수건도 챙겨 놓고, 등도 매달아 마당을 밝힌다. 그러면 어르신들은 마당에 나오셔서 대야에 물 한 바가지를 떠옮겨 순서대로 세수를 하신다. 그런 다음, 광에서 제사용 상을 꺼내서 빗자루로 먼지를 털고, 병풍이랑 돗자리도 내려서 준비한다. 마지막으로 향로를 들고 부엌에 가서 불을 담아 오는데, 이때 너무 빨리 담아 놓으면 불이 다 사그라져서 다시 담아 와야 할 때도 있었다.

어떤 해는 춥지 않은 늦가을 날씨고, 또 어떤 해는 첫 추위가 와서 쌀쌀한 바람이 불기도 했다. 그래서 한 번은 화분에 노란 대국이 탐스럽게 피어 방 안에 들여놓았다가, 제사를 지낼 때는 좁아서 밖에 내어 놓았더니, 그날 밤 얼어 버린 적도 있었다.

용민이 책가방과 세 발 자전거

셋째 용민이가 학교에 입학할 즈음에는 한 해, 한 해가 급속하게 발전할 때라 가방이 많이 보급되었던 모양이다. 입학 선물로 책가방을 사 왔는데, 가죽으로 된 밤색의 두텁고 아래로 약간 긴 모양의 등에 메는 것이다. 뚜껑을 밑에서 위로 여는 가방이고, 뚜껑 가죽에는 입을 크게 벌린 호랑이 머리 모양의 그림을 요철로 찍어서 멋을 부렸었다.

또 용민이는 동네에 하나밖에 없는 세발자전거를 타고 놀기도 하였다. 그 전에 그런 것은 구경도 못했고, 전쟁 직후라 그런 장난감 생각을 하기에는 너무 어려운 시기였다. 그래도 용민이가 자랄 시절부터는 사회가 정상적으로 돌아가는 시대였다고 여겨진다.

명품 벽 만들기

고향집 벽은 명품 벽이었다. 아직까지 다른 곳에서 그것과 똑같은 벽을 만나본 기억이 없다. 어떤 벽인가 하면 바깥벽의 절반 아래쪽, 즉 마루에 앉아 등을 기대면 등과 머리까지 닿는 부분을 독특하게 만들어, 등을 문질러도 옷에 묻어나지 않을 뿐 아니라 보기 좋고 튼튼하게 만들었다.

어떻게 만들었을까. 우선 바닷가에서 수수알 크기의 반질반질한 굵은 모래를 구해오고, 이를 백시멘트와 섞어서 바르는데, 그전에 바다에서 '뒷박'이라고 하는 다시마 비슷한 해조류를 구해다, 마당에서 드럼통에 그 뒷박을 넣고 푹 고았다. 끈적끈적한 물이 될 때까지 고은 후, 그 액으로 백시멘트와 굵은 모래를 반죽한다. 그리고 그 반죽을 미장이가 흙 칼로 벽에다 정성 들여 붙인 후, 완전히 굳어지기 전에 물 뿜는 기계<small>농약 치는 기계</small>로 물을 뿜어 겉표면을 깨끗이 씻어낸다. 그러면 반질반질한 바다 모래가 표면으로 돌출되면서, 질감 좋고 색깔 좋은 명품 벽이 탄생한다.

이런 기법은 계속 전승하고 발전시키면 좋은 시공법이 될 수 있을 것인데, 지금의 건축가들은 이 기술을 아는가 모르는가……

순 개울 고얌 섭

요즘엔 '순 개울'이란 지명이 붙어 있는데, 그곳을 우리는 숫끝<small>숨개, 순굿</small>이라 불렀다. 여름방학 때 해수욕을 간다 하면, 우리 동네에서는 어른, 아이 할 것 없이 거의 숫끝으로 갔었다. 도시락을 들고 대여섯 명이 모여, 된봉 중턱을 넘고 시루봉 뒤를 돌아, 숫끝으로 해수욕을 다니곤 하였다.

경포 해수욕장은 해변에 백사장뿐이라 수영을 하든가 모래에서 놀든가 단조롭지만, 숫끝 바다에는 물에 잠길 듯 말 듯한 작은 바위들이 많이 있어, 헤엄치는 것 말고도 놀만한 것이 많았다. 또 그 바위에는 온갖 해조류와 조개와 작은 게들도 있어 하루 종일 심심하지 않게 놀기 좋았다. 수영을 잘하는 형들은 바닷고기를 잡는다고 삼지창도 가져가, 두 눈알이 있는 물안경을 쓰고 물속 바위틈을 헤집으며 자맥질을 하기도 했다.

나는 주로 물속에 있는 낮은 바위에 붙어 앉아 조개를 땄는데, 바위는 온통 고얌 섭*으로 새까맣게 덮여 있었다. 통통하고 굵은 놈을 골라 따려니, 강하게 붙어있어 이걸 맨손으로 따는 것도 쉽지 않았다. 그 고얌 섭을 도시락에 가득 채워서 집으로 가지고 오면 어머니는 그걸 삶아 주신다. 양은 얼마 되지 않지만 가족이 둘러앉아 몇 개씩 까먹는 것이 별미였다.

경포호의 특산 부새우

초여름이면 어머니는 작은 솥에 부새우를 끓이셨다.

* 작은 섭조개, 동해안 자연산 홍합 종류.

형체기 보일 듯 말 듯 직은 부새우에, 간장과 실파를 넣고 푹 끓여낸 그때의 짭짜름한 '부새우 탕' 맛은 지금도 잊을 수 없다. 특히 외삼촌은 부새우를 매우 즐기셨나 보다. 동해안에 출장 오실 때는 일부러 우리 집에 들러서 부새우 탕을 꼭 드시고 가셨다.

그 당시 경포호수에서 부새우 잡는 광경을 직접 본 적이 있다. 아주머니 두 분이 도로와 멀리 떨어진, 허리까지 차는 연못에 들어가서 부새우를 잡는데, 그곳은 적당히 수초가 우거진 곳이었다. 옆에는 물동이 같은 것을 띄워놓고, 서서히 앞으로 걸어가면서 반도 쪽대로 열심히 그물질을 하고 있었다. 어느 정도 잡히면 물동이에 털어 넣고, 다시 그물질을 하고. 이렇게 반복하여 부새우를 잡는 것이었다.

지금은 경포호수 물도 많이 오염되었을 텐데 아직도 부새우가 잡히는지, 민물에서 나는 경포호의 부새우는 이제는 아련한 추억 속의 별미런가! 이것을 잘 양식하여 대량 생산할 수 있으면…….

90년대 중반 양양 수산 앞바다에서 바다 부새우라 하여 먹어 본 적이 있는데, 이것은 내가 아는 부새우는 아니었고, 바다 새우의 어린 새끼였다. 경포 부새우 보다는 더 흰색으로 보였다. 또 비슷하게 토하젓은 원래는 전라도 지방의 청정하천이나 논도랑 등에서 나는 민물 새뱅이로 했는데, 요새는 거의 바다에서 나는 작은 새우 종류로 가을에 생산한단다.

경포호의 가물치 잡이

경포 호숫가에 지금도 살고 있는, 차기홍이라는 초등학교 동기가 있다. 옆자리 짝꿍도 몇 번을 했던가, 아무튼 친한 사이였다. 나는 어릴 때 다른 집에 가서 잔다는 것은 아예 상상조차 못 할 정도로 엄하게 자랐는데, 어떤 계기로 그렇게 되었는지, 기홍이네 집에 놀러 가서 자고 온 적이 한 번 있었다.

저녁때, 해 떨어지기 전 조그만 배를 타고 경포호수에 고기 잡으러 간다고 하니 그때 나는 정말 모든 것이 신기했다. 기홍이 아버지와 기홍이, 그리고 나도 같이 조그만 배를 타고 호수 가운데로 나갔다. 배에는 삼태기 같은 곳에 굵은 낚시를 빙 돌려 꽂은 것과, 살아있는 개구리를 담은 그릇이 실려 있었다. 호수 중간쯤 가서 가물치를 잡는데, 바로 잡는 것이 아니고 낚시만 놓는 것이었다.

낚시 바늘을 한 개 뺀 것과 개구리를 한 마리 들고, 개구리 등톡 불거진 부분에 낚시 바늘을 찔러 꽂는다. 그리고 물에 툭 던지고, 또 다음 개구리를 던지기를 반복한다. 낚시 바늘은 기다란 줄로 연결되어 있어, 앞으로 조금씩 움직이면서 낚싯줄과 개구리를 죽 늘어놓는다. 그러면 개구리는 이리저리 헤엄쳐 다니고, 이것을 입 큰 가물치가 덥석 물면 낚시에 걸리는 것이다.

낚시를 다 놓고는 집으로 돌아왔다. 그리고 다음날 아침 일찍 배를 다고 호수로 나가, 필뚝민 한 가물치를 여러 마리 긴져 올려 가지고 왔다. 그것은 정말 보기도 어려운 경험인데, 기홍이 덕분에 좋은 구경을 할 수 있었다.

경포호수의 용선

경포호수에는 관광용으로 배가 있었다. 그것이 이름하여 '용선 龍船'이다. 커다란 배 앞에는 거북선 모양의 커다란 용머리가 달려 있었는데, 굉장히 세밀하고 우람하였다. 그 용의 눈알은 번들번들 돌아가고, 입이 벌름벌름하였다.

우리들이 그때 들은 것은 경포호수에는 수초가 많아, 프로펠러 로는 배를 움직일 수가 없단다. 그래서 고안한 것이 용선이라고 소문이 났는데, 용선은 프로펠러가 아니고, 배 밑바닥에 용의 비늘 모양이 있어 이것이 선체를 앞뒤로 움직이면서 배를 전진시켰다.

홍장암 부근에서 관광객을 태우고, 호수 한가운데에 있는 새 바위와 월파정을 돌아 초당 강문 쪽도 둘러보고 경포대도 바라보면서 관광했던 모양이다. 나중에는 제2용선도 건조建造된 것으로 보아, 관광객 유치가 잘 되었던 듯싶다. 잘 보전했더라면 박물관에 전시 하여 볼거리가 되었을 것을, 사라져서 아쉬운 마음이 가득하다.

말산댁의 추억

말산댁은 우리 집에서 가장 가까운 거리에 있는 집안이라, 자연히 어렸을 때 말산댁과 관련된 추억이 많다. 말산댁 뒷마당에는 있던 커다란 능금나무. 그것은 진짜 재래종 능금이었다. 사과보다 한참 작은 모양에 껍질은 얇고, 약간 신맛 나는 것이 굉장히 맛있었다. 또 말산댁 뒤쪽 골짜기에 큰 고욤나무가 있었다. 고욤은 가지마다 엄청 많이 달린다. 서리가 내리고 고욤이 폭 물러서 저절로 쏟아질 때쯤 되면, 바닥에 멍석이나 자리 등을 깔아놓은 뒤 장대로 고욤을 턴다. 고욤을 모아 커다란 독이나 옹기에 담아두고 먹는데, 그 양이 상당히 많았으므로 우리도 가끔 얻어먹었다. 고욤은 베어 물면 씨 밖에 안 보일 정도로 씨가 굉장히 많았다. 그러나 옹기에서 폭 숙성된 고욤을 숟가락으로 떠서 입에 넣고 오물오물 먹는 맛은 정말 달았다.

어려서 메뚜기볶음도 많이 먹었다. 지금은 귀하고 비싼 안주인데, 그것도 말산댁 작은 할아버지 덕에 많이 먹었다. 그때는 농약이 없던 시절이라 벼이삭이 필 무렵이면 논에 메뚜기가 엄청 많았다. 하여 메뚜기를 잡는데 어떻게 잡는고 하면, 삼베로 직경 50~60cm 정도 되는 커다란 잠자리채 모양의 메뚜기채를 만든다. 주로 이른 아침에 논에 가 천천히 걸어가면서 메뚜기채로 벼 끝을 스치며 좌로 갔다 우로 왔다 반복한다. 그러면 메뚜기가 놀라 뛰어 오르다가 뜰채 안으로 들어가 버린다. 어느 정도 무거워지면 옆구리에 차고 있는 자루에 쏟아 붓고하여 한 자루를 채워, 집에 와서 가마솥에다 볶는다. 며칠 간격으로 메뚜기를 잡아 커다란 함지박에 수북하게 담아 놓았었는데 어떻게 다 처리했는지, 이제 와서 보니 새삼 궁금해진다.

말산댁 작은 할아버지는 거의 매일, 저녁만 먹으면 우리 집에 놀러 오곤 하셨는데, 아들이 순복이 하나 뿐이어서 우리들도 귀여움을 많이 나누어 받았다. 할아버지 당신의 무용담도 들려 주시곤 했다. 젊었을 때 장거리 달리기를 잘했다는 것 외에도, 징용으로 일본에 잡혀가셨다가 해방이 되어, 귀국선을 타고 현해탄을 건너오던 와중 깜깜한 밤에 배가 고장 나, 현해탄의 거센 해류 속에 배가 떠내려가며 표류 하던 때의 무용담도 생생하게 들려주셨다. 그때 다른 귀국선은 고국 땅을 눈앞에 두고 원인모를 폭발로 침몰하여, 현해탄에 청춘을 묻은 이들도 많았다고 한다.

말산댁 개의 반격

말산댁에는 순하고 큼직한 회색 계통의 개가 있었는데, 이놈이 덩치만 컸지 얼마나 순했으면 어린 나에게도 만만한 녀석으로 보였다. 그놈을 만날 때마다 만지고 두드리고 아주 친하게, 아무 문제없이 잘 지내고 있었는데, 하루는 어쩌다가 그놈의 주둥이를 내가 두 손으로 잡고 짓궂게 하고 있었다. 아마 코까지 꽉 잡고 있었던 모양이다. 이놈이 처음엔 장난인 줄 알다가 숨이 막히니까, 빠져나가려고 이리저리 비틀고 야단이다. 무슨 심술이었는지 나는 숨 막힌다는 녀석을 계속 틀어쥐고 놓아주지 않았다.

그런 후 일은 순식간에 벌어지고 말았다.

그놈이 주둥이를 휙 빼서는 내 왼쪽 어깨를 콱 물고 만 것이다. 깜짝 놀란 나는 자지러지게 울었고, 이내 어른들이 달려왔다. 이때 말산댁 큰 할아버지께서 나를 얼른 사랑채로 데리고 가서 상처를 확인하시고는, 워리를 부르셨다. "워리~ 워리! 쫏쫏-!" 그리고는 개를 붙들어서 가위로 그 녀석 목등 쪽의 털을 한줌 잘랐다. 나를 화로 옆에 앉히고 그 개털을 화롯불에 빠지직 태우시더니, 타고난 재를 내 어깨에 선명하게 나있는 네 군데 이빨 구멍에 털어 넣어 주셨다. 덕분에 다행히 광견병도 안 걸리고, 상처가 덧나지도 않아 이내 아물었다. 어찌 그런 민간요법을 잘 아셨을까. 아무튼 말산댁 큰할아버지는 침통도 가지고 계셨는데, 우리가 자라면서 음식에 체했을 때 그 할아버지한테 사관침도 여러 번 맞았었다. 우리들의 주치의나 다름없는 말산댁 큰 할아버지셨다.

순이 아재 선 보던 날

말산댁에는 순이 아재*와 순삼, 순천이 아재가 있었는데, 어느 날 저녁때 우리 집에 웬 훤칠한 군인이 들어왔다. 뒷사랑방에 얼마간 대기하다가 갔는데, 나중에 알고 보니 그이가 순이 아재 신랑감 문영이 아저씨였다. 지금 생각해 보면 병장 쯤 되었던 것 같고, 그 당시 송암에 살고 있던 문영이 아저씨는 전역 전에 휴가를 받아 선을 보러 왔던 것이다.

그 일이 있고 나서 한참 후에, 이번엔 순이 아재가 우리 집 뒷사랑방에 와서, 얼굴에 계란 노른자를 바르는 것을 보았는데, 당시 내 시선으로는 무척 신기했다. 반듯이 누워, 얼굴에 붓으로 계란 노른자를 바르는 것이 아닌가! 그리고는 한참을 기다린 후, 말라서 쩍쩍 갈라진 계란을 떼어내는데, 따끔따끔 아프다고 소란스러웠다. 이렇게 얼굴에 잔털을 제거하고, 연지 곤지 찍고, 결혼을 했다.

순삼이 아재 신랑 달던 날

말산댁 순삼이 아재 시집가던 날, 신랑 다는 것을 처음으로 보았

---
* '아주머니'의 방언

다. 보통 신랑은 동네 청년들이 다는데, 이는 우리 동네 처녀를 다른 동네 청년이 데려가니 그 섭섭함에서 습관이 생긴듯하다.

특히, 충청도 당진, 신평 쪽은 신랑을 세게 달기로 소문났는데, 너무 심하게 신랑을 달다가 신랑이 견디지 못하고 죽은 예도 더러 있단다. 순삼이 아재 신랑은 임영 고개 부근에 살고 있는 초등학교 선생님이었다. 조그만 체구에 눈이 반질반질한 영리하게 생긴 사람이었다.

그런데 어찌 된 영문인지 이때 우리 동네 청년들이 신랑을 달지 못하고, 신랑 친구들이 대거 몰려와서 말산댁 사랑방에 진을 치고 둘러앉아서 신랑을 다는 게 아닌가. 그때가 가을인가 춥지 않아 문을 열어놓고 있었다. 힘센 사람이 신랑 발목을 묶은 밧줄을 가랑이 사이로 당겨서 자기 등 뒤로 끌어올리면, 다른 사람이 장작개비 한 개를 발바닥에 대고, 그 위를 다른 굵은 장작으로 내리친다. 이때 신랑에게 각종 죄를 묻는데, 주로 어떻게 예쁜 신부를 훔쳤는지 실토하라는 그런 내용이다. 신랑은 아파 죽는다고 소리친다. 그러면 신부가 풀어 달라고 호소하고 장모가 주안상을 내오는 순서로 진행되었다. 사과에 끈을 꿰어서 대롱대롱 매달아 놓은 것을 신랑신부가 손대지 말고 입으로만 사과를 베어 먹도록 시키는 것도 재미난 장면 중 하나였다.

펌프 설치하기

거리에 있는 샘물은 여름에는 시원하고 겨울에는 김이 무럭무럭 나는 참 샘이었다. 그곳의 우물물을 눈이 오나 비가 오나 계속 퍼다 먹고 살았는데, 돌연 아버지께서 집에다 우물을 파고자 결심하시고는, 펌프를 사오셨다. 그래서 정지 밖에 우물 자리를 정하고 그 당시 우리 집 농사일을 하던 용자 아버지, 순길이 아저씨와 온 식구가 달라붙어서 우물을 팠다. 둥그렇게 파내려 가는데, 노란 황토 찰흙이라 파기는 어려워도 무너질 염려는 적었다.

어른 키 세 길 정도 파내려 가는데, 바구니에 끈을 매서 내려보내면 아래에서 퍼 담고, 위에서 끌어올리고, 그렇게 합심하던 와중 대뜸 갈색의 돌이 나온다고 했다. 그래서 낭패라, 이리저리 궁리하다 그 돌을 몇 군데 내리쳐보고, 한 곳에 작은 돌판을 찍어 드는 순간, 팔뚝 같은 물줄기가 푹 터져 올라온 것이다. 그래서 그곳에 커다란 독을 묻고 자갈과 참숯을 채워, 펌프 수도 파이프를 묻었다. 처음에는 보통 우리가 보던 펌프가 아닌, 뚜껑 있는 자그마한 서양식 펌프를 설치했었는데, 그것은 물도 시원하게 덜 나오고 자루가 짧아 힘들고 해서, 조금 지난 뒤에 보급형이었던, 초록색 펌프로 바꾸어 달았다.

펌프는 파이프에 종지가 잘못 맞거나, 가는 모래가 종지 사이에 끼면 물이 빠져 버린다. 그럴 땐 마중물을 한 바가지 정도 붓고 재빠르게 여러 번 손잡이를 저으면 꾸룩꾸룩 하다가 푸루룩히며 물이 올라온다.

집에서 김장 같은 큰일이 있을 때면, 어머니는 나더러 수돗물을 받아놓으라고 하신다. 그러면 펌프 밑에 사각형의 커다란 시멘트 물통에 물을 가득하게 채워 놓곤 했다. 물 한 통 채우려면 팔이 아프도록 펌프질을 해야 했는데, 그때 그 펌프질 운동 덕에 내 팔뚝이 튼튼해졌다.

최신 트랜지스터 라디오

아버지는 공무원 생활을 하시면서 비교적 사회 발전상을 먼저 접하고 살아오셨다. 그래서 펌프 수도도 우리 동네에서 제일 먼저 설치하였고, 라디오도 제일 먼저 사오셨다. 그때 라디오는 도시락 크기의 일제 트랜지스터 라디오인데, 고급스러운 가죽 케이스에 들어있고, 멜빵끈이 달려있어 메고 다닐 수 있도록 되어있었다.

아버지는 계원들과 여행을 갈 때나, 기타 모임 등 여건만 되면 어깨에 그 라디오를 메고 다니면서 듣고, 자랑스러워하셨다. 성능도 상당히 좋았다. 사랑방 문 앞 벽에 걸어놓고 라디오를 켜 놓으면, 막삭골 밭에까지도 음악 소리가 들렸다. 여름철에는 우리 마당에 멍석을 깔고, 동네 사람들이 모여 앉아서 라디오 연속극을 듣기도 하고, 축구 중계방송을 듣기도 하였다.

나무를 좋아하신 아버지

아버지는 농업고교를 나오셔서 그런지 집 주위에 나무를 많이 심었다. 과일나무, 꽃나무, 종류별로 구해다가 조금만 틈이 있으면 심으셨다. 그래서 우리 집 주위에는 항상 나무가 많이 있었는데, 대추나무 두 그루가 보기 드문 거목으로 자라 대추를 많이 먹었고, 열매를 따 실에 꿰어 말리기도 하였다.

감나무는 밭가 울타리에도 심고, 사랑 밖에는 단감나무를 한 그루 심었다. 복숭아나무는 어릴 적 사랑 밖에 여러 그루가 있었고, 사과나무와 배나무도 한두 그루씩 있었다. 매년 추석 성묘 때엔 못 생겼지만 우리 집 배를 따 가지고 갔었다. 앵두나무는 마당가 울타리에 있었고, 정지 밖의 자두나무는 해마다 다닥다닥 많이도 열렸다. 나중에 모과나무, 매실나무 등의 유실수도 심었다.

관상수로는 측백나무 울타리와, 사철나무, 그리고 마당 앞의 커다란 노간주나무는 여름철 석양에 햇볕을 가려주어 시원한 그늘을

만들어 주었다. 그 옆에 가죽나무도 큰 것이 있었고, 포도나무 올
라간 커다란 뽕나무도 있었으며, 마구간 뒤에는 봄에 철쭉꽃이 화
려하였다. 또 분홍색 무궁화와 백단심 무궁화가 측백나무와 병행으
로 심어져 있었는데, 아버지는 백단심을 특히 아끼셨다. 바로 얼마
전까지 사랑 밖 출입문 옆에 버티고 있었으나, 전세 들었던 사람에
게 줄기가 잘리고, 남은 뿌리는 뒷집 아저씨 제초제에 희생되고 말
았다. 아끼시던 소나무와 바꾼 회양목은 지금도 늙은 채로 있고,
새끼도 여러 그루 번식하였다. 아버지가 좋아하는 백일홍, 목단나
무는 겨울이면 자주 얼어 죽어서, 활착活着이 잘 안되었다.

사랑 밖 뒤편의 전나무는 동네 사람들이 옆구리에 담이 결릴 때,
민간요법으로 우리 집 전나무 가지를 한두 개 잘라다가 푹 고아 마
시면 병이 나았다. 그 후 강릉대학의 누군가가 집 앞을 지나다가
우리 집 전나무를 보고는 탐을 내어, 아버지는 마지못해 승낙하고
말았다. 그 전나무는 결국 강릉 대학으로 아주 헐값에 팔려갔단다.
그곳에서 정원수로 제대로 대접받으며 수백 년 살아 있으면 좋을
텐데…….

봄이면 파란 사철나무 사이로 개나리가 노랗게 피었고, 진달래
도 몇 그루, 특히 아버지는 하얀 진달래를 귀한 것이라고 소중히
옮겨 심으셨다. 주목나무는 나중에 집 주변에 많이 심었고, 향나무
는 대문 양쪽에 심은 것이 잘 자라다가 겨울 함박눈에 가지가 부러

지곤 하였다. 길 옆에 옥향도 예쁘게 자랐는데 너무 커서 길을 막는 바람에, 전세 살던 사람한테 잘리어 나갔다. 사랑 밖 뒤편의 전나무 섰던 자리의 목련나무는 봄마다 풍성한 꽃을 피워냈고, 옥매화, 황매화도 화단과 울타리에 피었으며, 아버지께서는 빨간 꽃이 예쁜 명자나무 꽃도 가꾸셨다.

그다음 우리들이 학교 다니던 시절부터 최근까지 구해다 심은 걸로는, 탱자나무, 자귀나무, 자목련, 남경화, 동백나무 등이 있고, 용근이 형네에서 옮겨 심은 능소화는 지금도 꽃이 잘 피고 있다. 정지 밖 우물가에 능수버들을 심기도 하였는데, 집안 어른이 여자가 머리 풀어 헤친 것 같아 안 좋다고 말하여 없애버렸다.

외할아버지가 탐낸 작은 소나무

우리 집 사랑 밖 뒤쪽 화단 앞쪽에 사방 1m, 높이 40cm 정도로 네모반듯하게 돌을 쌓고, 작은 소나무 한 그루를 심어 놓았는데, 아기자기하게 전지를 하여 모양 있게 가꾸어 놓았다.

아버지가 사다 심으신 것인지, 산에서 캐다 심으신 것인지는 모르겠으나, 외할아버지께서 그 나무를 우연히 보시고는 갖고 싶어 하셨다. 그러나 아버지도 애지중지 아끼는 나무인지라 선뜻 내어주지 않으셨나 보다.

외할아버지는 정원수, 특히 분재에 관심이 많으셔서, 외가에서 여러 가지 분재를 보았다. 특히 오죽을 사각형 화분에 분재로 심었는데, 줄기는 두 대를 세우고 한 대는 길게, 한 대는 짧게 하여 만든 오죽 분재 등 여러 개의 분재가 있었다. 추운 겨울에는 분재를 땅에 묻었다가 봄에 화분을 캐는 것도 그때 보고 알았다.

어찌 되었건 그렇게 말이 오가다가, 어떤 해 봄에, 하루는, 외가 집안 할아버지께서 지게에다 회양목을 지고 와서는 그 소나무와 바꾸자며, 기어이 캐 가지고 가셨다. 그 후 그 소나무가 어떻게 되었는지 모르겠으나, 그때 소나무와 바꾼 회양목은 지금도 고향집 앞마당을 지키고 있다.

외할아버지 장례식

외할아버지는 무척 꼬장꼬장한 분이셨다. 젊었을 때 죽헌에서 '그 사람' 하면 강릉 일대에서는 알아주던 분이셨단다. 노년에는 기침을 많이 하며 가래를 계속 뱉고 계셨다. 아예 가래 전용 깡통이 방구석에 있었는데, 한번 가래를 뱉을 때는 요란하게도 뱉으셨다. 살점이 없이 깡마른 체격에 눈매가 형형하여, 인자함보다는 위엄이 앞서 접근하기가 쉽지 않은 분위기였다. 외가댁에 가면 늘 빙에 대나무 자리를 깔고 계셨고, 외할머니는 언제나 인자한 미소와 말씨로 맞아 주시며 명절이면 항상 특유의 맛있는 과줄을 내어 주셨다.

외할아버지께서 돌아가셨을 때 나는 떡짐을 지고, 어머니를 따라 집 뒤의 산길로 해서 외가에 갔다. 원탱이 마을 위쪽의 능선에 서향으로 산소를 마련했었는데, 나중에 그 아래로 죽헌 저수지가 생겨 먼 길로 돌아 접근하기가 어려운지라 외갓집 옆으로 옮겼다가, 최근에 외삼촌이 다시 능선 위쪽에 가족묘원으로 통합하였다.

유일한 교통수단 외나무다리

앞 냇가에 놓여있는 외나무다리는 우리 집과 골말 전체의 유일한 교통수단이다. 신작로로 나가자면 반드시 그 외나무다리를 건너야 했다. 그러니 우리는 학교 갈 때 주로 번갯등을 넘어 다녔고, 골말 사람들은 골말 잿등을 넘어 산길로 다녔다.

나직한 동발 위에 걸쳐 놓여 진 외나무다리는 큰 비만 오면 떠내려갔다. 통나무를 쇠줄로 묶어놓았던 탓이다. 냇가 옆쪽에 밀려나 붙어 있으면 다행으로, 물 빠진 다음에 동네 장정들이 모두 나와서, 다시 제자리로 가져다 놓고 묶으면 되었지만, 다리 상판이 떠

내려 가 버리면 찾을 길이 없다.

〈외나무 다리〉

　이때는 산에 가서 굵고 긴 놈을 또 베어 오는데, 긴 나무를 토막
내어 자르면 다리가 안 되니, 긴 것을 그대로 여럿이 목도하여 옮
겨온다. 한쪽 면은 납작하게 다듬어서 다니기 좋게 하고, 한쪽 끝
은 구멍을 뚫어 쇠줄을 매도록 한다. 그렇게 고생을 하여 외나무다
리를 다시 개통하기까지는 모든 사람이 신발을 벗고, 흙탕물이 되
어 시뻘건 냇물을 건너서 다시 신을 신고 다녀야 했다.

주민 합심으로 이룬 철다리

아버지께서 동장 일을 보고 계실 때 우리 집 앞으로 저수지까지 넘어가는 농로를 닦으셨다. 아마도 정부 지원 없이 추진했던 모양이다.

동네 사람들이 논밭을 조금씩 내어 놓아 길은 닦았는데, 문제는 냇물을 건너는 다리를 놓는 것이었다. 콘크리트 다리는 꿈도 못 꾸고, 나무로 다리를 놓으려는데, 상판은 비행장 비상 활주로로 쓰는 구멍 뚫린 철판을 구해오셨다. 걸침목은 용케도 헌 전신주를 구해오셨다. 다리 동발은 동네 산에서 굵은 소나무를 베어다 껍질을 벗기고, 한 곳에 세 개씩 박았다. 어떻게 박았겠는가? 끈이 달린 커다란 쇳덩이 메해머를 구해 오셨다. 동발 위쪽에 나무가 깨어지지 못하도록 철 테두리를 두르고, 가운데에 굵고 기다란 쇠로 된 유도봉을 세운 다음, 거기에 무거운 쇳덩이 메를 끼워 넣고서, 높이 설치된 삼각대의 도르래에 쇳덩이 메의 줄을 걸어서 당기면 쇳덩이가 달려 올라온다. 동네 사람들이 많이 나와서 구령에 따라 줄을 당겨 올렸다 놓고, 다시 당겼다 놓고, 한참을 그런 식으로 합심하여 다리 동발을 하나씩 박았다.

그렇게 12개인가 15개인가, 마을 사람들 울력으로 동발을 모두 박고, 그 위에 전신주를 걸쳐 놓고 활주로 철판을 깔아 만든 한밭

동네 다리는, 그것이 지금의 콘크리트 다리로 교체되기까지 골말의
동맥 역할을 톡톡히 하였다.

〈모두가 힘을 모아 만든 철다리〉

아버지는 그 다리를 건너실 때마다 감회가 남다르셨을 것이다.
다른 곳에서는 찾아 볼 수 없는 독특한 다리였는데, 그 다리가 사
진으로라도 남아 있었으면 좋았겠다 싶다.

무 · 감자 구덩이

으스스한 찬바람이 불면 그늘에 덮어 두었던 감자와, 김장하고
남는 무를 구덩이에 묻는다. 말산댁 넘어가는 언덕 위 양지 쪽에
매년 묻는데, 먼저 무너진 구덩이를 다듬어서 반듯하게 하고, 지게

에 소쿠리를 얹고, 흙 짐씩 져다 붓는다. 여러 번 져다 부으면 한 구덩이 가득 찬다. 그러면 그 위에 굵은 나뭇가지를 이리저리 걸치고, 가마니나 거적, 비료 포대 등을 덮고, 앞쪽으로 짚단을 꽁꽁 묶어 숨구멍을 박아놓고서 흙으로 잘 덮어준다. 추위에 얼지 않도록 충분히 두껍게 흙을 덮은 다음, 삽으로 탕탕 두드려서 물이 스며들지 못하도록 하면 끝이다.

무는 겨울 내내 설날, 보름 등 필요할 때마다 몇 개씩 숨구멍을 헤치고 꺼내다 먹곤 하였다.

어미소 뿔에 날아간 형

준휘 집 뒤 솔밭에 큰댁 밭 아래쪽으로 묘가 있었고, 그 묘 옆에 송아지 딸린 커다란 어미소가 매어있었다. 그 소는 소장수 하시던 준휘 아버지가 다음날 장에 가져가려고 임시로 매어놓은 것이었다.

그때 우리 집에는 토끼를 키우고 있었는데, 그 소가 매어진 부근에 토끼풀이 많이 있었다. 형과 함께 그곳에서 토끼에게 먹일 토끼풀을 뜯고 있었는데, 토끼풀을 담은 그릇에 송아지가 다가와 먹으려고 하니 형이 송아지를 쫓으려 했다. 그러자 순식간에 형이 공중에 솟구쳤다 멀리 나가떨어지는 것이 아닌가! 송아지를 해코지하는 것으로 착각한 어미소가 뿔을 형의 턱에 걸어서 멀리 던져버린 것이다. 형은 그때 턱밑에 큰 상처가 생겼는데, 지금도 그 흉터가 남아있다. 집에서 기르는 소는 대개 순하기 때문에 그 소에 대해서도 크게 경계심을 갖지 않았던 게 화근이었다. 그때도 병원에는 가지 않고 된장으로 치료했었던 것 같다.

참외밭과 원두막

증조할아버지는 깡마르고 큰 키에 삼베 적삼을 입고 부지런히 일하는 모습으로 기억된다. 우리 집 옆 밭, 넓은 밭 전체에 참외를 심으셨었는데, 그때만 해도 녹색 얼룩무늬의 개구리참외 뿐이었다.

솔밭 쪽 길 아래에 높다란 원두막을 2층으로 짓고 계단으로 오르내리도록 짓기도 하셨다. 그 원두막을 우리는 '상서리'라고 불렀는데, 그 원두막은 여름 내내 심심찮은 놀이터가 되었다. 어른들은 그곳에 모이면 장기를 많이 두셔서, 어깨너머로 장기를 배우기도 하였다. 우리는 그 원두막에 버티고 있으면 가끔 참외도 얻어먹을 수 있었다. 증조할아버지의 참외 농사는 나중에 작은 삼촌이 이어받았는데, 그때는 이미 노랑 참외 시대로 넘어가고, 추억의 개구리참외는 그 이후로 자취 없이 사라졌다.

감나무 접붙이기

큰댁 증조할아버지께서는 산이나 밭가에 과일나무를 많이 심으셨다. 그래서 서당골, 쟁골, 큰댁, 우리 집 부근에 감나무, 밤나무 등이 많이 있었고, 덕분에 우리들은 어려서 과일을 많이 먹고 자랄 수 있었다. 어느 봄에 우리 집 앞 밭가에서 감나무 접을 붙이는데, 고욤나무를 자르고 그 대목을 갈라서 틈을 벌리더니 감나무 새순을 끼워 넣는 것을 보았다. 지금은 접붙인 후 마무리로 비닐을 감싸서 마르지 않게 하는데, 그때는 비닐이 없으니 작은 삼촌이 조수로 따라다니면서, 양초 녹인 물을 접붙인 부위에 바르고 부드러운 흙으로 덮어서 수분 증발을 방지하는 것이었다.

그런 다음 얼마 지나면 굵고 튼튼한 새싹이 땅을 뚫고 올라오는 것을 볼 수 있었다. 참으로 신기하고 생명의 강인함을 느낄 수 있었다.

추운 겨울날 염소새끼

우리 집에는 여러 가지 가축을 키웠었다. 개, 닭, 오리, 소, 돼지, 토끼, 염소 등을 키웠으나 동시에 키운 것은 아니었다. 한때는 염소를 두세 마리 키웠는데, 염소는 생존력이 강한 가축이다. 나뭇가지에 앞발을 디디고 똑바로 서서 높은 데에 달린 잎사귀를 잘라 먹는가 하면, 나무껍질도 벗겨 먹고, 손바닥에 담배꽁초를 까서 놓으면 날름 먹곤 하였다. 풀이 전혀 없는 겨울에도 낮에는 냇가 둑에다 매어 놓으면 발로 흙을 파고 쑥 뿌리 등을 캐먹는 등, 둑 방에 구덩이를 너무 깊게 파서 곤혹스럽게도 하였다.

염소와 상당히 오래 사귀다 보니 그놈 습성에 대해서도 꽤나 알게 되었다. 염소는 물을 싫어하는 성격이다. 그래서 냇물을 건너기를 싫어하여 억지로 끌어당겨야 겨우 깡충깡충 뛰어 건너고, 비가 오면 빨리 집에 들어가게 해 달라고 엄청 울어 댄다.

겨울철엔 먹이가 마땅치 않았다. 소죽 끓일 때 땔감으로 말려놓은 아까시 나뭇단의 파란 잎사귀를 털어서 먹이고, 콩깍지, 마른 옥수수 대, 건초 등을 먹였다. 어미 염소가 새끼를 배었는데, 꼭 바가지 두 개를 달아놓은 것처럼 배가 양쪽으로 볼록하게 불거졌다.

그 배불뚝이 염소가 하필 가장 추운 날에 새끼를 낳게 되었다. 아버지는 사랑 밖에 있는 작은 염소 집에 거적을 둘러서 따뜻하게 해주느라 애쓰셨고, 갓난 새끼는 부엌에 데려다가 아궁이 앞에서 따뜻하게 하고 털도 말리고 더운물도 떠다 먹이고 하여 두 마리를 모두 무사히 얼어 죽지 않게 살려 내셨다.

팔려가는 새끼 염소

새끼 염소는 봄을 맞아서 귀엽게 자라 머리에 뿔이 보일락 말락할 정도로 자랐는데, 그중 수놈 새끼를 주문진에 팔았나 보다.

새끼 염소는 어느 정도 자라면 뿔이 나오고, 앞발 무릎에 털이 빠지면서 굳은살이 보인다. 약으로 쓰는 것은 그 이전에 효과가 있다고 하였다. 어느 날 내가 그 수놈 새끼 염소를 끌고 할머니와 함께 주문진까지 갖다 주고 왔는데, 그놈을 끌고 신작로를 따라서 주문진까지 몇 시간이나 걸려서 갔는지 모르겠다. 주문진 읍내 다리 건너 왼쪽으로 멀지 않은 단독주택, 그 집 안주인이 고아서 보신할 모양이었다. 영문도 모르고 주문진까지 내 손에 끌려온 그 어린 염소가 자신의 운명을 알겠는가? 그때 그 똘망똘망한 눈동자를 외면하면서 마당에 매어놓고 어떻게 발길을 돌렸었는지, 지금도 마음이 아련하다.

굴이 피는 온돌

온돌방은 몇 년이 지나면 재가 부넘기를 넘어가서 방고래에 차게 된다. 그러면 솥을 들어내고, 자루 긴 괭이를 집어넣어 최대한

고래에 쌓인 재를 끌어낸다. 그리고 굵은 철사에 짚으로 원형 솔 모양의 청소 솔을 만들어서, 고래마다 깊숙이 집어넣어 안에 쌓인 재를 털어준다. 마지막으로 성능 좋은 커다란 풍구를 아궁이에 진흙으로 밀봉하고, 손으로 돌려서 바람을 세게 불어 넣어 방고래의 재를 굴뚝 쪽으로 불어 내기도 하였다.

또 온돌은 그것 말고도 단단하고 진득한 검댕이가 구들장에 달라붙어서, 구들장이 따뜻해지는 것을 방해한다. 그래서 7~8년에 한 번씩은 방고래를 모두 뜯어서 구들장 바닥을 호미로 벅벅 긁어내고 다시 놓기를 반복해야 했다.

아궁이에 불을 많이 땔 때 간혹 굴이 피는 일이 발생한다. 불을 많이 때고 나면 아랫목부터 뜨끈뜨끈 해진다. 그런데 어떤 때는 구들 윗목으로 해서, 사랑방까지, 나중에는 사랑 윗목까지 온방이 쩔쩔 끓을 때가 있다. 구들장에 달라붙어 있는 진득한 검댕이가 연탄불 붙듯이 열기에 의해서 타들어 가는 것이다. 그러면 타들어 가는 부위 따라 띠 모양으로 이동하면서 절절 끓었다. 이때 어른들은 이걸 '굴이 핀다'고 하였다.

아궁이로 나오는 빗물

여름철 장마가 길어지면 우리 집 가마솥 아궁이로 물이 스며 나오던 일이 있었다. 퍼내고 또 퍼내도 맑은 물이 계속 나오는 것이다. 집 뒤의 도랑이 부엌 바닥보다 높아서 장마 때면 아궁이로 물이 스며들어 왔나 본데, 우리는 난감한 지경이었다. 아궁이에 불을 때고 소죽을 끓여야 하는데 물이 자꾸 나오니, 불이 잘 탈 리가 없다. 그래서 아궁이 바닥부터 부엌 바닥으로 해서, 정지 밖까지 좁고 긴 도랑을 파고 돌로 덮어 배수로를 만들어 놓았었다.

집 뒤쪽 배수로를 깊게 파고 돌을 쌓아야 근본이 해결되는데, 그쪽은 손을 안대고, 왜 굳이 부엌 바닥을 파서 배수로를 만들었는지. 지금 생각해보면 답답한 일이다.

초가지붕 이엉 올리기

가을걷이가 끝나고 쌀쌀한 바람이 불기 시작할 때 이엉을 엮는다. 이엉은 짚을 추리지 않고 그냥 엮어 나가는데, 직경 1m 정도 되는 크기로 수십 개를 만들어야 초가지붕을 덮을 수 있다. 남으면 괜찮지만 모자라면 안 되니 항상 여유 있게 만들어야 한다.

마당 가득히 팽이 모양의 이엉이 만들어 세워진다. 우리 집 일꾼
이 여러 날 부지런히 이엉을 엮다 보니 손가락 끝이 터 벌어진다.
그렇지만 손가락에 헝겊을 감고 계속 엮어 나갔다. 이엉을 모두 만
들면, 마지막으로 '용마름'을 만들었다. 용마름은 굵은 새끼줄을
밑에 넣고 양쪽으로 경사지게 엮어서 지붕 맨 위 용마루에 올리는
것이다. 용마름은 짚을 깨끗하게 추려서 정성 들여 만드는데, 지붕
꼭대기 용마루 길이를 새끼줄로 재서 정확한 길이로 만든다.

〈초가지붕 이엉 올리기〉

초가지붕 이엉 올리기는 사다리를 놓고, 커다란 이엉 다발을 한
개씩 어깨에 메고, 아슬아슬 사다리를 올라가서 내려놓고, 이렇게
모두 올리고 난 다음, 맨 아래부터 덮어 나가는데, 첫 번째는 이엉
을 거꾸로 한 켜 놓고, 다음부터는 바른 방향으로 빙빙 돌려서 덮
어 나가면 된다. 이렇게 하여 맨 꼭대기까지 돌려 덮은 다음, 바람

에 날아가지 않도록 새끼줄을 엮는데, 세로로 1m 정도 간격으로 먼저 날줄을 띄우고, 30~40cm 간격으로 씨줄을 엮어 나간다. 그것이 다 끝나면 처마 끝을 가지런하게 낫으로 잘라준다. 그러면 시꺼멓던 지붕이 노오란 새 지붕으로 보기 좋게 바뀐다.

기와지붕 올리기

초가집은 매년 가을이면 이엉을 새로 올렸는데 그 두께가 약 30cm는 되었다. 그러니 겨울에는 따뜻하고, 여름에는 시원하였다.

초가집은 정겨운 맛이 있고 냉난방에는 좋으나, 아무래도 가난의 상징인 것 같이 보이는 것은 어쩔 수 없다. 더군다나 매년 새로 이엉을 덮는 것이 쉽지만은 않으므로, 아버지는 기와로 지붕을 바꾸기로 하셨다. 많은 양의 시멘트 기와가 차에서 퉁퉁바우 모렝이 신작로 가에 내려졌고, 우리는 그것을 20여 장씩 지게로 져서 마당으로 날랐는데, 그것만으로도 여러 날이 걸렸다. 그만큼 기와 종류도 여러 가지이고, 수량 또한 엄청 많았다. 이 많은 기와가 지붕으로 몽땅 올라간다니! 그뿐인가, 기와 외에도 목재와 진흙이 추가로 또 올라간다. 그러니 지붕 무게가 얼마나 무겁겠는가? 그래서 아버지는 기와를 이으러 집에 온 기술자에게, 이 집이 과연 기와 무게를 지탱하겠느냐고 물었는데, 그 기술자가 "지금 저 초가지붕이 비가 와서 짚이 빗물을 먹으면, 기와보다 더 무거우니 아무 걱정 없다"고 하였다. 옳은 말인게, 집은 사실 벽이 지탱한다. 기둥과 보가 뼈대를 세우고 있지만, 목재 사이를 메우고 있는 흙벽이 집을 지탱하는 가장 큰 역할을 하는 것이다.

초가지붕은 벗겨지고, 기와를 걸 수 있는 쫄대를 기왓장 간격으로 설치한 후, 일사천리로 기와를 덮어 나갔다. 기술자는 조그만 망치 하나만 들고 마음대로 기왓장을 다루면서 평면 부분, 기와를 잘라야 하는 곳, 물이 모이는 곳 등을 능숙하게 덮어 나갔다. 둥그렇던 초가 용마름 자리에는 번듯한 기와 용마루가 여러 겹 높이로 쌓아지고, 틈새에 진흙을 채우고는 바람에 날아가지 못하게 가는 철사로 꽁꽁 묶으니 이제 완성이다. 우리 집 지붕이 기와로 번듯하게 변신을 하고 나니 웅장하지는 못해도 보기가 훨씬 좋아졌다. 그렇게 수십 년 동안 그 기와지붕은, 빗물이 새기 시작해 더 이상 둘 수 없어 강철 기와로 바꿀 때까지, 고향집을 지키고 있었다.

삼각형 큰 톱의 마술

우리 육남매가 성장하면서 집이 좁아지기 시작했다. 특히 손님이라도 오시면 더욱 집이 좁은 것이 실감이 났다. 그리하여 아버지는 행랑채를 짓기로 결심하셨다. 큰댁 산에서 재목을 베어 오기로 승낙을 받은 후, 가재낭골, 막삭골 등에서 재목감을 베어 나르는데, 통나무가 무척 많이 들어간다. 산에서 재목을 날라다 사랑 밖에 잔뜩 쌓아놓고 껍질을 벗기고, 그곳에서 모든 나무의 가공을 다 하는 것이다.

나이 지긋하신 어른이 삼각형의 커다란 톱으로, 원통형의 약간씩 굽은 자연 상태의 굵은 통나무를 톱질하여 기둥감이며, 도리, 보, 인방 등 반듯반듯한 건축재로 다듬어 내는데,

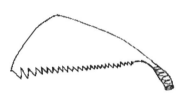

신기할 만큼 정사각형 재목으로 탈바꿈 시키고 있었다. 몇 번이나 톱질을 하면 피쪽이 생기면서 톱날이 낀다. 그럴 땐 쐐기를 앞뒤로 박고 또 톱질하고 또 옮겨 박고 하는 것을 반복한다.

이때, 그 노인은 무겁고 커다란 삼각형 톱으로 나무를 켜다가, 틈만 나면 앉아서 톱날을 줄로 가는 것이다. 어머니는 톱질은 몇 번 안하고 무슨 톱날을 그렇게 자주 손질 하냐고 핀잔을 주기도 했다. 가슴 높이에 고정시킨 통나무는 추와 먹줄과 ㄱ자로 재단하여 삼각톱에 의해 목재로 변하는데, 체중을 실어 밀고 당기며 톱질을

하기란 무척이나 힘들어 보였다. 그러니 쉴 겸 톱날을 자주 쓸었던 것이다.

행랑채 지을 때

사랑 밖에는 키 큰 측백나무 울타리가 있었는데, 행랑채를 지으면서 이를 모두 캐내었다. 터를 닦고, 다질 때는 나무 메로 쿵쿵 쳐서 다졌다. 특히 주춧돌 놓는 자리는 꼼꼼히 다지고, 수평과 수직을 맞춰 기둥을 세우고, 도리, 인방을 걸어 나갔다. 안채에 여섯 자 방이 작다고 행랑채 방은 사방 여덟 자로 하다 보니, 앞은 맞추고 뒤로 많이 물러 날 수밖에 없다. 그러니 집 뒤에 굴뚝 세울 자리가 좁아졌다. 방바닥 높이는 본채보다 낮게 하니, 아궁이가 낮아져서 마당보다 아래로 푹 내려가게 되었다.

마루 밑에 엎드려 들어가 불을 때는 일은 여간 고역이 아니었다. 그래서 나중에는 마루를 잘라 뚜껑처럼 열었다 닫았다 할 수 있게 만들어, 허리를 펴고 불을 땔 수 있게 하였다.

행랑채는 금산 집안 할아버지가 대목大木으로 지었다. 그러나 한옥을 많이 지어보지 않으신 듯, 진행 과정에서 시행착오도 많이 하였다. 중방 하나는 길이가 짧아 겨우 걸릴락 말락 하여 어렵게 붙여 놓은 적도 있었다. 추녀는 곡신으로 미적 감각을 실려 설치해야 하는데, 이것이 쉬운 일이 아니었다. 반듯한 제재소 각재로 현대식 건물만 많이 지어오신 대목으로서는, 한옥을 총괄하여 짓는 일이 결코 쉬운 일이 아니었을 게다.

소목장과 문짝제작

행랑채를 지을 때는 거의 모든 공정을 현장에서 직접 처리했다. 잘라 온 나무를 목재로 다듬는 일, 주춧돌을 다지고 그 위에 기둥과 도리 지붕을 올리고, 벽을 바르고, 다음은 문짝을 달아야 하는데, 문짝도 현장에서 제작하였다. 나이 지긋하시고 건장하게 생긴 어른이 우리 집에 와서 행랑채 방안에 작업장을 설치하더니 그곳에서 여러 날 동안 문짝을 만들었다. 쌍닫이문, 외닫이 문, 밀장 문을 모두 현장에서 제작했다. 이것은 소목장이라 하는데, 굵고 우람한 기둥과 보를 세우는 사람을 대목장이라 하는 것에 반해, 문짝과 가구 등 작고 가볍고 정교한 작업을 하는 사람을 소목장小木匠이라 했다.

가늘고 좁고 긴 나무를 반들반들하게 대패질하고, 무늬를 넣고 홈을 파서, 여러 개 씩 좌우를 맞추고, 홈과 홈에 꽉 물리도록 결합

시켜서, 문짝을 완성해 내는 작업을 곁에서 쭉 구경한 나는 그 기하학적 미적 감각과 정교한 그 솜씨에 참으로 경탄을 금할 수 없었다. 지금도 행랑채 문짝은 단단하게 모습을 유지하고 있다.

마루 재목 베던 날

아버지는 집에 행랑채를 짓고 나서, 본채와 행랑채 사이에 대청마루를 깔려고 계획하셨다. 목재를 구하려고 여러 가지로 궁리하시다가, 한밭다리 옆 야산의 굵은 소나무를 사서 마루 판자를 켜기로 작정하셨다. 저녁때쯤 일꾼 호만이 아저씨랑 아버지, 형, 나 이렇게 현장에 가서 작업을 했다. 나무가 워낙 굵고 비탈에 섰는데, 밑동을 자르는 것보다 밑동을 캐서 여러 갈래 뻗은 뿌리를 자르는 것이 손쉬워 보였다. 비교적 쉽게 뿌리가 드러나고, 우리는 굵은 뿌리를 하나씩 모두 잘랐다.

그런데도 나무는 넘어가지를 않고 옆 나무에 약간 걸쳐있었다. 이리저리 궁리를 하다가 지렛대로 나무 밑동을 아래쪽으로 슬슬 밀어서 넘어뜨리기로 하고 조금씩 조금씩 밀어내는데, 이때 그 큰 나무가 와지끈 넘어가기 시작했다. 우리는 모두 옆으로 도망을 갔고, 거목이 쓰러진 후 잠시 정적이 흘렀다.

그때 호만이 아저씨가 아~! 하고 신음을 하는 것이 아닌가? 미처 도망을 가지 못하고 나무뿌리에 종아리를 받힌 것이다. 심각함을 직감하고 얼른 지나는 차를 세워서 병원에 갔다. X선 사진을 찍어 확인한 의사는 종아리 골절 정도는 우습게 보았는지, 즉시 깁스를 했다. 이때부터 불행한 사단이 발생했다.

그날 밤 호만이 아저씨는 밤새도록 아파죽겠다고 호소했다는데, 병원에선 종아리 골절은 별것도 아닌데 엄살을 부린다고 의사는 꿈쩍도 않더란다. 그 후 퇴원을 해서 행랑채에 누워 있는데, 깁스 밖에 나온 발가락에는 감각도 없고, 파랗다가 검은색으로 변해가는 것이다. 다시 병원에 갔으나 이미 돌이킬 수는 없었다. 깁스를 하던 그날 밤 이미 피가 통하지 않아 살이 모두 죽었던 것이다. 결국 무릎 바로 아래를 절단했고 나는 그때 적잖이 놀랐고 안타까웠다. 아버지는 나중에까지 뒤처리며 보상을 하시느라 또 얼마나 힘들고, 가슴 아프셨을까. 지금도 같은 동네에 살고 있고, 의족으로 자전거는 잘 타고 다니는 호만이 아저씨를 볼 때마다 마음이 짠하다.

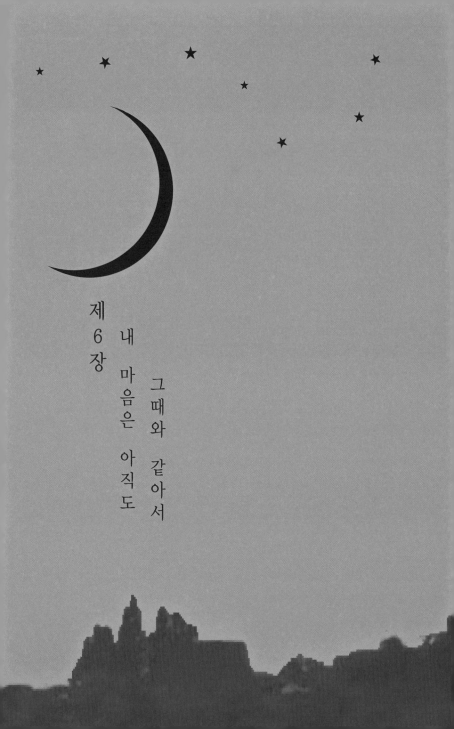

제 6 장

내 마음은 아직도

그때와 같아서

꿩 잡는 기술자

동네에 꿩 잡는 기술자가 있었는데, 대수완 집 순만 아저씨이다.

겨울에 눈이 내리면 온산이 하얗게 덮이고, 따뜻한 양지쪽 비탈부터 눈이 녹아 흙이 드러난다. 이런 날은 꿩이 양지쪽으로 모이는 습관이 있다. 눈 온 뒤에 순만 아저씨가 가재낭골, 쟁골 같은 양지쪽에 갔다 오면 거의 매번 꿩을 몇 마리씩 손에 들고 내려왔다.

꿩을 잡기 위해서는 '싸이나'로 먹이를 만들어야 하는데, 어떻게 만드는가 하면, 굵고 좋은 콩을 이용한다. 강하고 가는 철사를 잘라서 끝을 납작하게 두드려, 귀이개나 드라이버와 같은 모양으로 만든다. 그것으로 콩에 작은 구멍을 낸 뒤, 그 구멍으로 콩 속의 살을 모두 파내고 껍질만 남겨둔다. 그런 다음 그 콩 껍질 속에 싸이나라고 불렀던 청산가리 가루를 넣고 양초로 구멍을 막는다.

그 당시 청산가리는 약국에서 구입이 가능했었던가? 어떻게 구입하고 아무나 사용할 수 있었는지는 모르겠다. 그렇게 여러 개의 싸이나 먹이를 만들어 놓았다가, 눈이 많이 와서 꿩들이 먹을거리가 없을 때, 양지쪽의 눈 녹은 곳 솔 껍질 위 또는 나무 잎사귀 위 등 꿩이 잘 볼 수 있도록 드문드문 배치한다. 그러면 꿩이 눈 녹은 양지쪽에 와서 먹이인 줄 알고 덥석 쪼아 먹는데, 먹은 콩이 모래주머니에서 터지면서 창자를 녹여버려 얼마 못가 바로 고꾸라져 버린다. 이 원리로 싸이나 먹이를 배치한 곳을 기억했다가 다음날 가보면, 싸이나가 없어진 숫자대로 꿩을 찾아서 집어 들고 오는 것이다.

콩 껍질을 너무 두껍게 해 놓으면 꿩이 먹고 멀리 도망을 가서 못 찾을 수도 있다. 그러니 몇 발짝 가서 바로 죽도록 만드는 것이 기술이다. 콩 대신 산에서 빨간 청미래_{망개, 땀바구}열매를 따다가 싸이나 먹이를 제조하기도 했단다. 그런데 꿩 중에 수컷 장끼가 잘 죽고, 까투리는 의심이 많아서 요리조리 굴리다가 콩에 조그만 구멍이 난 것을 보면 절대 안 먹는다고 한다. 그래서 꾀 많은 사람을 까투리나 꿩병아리에 비유하기도 했다.

눈 내린 다음날 토끼 사냥

눈이 내린 다음날이면 청년들 몇 명이 모여서 토끼 사냥 계획을 한다. 그러면 금세 6~7명이 모이고, 많으면 10여 명이 넘게 모인다. 손에는 쇠스랑과 작대기 한 개씩 들고 신발에 새끼줄 꽁꽁 매고 사냥터로 나선다. 사냥은 주로 우리 집 뒤에 번개골 부근에서 하는데, 산 입구에 들어서면 우선 토끼 발자국부터 찾는다.

묵은 발자국과 최근 발자국을 귀신같이 알아내고, 토끼가 지나간 지 얼마 안 되어 보이는 발자국을 발견하고, 살살 뒤밟아 가다 보면 토끼를 만나는데, 산 위로 치달리고 아래로 내리뛰고 몇 번을 하다 보면 토끼도 지친다. 토끼는 앞발이 짧아서 경사지를 내려갈 때 오히려 어려워한다. 지친 토끼를 덮쳐서 때려잡는 경우는 운이 좋고, 쫓기다 지친 토끼가 바위 틈에 있는 굴로 쏙 들어가 버리기도 하였다. 그러면 소나무 가지를 꺾어서 굴 입구에다가 불을 놓고 입으로 불어댄다. 연기가 굴 속으로 들어가는 것을 견디다 못한 토끼가 연기 불을 박차고 튀어나온다. 이때 굴을 막고 또 이리저리 쫓다 보면 결국은 잡히고 만다.

집에 돌아와서는 토끼 앞다리 가죽에 작은 구멍을 낸 뒤 대나무 가는 것을 그 가죽 구멍에 대고 힘껏 불면 가죽이 부풀어 오른다. 이렇게 해야 깨끗하게 가죽이 벗겨진다. 이것을 반듯하게 늘려서 걸어 말리었다가, 나중에 동그랗게 말아 검은 고무줄로 양쪽을 연결하면 훌륭한 귀마개가 되었다. 우리 세대까지는 수렵생활의 풍습이 남아 있었는데, 지금은 원시인들 얘기처럼 되어버렸다.

마구간 방한대책

우리 마구간은 북풍을 바로 맞는 위치이고 판자 틈새가 듬성하여 바람이 술술 들어오게 되어 있었다. 우리는 외양간이라는 말보다 마구간이라는 표현을 주로 썼다.

겨울을 나기 위해서는 우선 바닥에 짚을 푹신하게 충분히 넣어준다. 앞에도 문을 닫아 바람이 못 들어가게 하고, 옆의 벽면에 명석을 두르고는 큰 못으로 펄럭거리지 못하도록 고정시켜 바람이 들지 않도록 했다. 그리고 가끔은 소 등에 '덕석'으로, 가마니 짝을 덮고 끈으로 고정시켜 따뜻하게 해 주었다. 추우면 소가 꼼짝 않고 자는 버릇도 있었나 보다. 어떤 때는 쥐가 소의 피부를 동그랗게 갉아먹는 경우도 있었다.

아무튼 그렇게 소를 따뜻하게 해줘야 겨울을 건강하게 날 수 있었는데, 요즘 소는 냄새난다고 벌판에 지붕만 있는 휑한 우사牛舍에서 겨울을 나니, 아무리 털 가진 짐승이지만 얼마나 춥겠는가!

그렇게 춥게 키우는 것이 요즘 구제역이 이처럼 전국에 번지는 요인은 아닌지 한 번 생각해볼 문제다.

소 먹이기 목동들

어릴 적 우리 동네에는 거의 집집마다 소 한 마리씩을 키우고 있었다. 그래서 여름철이 되면 우리들은 학교에 갔다 오자마자 소를 몰고 가재낭골 산으로 간다. 산으로 소를 몰고 가서 배가 빵빵하도록 저녁밥을 먹여가지고 와야 했던 탓이다.

가재낭골 안쪽 묵밭 아래에 도착하면 소들은 산으로 올려 보낸다. 이때 소 밧줄이 발에 밟히지 않도록 뿔에다 칭칭 감아 풀리지 않게 해서 보낸다. 그러면 소들은 이리저리 이동하면서 억새, 칡덩굴, 싸리나무 등을 열심히 뜯어 먹는다.

이때부터 우리들은 우리들만의 놀이가 시작된다. 잔디가 좋은 묘에서 고상받기 놀이자유형 레슬링과 유사로 뒹굴며 놀기도 하고, 나무에 올라가 놀기도 하고, 도랑에서 가재잡기도 하고, 때에 따라서는 감자서리, 콩서리도 하면서 논다.

이윽고 저녁때가 되어 소를 찾아가지고 집으로 돌아가야 하는데, 어떤 때는 소가 안 보일 때도 있다. 이때 워낭소리가 들리면 쉽게 찾는데, 방울을 매달고 있는 소도 간혹 있었으나 대부분은 없었다. 그래서 이 골짜기 저 골짜기 찾아 헤매다 보면 어떤 때는 소가 밭가로 내려와서 남의 콩밭을 죄다 뜯어먹는 낭패도 가끔 있었다.

돌아올 때 어떤 형들은 온순한 늙은 암소 등에 올라타고 돌아오기도 하였다. 우리 집은 언제나 수소만 키운지라 소 등에 타고 다녀보지 못했다.

꼴 베기

소의 아침은 풀을 베어다 먹이는데, 그 풀이 꼴이고, 그 일이 '꼴 베기'인 것이다. 꼴은 논둑과 밭둑에서 베기도 하고, 도랑가나 냇가, 산에서 베기도 하는데, 주로 논밭 둑에서 벤 것이 가장 좋고, 베기 쉽기는 도랑가에서 낫으로 냅다 노려 베는 것이 빠르고 쉽다.

미슴이 있을 때는 머슴이 꼴을 베었으나, 머슴이 없을 때는 내가 꼴을 베곤 했다. 우선 나서기 전에 낫 두 개를 잘 갈아서 날이 퍼렇게 서도록 준비한다. 그리고 꼴 베는 것은 내 것 네 것이 따로 없었다. 그때만 해도 인심이 비교적 후해서 내가 남의 집 논둑에 꼴을 베어 오기도 하고, 다른 사람이 우리 논둑 꼴을 베어가기도 한다.

그렇긴 했지만 막상 꼴을 베려고 보면, 그 당시 대부분 집들이 소가 다 있고, 매일 베어 먹이다 보니, 느긋하게 맘 편히 꼴 벨 곳이 많지 않다. 부분적으로 조금씩 있던가, 아직 풀이 덜 자라 벨 것이 없던가, 한 자리에서 꼴 한 짐 베기가 쉽지 않았다. 여기서 조금 베고 저기서 조금 베어 채워야 겨우 한 짐 될까 말까 할 지경이다. 더구나 나는 어른들 만큼 속도가 나질 않고, 논둑을 면도하듯이 깨끗하게 베는 기술도 부족하니 항상 꼴 베는 일이 편한 일은 아니었다. 그렇다고 조금 베어 가지고 바닥에만 담아서 돌아갈 수도 없는 노릇이라. 적은 양의 꼴을 많게 보이게 하기 위해, 지게 소쿠리 위에 담을 때 조심스럽게 양쪽 가에 한 아름씩 올리고, 다음 가운데를 올리면 높고 많아 보인다. 어린 마음에 그렇게 해서라도 많아 보이려고 꼼수를 부리며 애썼다.

그런데 소가 참 영리한 동물이다. 냇가에 지난해 소똥이 떨어진 것이 거름이 되어 풀이 무성하게 자란 것을 베어 오면, 킁킁 냄새를 맡아보고는 먹지 않는다. 어디 화장실 옆에서 식사를 베어 왔느

냐는 듯이 쫄쫄 굶으면서도 먹지 않는다. 그리고 소죽을 끓일 때에
도 쇠고기 살점은 말할 것도 없고, 소고기국 먹은 그릇을 설거지한
물이 조금이라도 들어가면 입도 대지 않고 단식 투쟁을 한다. 그래
서 쇠고기 먹은 그릇은 따로 모아서 아주 조심스럽게 설거지해야
했다. 이런 영물인 소에게 소뼈를 사료로 섞어 먹인다니 광우병이
안 생기고 배기겠는가.

작두로 깍지 썰기

　겨울에는 농사일이 없으니, 소 기르는 일이 주요 일과였다. 소죽
은 가마솥에 구정물을 테두리 약간 아래 정도까지 붓고, 깍지를 한
삼태기 정도 넣은 다음 잘 저어서 적셔주고 끓인다. 끓을 때 등겨
한 바가지를 넣고 섞어서 여물통에 퍼다가 소를 먹인다.

　깍지 썰 때는 먼저 작두를 마당에 설치하고 흔들리지 않도록 큰
돌로 눌러준다. 짚가리에서 짚을 한 짐 이상 빼어다 옆에 쌓아놓
고, 건초며, 옥수수대 등도 준비한다. 나와 형이 교대로 작두를 밟
는데, 뜰 돌 위에 지게작대기를 짚고 서서 다리를 번쩍 들어 작두
날을 올리면, 아버지 또는 일꾼이 짚단을 작두날에 잽싸게 조금씩
밀어 넣는다. 그러면 힘껏 내리밟아야 싹둑 잘라진다. 조금이라도

많든가 짚단이 축축하면 쉽게 잘리지 않느냐. 올리고, 밀어 넣고, 내리 밟고, 리듬에 맞춰 정신 바짝 차리고 해야만 되는 작업이다. 작두날 바로 아래 손가락이 들락날락하니 말이다. 한참을 하면 한겨울에도 땀이 흥건히 난다. 이렇게 해서 마구간 뒤 깍지간에 가득히 채워놓으면 한 달 정도 소에게 아침저녁을 먹일 수 있었다.

돼지 기르기

소를 기르다가 소를 팔고, 소 대신 돼지를 기른 적도 있었다.

돼지는 먹고 배부르면 주둥이로 땅 파는 것이 일이다. 마구간의 인방 밑을 주둥이로 사정없이 파는 것이다. 그래서 인방 앞에 통나무를 세 개씩 옆으로 놓고, 양쪽에 말뚝을 박고, 철사로 꽁꽁 묶어도 놓았는데, 주둥이 힘이 얼마나 센지, 며칠 후면 또 파헤친다.

한 번은 추석 명절에 우리 집에서 기르던 돼지를 우리 마당에서 잡은 적도 있었다. 100kg 정도 되는 돼지를 뒷다리만 꽁꽁 묶고, 앞다리로 버티고 서있는 녀석을, 그때 누군가 도끼로 돼지머리를 내리쳤는데, 푹 쓰러지면서 죽겠다고 소리소리 지르며 몇 번을 쳐도 쉽게 죽지 않았다. 숨이 붙은 채로 목 부위에서 멱을 따는데, 그래서 돼지 멱따는 소리라는 말이 나왔나 보다. 다음은 설설 끓는 물을 붓고는 털을 손으로 막 뽑기 시작하자, 한참 후에 검은 돼지가 털 없는 하얀 돼지가 되는 것이었다.

고구마 온상 만들기

늦겨울인가 이른 봄인가, 형하고 나하고 온상*을 만들었다. 사랑 밖 정낭 앞의 양지쪽에 만들었는데, 우선 언 땅을 곡괭이로 직사각형으로 깊이는 1m 정도 되게 파낸다. 그다음 짚단을 작두로 서너 번씩 한 뼘 정도 되게 썰어서 집어넣고 물을 뿌리며 꼭꼭 밟는다. 다음 또 짚을 한 켜 놓고, 물 뿌리고, 밟고, 그렇게 50cm 이상 되게 한 다음 고운 흙을 한 뼘 정도 덮는다. 그리고서는 온상 뚜껑을 만드는데, 비료 포장 비닐로 덮었던 듯하다. 생각해보면 그때는 비닐이 귀한 시절이었지 싶다. 뚜껑까지 만들어 덮는 것으로 온상이 완성된다.

며칠 지나 짚이 발효되고 서서히 열이 난다. 온상 안의 흙에 고구마를 드문드문 심어놓으면 고구마 싹이 올라오는데, 한 뼘 정도 자라면 그것을 잘라서 모아 두었다가 밭에 심는다. 밤에는 춥지 말라고 온상 뚜껑 위에 이엉이나 거적을 덮어서 보온에 힘쓰고, 낮에

---

* 인공적으로 따뜻하게 하여 식물을 기르는 설비.

는 햇볕이 들게 열어놓았으며, 그렇게 부지런해야 온상이 유지된다. 어른들 하시는 걸 어깨너머로 보고 바로 실습을 했으니, 아무튼 그때는 도전정신, 실험정신이 왕성했었다. 한 번은 퇴비장 두엄에 열이 잘 나니까, 그 위에 만들면 좋겠다 싶어 두엄 위에다 만들었더니, 열이 많이 나서 고구마가 다 썩어버린 적도 있었다. 과유불급이다.

비닐 못자리 만들기

재래식 방법으로 못자리 만드는 방법은 물못자리 방법인데, 물을 조절하여 온도를 맞추는 것이다. 즉 낮에는 물을 낮게 하여 햇볕에 금방 따뜻해지게 하고, 저녁에는 물을 깊이 대어 밤새 온도가 내려가는 것을 방지한다. 굉장히 바쁘고 늦게 자라는 것이다. 아버지는 못자리를 비닐로 덮는 것을 동네에서 처음 시도하였다. 처음에는 모판 위에 그냥 비닐을 덮었는데, 비닐이 모판에 찰싹 달라붙어 벼이삭이 자라지 못하였다. 그래서 다음 해는 모판 위에 모래를 덮고 비닐을 덮었더니 어느 정도 성공했다. 그러나 대나무 가지로 활처럼 휘어서 터널을 만든 것만큼은 효과가 덜했다.

아무튼 아버지는 일을 함에 있어 가급적이면 재료가 덜 들어가고 같은 효과를 낼 수 있는 방법을 꾸준히 연구하고 시험하곤 했다. "힘만 쓰려고 하지 말고 꾀를 써서 하도록 해라"라고 가르치셨다.

감자가루와 감자송편

한식 무렵이면 응달 밭에도 땅이 완전히 녹는다. 그때 바로 감자를 심는다. 얼음이 녹고 바로 심은 감자는 한 달 지나야 싹이 땅 위로 나오고, 하지가 지나고서도 한참 있다가 장마철이 될 무렵에야 순이 누렇게 마른다. 이때가 장마 전이면 얼른 캐고, 장마가 시작됐다면 장마 후 땅이 어느 정도 마른 뒤에 캐는데, 이때쯤 되면 감자밭은 풀이 밀림처럼 된다. 그 풀을 제치고 감자를 캐거든 이따금 썩은 놈은 끈적끈적한 끈이 달리고 고약한 냄새까지 난다. 그래도 감자가 풍년이면 몇 포기만 캐어도 금방 한 대야가 된다. 지게 위 소쿠리에 수북하게 쌓인 것을 지고 와서 뜰에 쏟아 붓는다.

감자를 캘 때면 앞뒤 모든 뜰은 온통 감자들 차지가 된다. 비가 와도 맞지 않게, 해가 나면 해들지 않게 임시 저장하면서 건조시키는 과정이다. 그렇게 쌓아둔 감자는 할머니의 정밀 감정을 받아 똘똘한 놈, 호미에 찍힌 놈, 병든 놈, 큰 놈, 작은 놈 등 분류작업을 마친다. 그중 병든 놈과 아주 작은 놈은 우물가 항아리로 들어가는데, 그 양이 상당히 많다. 항아리 몇 개, 큰 사박지통에 수북이 담아서 주둥이를 비닐로 묶어 놓으면 부글부글 올라오다, 썩거든 푹 내려간다. 그러면 또 썩는 놈을 찾아서 추가로 넣고, 이렇게 하여 한 달 정도 푹 썩히면 부피가 쑥 줄어든다.

여름 끝자락이나 초가을쯤 해서, 썩은 감자를 거른다. 얼개미체에 넣고 바가지로 물을 부으면서 주물럭거리면 썩은 가루는 빠지고 껍질만 남는다. 이렇게 거른 다음, 감자 썩힌 가루를 커다란 그릇에 담고 물을 부어 냄새와 불순물을 우려낸다. 물을 가득 붓고 손으로 휘휘 저은 다음, 가루가 가라앉고, 나쁜 냄새 등이 우러나올 때까지 두었다가 아침저녁으로 수없이 물 갈기를 반복한다.

썩은 감자가루에서 거의 냄새가 안날 때까지 우려 낸 다음에야 가루를 말린다. 이때 위쪽의 가루는 약간 색이 탁하고 점도도 떨어진다. 그래서 위쪽의 가루는 옥양목 천에 받쳐 물을 짜내고 덩어리로 만든다. 바닥 쪽에는 순백색의 녹말 전분이 딱딱하게 붙어있어 그릇으로도 퍼내지 못하고 숟가락으로 떠내서 말리는데, 마당에 멍석을 깔고, 그 위에 하얀 천을 깐 뒤, 천 위에다가 감자 전분 덩이를 드문드문 놓는다. 덩어리가 어느 정도 마르면 그때 손바닥으로 비벼서 가루로 만드는 것이다. 조금 더 바짝 말리면 이윽고 감자가루가 완성된다.

이것을 옹기그릇에 저장했다가 더운물에 반죽해서 감자송편을 만들어 먹는데, 솥에서 막 꺼냈을 때 기름을 살짝 발라서 먹는 맛이란! 그 어떤 떡과도 비교할 수 없는 별미 중의 별미이다.

가로수 심기 부역

부역이란 말은 우리들 뇌리에 썩 좋은 감으로 와닿지 않는다.

원래는 우리 고유 전통의 울력과 상부상조의 좋은 관습이었을 텐데, 이것이 일제 강점기 동안의 많은 부역과, 6.25 전쟁 시 인민군에 노력을 제공당한 부역으로 인해서 그 느낌이 부정적으로 변한 것이리라.

어쨌거나, 어릴 적에 집집마다 부역을 나오라 하면 우리 집에서는 내가 나가는 때가 있었다. 신작로에 가서 가로수를 심는데, 2m 정도 되는 길이에 팔뚝 굵기의 미루나무 막대를 그냥 땅을 파고 심는 것이다. 그리고 삼발이 지지대로 흔들리지 않게 새끼줄로 묶어 주면 끝이다. 그렇게 해서 나무가 얼마나 살아났는지 모르겠으나, 그때에 심은 미루나무 가로수는 이승만 자유당 때 가로수라 불렀는데 지금까지도 버덩 신작로 옆이전 우리 논가에 서너 그루가 버티고 서 있다.

횡성 부근 지방도로를 다니다 보면 아직도 시골길에는 그때의 가로수가 더러 보이기도 한다. 나이 먹은 미루나무 가로수는 줄기가 울퉁불퉁하며 키가 크지 못하게 중간이 잘려있고, 그곳에 잔가지가 둥그렇게 많이 나있어 거꾸로 선 빗자루 모양의 독특한 형태라, 금방 알아볼 수 있다.

한밤중에 사라진 토끼

우리 집에 토끼 한 마리를 키웠는데, 여름부터 키워 오던 놈이라 겨울에는 커다란 어미 토끼가 되어 있었다. 토끼집을 집 뒤에 굴뚝 나가는 옆에 두고 아침저녁 열심히 먹여서 정말 토실하게 살찐 토끼였다. 그런데 한겨울 추운 어느 날 아침, 먹이를 주러 갔는데 토끼가 사라지고 없었다. 문은 열린 채 낯선 발자국만 덩그러니 있었다. 그때의 아쉽고 허전함이란 어린 가슴에 너무 큰 슬픔이고 충격이었다. 나중에 수소문하여 보니 뒷골에 노씨 형제가 서리해 간 것으로 밝혀졌으나, 어찌해볼 도리가 없었다.

당시만 해도 남의 집 가축을 서리해서 잡아먹는 풍습이 남아 있긴 했지만, 거의 사라져 가는 무렵이었다. 우리 집에서 가족같이 정성껏 기르다 서리 맞은 것만 해도 닭, 개, 토끼, 심지어 나중에는 우리 황소까지 도둑맞았었다.

겨울날의 소도둑

어느 겨울날 아침에 외양간 문이 활짝 열려 있고 황소가 사라진 일이 있었다. 밧줄을 매어놓은 가름대에는 밧줄 끄트머리만 남아 있고 칼로 싹둑 잘린 채, 소는 희미한 발자국만 남기고 신작로 쪽으로 사라진 것이다. 그 당시 황소 값이 비쌌고 전문 소 털이범이 설치고 다닌다는 말이 있었다. 이 동네 저 동네서 더러 소를 잃어버렸다는 소문이 있던 때였다.

소 도둑놈은 한 팀으로 다닌 듯싶다. 우선 전문 박스 차량이 있어야 하고, 외양간에서 조용히 소를 끌어내는 소를 다룰 줄 아는 자, 소를 도살처분할 줄 아는 백정이 있어야 하며, 소고기를 팔아넘기는 판매책 등등. 소는 영물이라고 하지만 소도둑이 와도 울거나 소리를 내지 않는다. 저 죽을 줄 모르고 그저 가자는 대로 묵묵히 따라나서는 군자와 같다. 어쩌면 저의 운명을 알면서도 순순히 받아들이는지 모르겠다. 하물며 소는 끌려서 가는 것이 아니라, 사람이 뒤에서 밧줄로 조정하는 대로 앞장서서 간다. 그래서 소도둑놈들은 소위 내가 소를 끌고 간 것이 아니고, 내가 소를 따라갔다고 할 것이다. 그렇게 하여 신작로에 대기시켜둔 차량에 강제로 태우면 모든 것이 끝난다.

그 자동차 안에서 가여운 황소는 최후를 맞고, 서울에 도착하기 전에 모든 해체가 끝나 한우고기만 남는다고 한다. 그놈들도 우리 황소가 절대 편히 살도록 내버려 두지 않았을 것이다.

냉방에서 정신일도

고등학교를 졸업하던 해 내 힘으로 집안 농사일을 거의 도맡아 했는데, 가을 땔감까지 모든 월동준비를 마친 나는 드디어 진학을 결심했다. 이것저것 참고 서적을 준비하여 입시 공부를 시작하였다. 햇수로 보면 분명 3수이지만 사실상 첫 입시 공부인 셈이다. 고등학교 때는 대학에 진학하겠다는 목표도 없이 어영부영 졸업을 했다. 입학원서 한번 안 쓰고, 그냥 자연스럽게 농사일을 하게 되었던 것이다. 쓰라고 하는 사람도 없었고, 나 자신도 대학 가겠다 우기지 않았다. 그러나 일 년간 농사일을 하면서 많은 생각을 했고, 농사로는 사람답게 살 수 없겠다는 결론에 이르렀다. 그리하여 가을걷이를 마친 후, 입시 준비를 결행한 것이다.

행랑채에 틀어박혀서 까맣게 놓았던 공부를 다시 시작했는데, 냉방이라 얼마나 추운지 손이 시려서 글씨를 쓰기 어려웠다. 사실 겨울 낮에는 방이 바깥보다도 더 춥다. 발에 담요를 칭칭 두르고, 윗도리는 너무 추워서, 묵호시장에서 산 어부들이 주로 입는, 검은

색으로 물들인 두꺼운 미제 파카를 입고 머리까지 뒤집어썼다. 그 해 겨울 형 친구들이 집에 놀러 왔다가, 내가 냉방에서 공부하는 것을 보고 힘내라고 격려를 해 주었다.

소금강 금강사를 찾아서

냉방에서 겨울 내내 공부하다 봄이 되니 집안이 부산하게 바빠진다. 한식寒食이 되고 감자 심을 때가 되어, 어린아이 손도 필요할 만큼 바쁘게 돌아가는 현실에서, 방안에 박혀서 공부만 계속할 수가 없었다. 그때 형이 소금강 금강사에 가서 공부하는 방법을 권해 주었다. 그래서 1970년 4월 19일, 나는 하얀 고무신을 신고 삼산행 버스에 올라 소금강 금강사로 향했다. 장내長川에서 하차한 나는 큰 고개를 넘어서 청학동으로 들어갔다. 그날, 장내 건너편 절벽에 진달래가 만개했었는데, 그런 절경은 처음 보는 장관이었다. 소금강 계곡 입구 귀새 바위 절벽에도 진달래가 한창인 것이 그야말로 선경에 온 것 같았다. 여기서 귀새는 바위 절벽에 어렵게 설치한 수로水路를 말하는데, 통나무에 홈통을 파서 물길을 연결하는 장치다. 귀새가 있기에 더욱 어울리는 바위 절벽이다.

귀새 바위를 지나 쪽나무 다리를 건너가는데, 한참을 가도 금강시 간판이 없다. 아무래도 이런 직막한 산속에 절이 있을 성싶지 않았다. 그래서 뒤로 돌아 귀새바위까지 내려왔다. 그곳에 조그만 나무 안내판이 있는데 비뚤 비뚤, 크고 작은 붓글씨로,

"강물이만코다리가업쓸때이산길로오시요. 금강사 주지 백"

띄어쓰기가 없으니 한참 만에, 비가 오면 이 산길로 오라는 뜻이니 분명 이 길로 가면 금강사가 있겠다 싶어 그길로 갔다. 산비탈로 오르락내리락 험한 길을 뛰다시피 하여 한참을 가다 보니, 어라, 아까 내가 돌아간 그 부근이 아닌가! 조금만 더 가니 바위에 빨간 글씨의 나무아미타불도 나오고 이정표도 나오는데, 조금 못 미쳐서 나는 가다가 중지곳 하고 말았던 것이다. 그렇게 하여 도착한 금강사는 한적하고 자그마한 작은 암자 같았다.

깨끗한 남자 노스님과 키 작고 목소리 낭랑한 젊은 스님, 그리고 공양주와 심부름하는 소녀 그렇게 넷이 있었다. 절에서 공부를 하고 싶다는 경위를 얘기하고, 승낙을 받은 후, 조만간 오겠다고 약속하였다. 그때 법당을 들리고 나오는데, 그 공양주가 "얼굴에 돈이 좍 붙었네."라며 혼잣말처럼 들으라고 하였다. 그런데 좍 붙는다던 돈은 언제쯤에 붙을까나.

청학동 소금강산 금강사로

무슨 일이 있어서인지 아무튼 그때 바로 금강사로 가지 못하고, 차일피일 미루다, 5월 5일이 되어야 할머니와 함께 금강사로 향했다. 할머니는 이불 보따리를 머리에 이고, 나는 책과 옷가지와 쌀 한말을 들고서. 그날 십자 소 옆에서 쉬어갈 때, 할머니가 앉았던 납작한 그 바위는 지금도 그대로 있다. 요사 채 뒤편에 굴피로 지붕을 덮은 허름한 집이 있었다. 그곳 작은방 한 칸이 나의 공부방이다.

그해 여름 이곳으로 서울에서 부잣집 학생 하나와 가정교사가 같이 휴양 차 왔는데, 그 가정교사와 대화 중에 내가 공군사관학교를 목표로 공부한다고 하니까, '큰 꿈을 가진 큰 고기는 큰물에서 놀아야 한다'며, 공사보다는 육사로 가라고 강력히 권하여 이것이 육사로 방향을 바꾸는 계기가 되었다. 그 학생 말고도, 그해 여름 강릉 유명 여관집 아들 이상재와, 권순규가 같이 공부했었다.

저녁 예불은 반드시 참석하고, 반야심경은 꼭 외워야 한다는 주지 스님의 지시에 따라, 그 학생들과 같이 타종 소리에 맞춰 예불 보고, 식사 집합 목탁소리 따라 공양하고, 그렇게 그해 여름이 지나자 그들은 먼저 내려가고, 나는 10월 8일 계곡에 단풍이 들기 시작할 무렵 시험 때가 되어서야 내려왔다.

내 인생에서 금깅사 5개월은 큰 전환기였고, 마음의 의지가 되는 안식처였다. 분명 지금도 금강사 남당우 보화스님은 나와 우리 가족의 축복을 빌고 있을 것이다.

서울손님 피켓

새벽 별이 총총한 집 앞 신작로에 '서울손님'이란 간판을 들고 서서 버스를 기다리는 시절이 있었다. 1970년도 12월 초 내가 육사에 2차 시험을 보러 가는데, 주문진에서 강릉으로 나오는 서울행 첫차 버스를 타기 위한 노력이었다. 새벽에 첫차는 손님이 별로 없으니 운전기사가 좌우 잘 살피지 않고 지나치기 쉬웠다. 그래서 낭패를 보지 않기 위해, 눈에 잘 띄게 간판을 만들어 들고 있었던 것이다.

그렇게 서울 가는 첫차를 타고 비포장길 대관령 아흔아홉 구비를 돌고 돌아 넘어서면, 횡계가 나오고 진부를 지나 속사리 재가 버티고 있는데, 속사리 재에 눈이 내려서 길이 미끄러운지라 버스가 비실대고 올라가지를 못한다. 손님들이 모두 내려서 힘껏 밀어 속사리 재를 겨우겨우 넘었다. 이때 앞 유리창이 계속 얼어붙으니 차장은 연신 수건에 비눗물을 적셔 유리창을 닦고, 운전기사 쪽은 기사가 닦고 그렇게 하여 고개를 간신히 넘고 진부, 장평을 지나 대화에 도착하니 벌써 점심시간이다.

대화 정류장 옆 넓은 식당에 들어가 콩조림에 꼬막 반찬으로 바로 나오는 백반을 먹고, 용변까지 보고는 출발한다. 방림을 지나면 백덕산 자락의 '문재'를 넘어야 하고, 문재도 넘어 안흥을 지나면 이번엔 치악산 줄기의 '전재'를 지그재그로 넘어간다.

그렇게 한참을 더 가면 횡성에 도착하고, 그곳에서 잠시 쉬었다가, 횡성군 서원면 골짜기를 지나 도덕 고개를 넘으면, 드디어 경기도 땅에 들어선다. 용두리 용문을 지나 양평에 도착할 때엔 해가 서산에 뉘엿뉘엿 넘어가려고 한다. 이때 남한강에 석양이 비치면서 버스가 참으로 먼 길을 달려왔구나! 하고 느끼게 된다. 남한강변도로 위를 먼지를 일으키며 계속 달려서 양수리, 덕소, 도농을 거쳐 마장동 터미널까지 가면 완전한 밤이 되어 있다. 그렇게 강릉에서 서울은 먼 거리였는데, 1975년에 2차선 고속도로가 개통되었다. 그전까지는 강릉에서 서울 가는데 첫새벽에 나서서 하루 종일 꼬박 걸려서야 갈 수 있었다.

아버지와 담배

설날이면 직장 다니는 사람들은 어른들께 담배 한 갑씩 드리는 것이 관례였고, 나도 처음 소대장으로 근무할 때, 집에 올 때마다 문산읍에서 양담배 한 보루 사 오는 것으로 아버지 선물을 대신하였다. 그렇게 효도한답시고 계속 담배를 사다 드린 결과 아버지는 폐암으로 발전하였고, 폐암 판정을 받고서 담배를 좀 적게 필걸하고 후회하시는 것을 보았다.

말년에 아버지께서 담배 피시는 것을 보면, 담배를 피우시다가 가위로 담뱃불을 잘라서 *끄시고는*, 꽁초를 버리지 못하고 재떨이 옆에 잘 보관하였다가 꽁초를 마저 피셨다. 그렇게 알뜰히 피시다가 폐암에 걸리신 건 아닌지, 그때는 담배 살 형편이 못 되는 것은 아닌데도, 담배를 줄이시라고 적게 사다 드린 건데, 꽁초까지 그렇게 알뜰히 피우실 줄이야.

항상 한자리에 앉아서 담배를 피우셨기에, 사랑방 장판은 앉은 자리를 빼고는 담뱃재 불똥에 탄 까뭇까뭇한 흔적들이, 아버지의 담배 피우는 모습을 연상케 할 뿐이다.

TV안테나 설치

1970년대 초에 우리 집에 전기가 들어오고, 멋진 나무상자에 네 다리와 양문닫이 자바라 문까지 달린 흑백 TV를 설치하였다.

그 후 1980년 12월에 우리나라에 처음으로 칼라 TV가 방영되었고, 82년 봄에 아버지와 어머니는 환갑잔치를 하였는데, 그때 나는 용산에서 면세품 칼라 TV를 사가지고, 택시에 싣고 강남터미널로 가 고속버스를 타고, 강릉에서 다시 택시에 싣고 집으로 들고 가 환갑 선물로 드렸다.

우리 집은 산 밑에 있어서 TV 전파가 깨끗이 잡히지 않아 늘 불편하였다. 처음에는 집 뒤 감나무 꼭대기에 안테나를 설치했다가, 거리 우물가에도 설치해보고, 말산댁 넘어가는 언덕에도, 뒷동산 중간 묘 뒤쪽에 한동안 설치해서 보다가 나중에는 말산댁 뒷산 높은 봉우리까지 올라가 증폭기를 여러 개 달면서 깨끗이 보려고 애썼다. 바람이라도 세게 불면 방향이 틀어져 화면이 두 개, 세 개로 겹쳐 보이니 먼 곳까지 올라가 안테나를 바로잡는 일이 이만저만 어려운 일이 아니었다. 그래서 이런 일들은 주로 동생들이 도맡아 하였었다.

모깃불과 옛날이야기

서쪽을 바라보고 있는 우리 집 뜨락은, 여름날 저녁이면 뉘엿뉘 엿 넘어가는 석양에 뒤늦게 열기가 확 오르곤 한다.

얼굴이 여름 더위에 발갛게 달아오르다 못해 까무잡잡하게 탈 때까지, 뜨거운 낮에도 아랑곳하지 않고 친구들과 어울려 동네 여 기저기를 돌아다니다, 해가 슬쩍 지는 때가 되어 밥 짓는 냄새가 동네에 퍼지면 '내일 또 보자!'하며 제각기 집으로 돌아오는 것이 다.

어둡기 전에 마당의 커다란 노간주나무 아래에다 멍석을 깔고, 널찍한 상을 펴서 식구가 모두 둘러앉아 저녁밥을 먹는다. 저녁을 먹고 나면 날이 금방 어두워지고, 이때를 기다렸다는 듯 모기떼가 윙윙 몰려든다. 그러면 마당에 모깃불을 피우는데, 밑에 바싹 마 른 솔가리를 조금 놓고 그 위에 생풀을 덮는다. 그러면 생풀 때문 에 불씨가 활활 타지 못하고 연기가 많이 나면서, 온 마당을 부옇 게 뒤덮는다.

밤이 되면 우리 형제는 마당의 멍석 위에 드러누워서 할머니 무 릎을 베고 옛날이야기를 듣곤 했다.

할머니의 옛날이야기는 몇 번이고 반복해 들어도 그때마다 재미 있다. 호랑이에게 쫓기던 오누이가 동아줄을 타고 올라가 해님달

님이 되었다는 이야기, 호랑이 어멈 떡 뺏어 먹던 이야기, 호랑이
가 수수밭에 떨어져 죽어 수숫대가 붉게 피로 얼룩졌단 이야기, 등
등……. 할머니는 부채로 연신 날벌레를 쫓으며 재미나게 옛날이
야기를 해주셨다.

　　그때 무릎을 베고 올려다본 여름밤 하늘에서는,
　　별이 쏟아질 듯이 초롱초롱하게 내려다보고 있었다.

감사의 마음을 담아

바쁜 일상을 살다 보면 '나, 이대로 괜찮은 걸까?' 내 마음을 돌보지 못한 채, 나의 모든 순간을 정신없이 흘려보낸 채 어두운 밤을 맞이하던 그런 날들이 문득 후회로 다가오는 순간이 있다. 그런 지친 밤, 별다른 기대 없이 들여다본 거울 속에 비친 내 모습에서 그동안 꿈에서도 뵙지 못하던 아버지를 보았다. 어느새 환갑을 훌쩍 넘어버린 나에게 아버지라는 존재의 기억은 마음 한가득 위로받고, 설레고, 행복해지는 기분을 줄 때가 있다. 살며 이런 경험은 누구에게나 있지 않을까 싶다.

"한 집에 두 명의 아들이 있을 수 없다." 어느 소설에 있던 문장이다. 아들은 시간이 흘러 '누구네 아들'에서 '누구네 아버지'가 되고, 자신의 아버지가 걸었던 길을, 같거나 혹은 더욱 모진 풍파를 온전히 견뎌내며, 묵묵히 따라 걸어가다 그 세월의 끝에 결국 자신의 아버지처럼 변한 본인의 얼굴과 마주하게 된다. 이때가 되어서야 비로소 이해가 되는 걸까. 본인의 삶과 교차되어, 아들이자 아버지였던 한 사람의 인생이. 아들은 그렇게 아버지가 된다.

세월이 흘러 수많은 기억들이 흐릿하게 잊힐까 조급한 마음이 들어 꼭 기록으로 남겨야겠다는 결심을 하였다. 사진도 영상도, 이렇다 할 기록 수단이 흔하지 않던 그 시절, 오롯이 기억에 의존해 꺼내어보는 그리운 그때의 풍경과 사람들. 투박한 손으로 더듬더듬 써내려가 한 줄 한 줄 풀어낸 이야기가 책 한 권이 훌쩍 넘은 분량의 추억집이 되었다. 웃음이 나기도하고, 마음이 짠하기도 한 수많은 에피소드들은, 나만을 위한 기록이어도 좋고, 또 다른 누군가와의 공감이어도 좋겠다.

인생에서의 석양과 같은 시기를 맞이하여
조용히 반추해보는 '나의 살던 고향은',
울긋불긋 꽃 대궐, 바람이 불면 냇가에 수양버들 춤추는 동네.

그 속에서 놀던 때가 그립습니다.

마지막으로, 이 책이 나오기까지 고생해준 모든 분들께 감사의 인사를 전합니다.

오직 하나뿐인 약속

2019년 **9**월 **11**일 초판 **1**쇄 발행

글	벽해
펴낸이	티아고 워드 (Tiago Word)
펴낸곳	출판문화 예술그룹 젤리판다
출 판등록	2017년 3월 14일(제2017-000033호)
주소	서울특별시 영등포구 경인로 775 에이스하이테크시티 1동 803-22호
전화	070-7434-0320
팩스	02-2678-9128
블로그	blog.naver.com/jellypanda
인스타그램	www.instagram.com/publisherjellypanda(@publisherjellypanda)
페이스 북	https://www.facebook.com/profile.php?id=100017638692993
책임총괄	홍승훈 (craig H. Mcklein)
기획 편집	이송이, 김승율, 유영 Anne
마케팅	데이비드 윤, 캐롤라인 도로시 (Caroline Dorothy)
디자인	이혜미

ISBN   979-11-966765-6-8 (03810)

정가 **15,000**원